James Yaffe wurde 1927 in Chicago geboren. Er hat mehrere Romane, Kurzgeschichten, Theaterstücke, Filmdrehbücher, ein Buch über Juden in Amerika und bislang vier Kriminalromane geschrieben. James Yaffe lebt heute mit seiner Frau und drei Kindern in Colorado Springs, Colorado, USA.

Schöne Heilige für Mom Ein wenig erinnert sie an Miss Marple – aber Mom ist eine Klasse für sich. Ohne ihren Scharfsinn wäre der obdachlose Harry Stubbins für einen Mord verurteilt worden, den er gar nicht begangen hat.

Als Edna Pulaski, Chefin eines stadtbekannten Massageetablissements, erwürgt aufgefunden wird, findet man den obdachlosen Alten schlafend im Zimmer der Toten. Bezirksstaatsanwalt McBride nimmt sich ausnahmsweise persönlich des Falles an, denn seine Wiederwahl steht bevor, und da macht es sich gut, durch entschlossenes Handeln auch die letzten Zweifler von seinen überragenden Fähigkeiten zu überzeugen. Für die Staatsanwaltschaft liegt der Fall klar. Doch Dave – seines Zeichens Ex-Polizist in New York und Ermittler bei der örtlichen Pflichtverteidigerin in Mesa Grande – verfolgt bald eine ganz andere Spur – mit Hilfe von Mom, die noch aus den spärlichsten Details erstaunliche Schlüsse zu ziehen weiß.

Weitere Kriminalromane von James Yaffe im Fischer Taschenbuch Verlag: ›Ein schöner Mord für Mom‹ (Bd. 12142), ›Eine schöne Bescherung für Mom‹ (Bd. 12141), ›Mom mordet den Schlaf‹ (Bd. 12140).

James Yaffe

Schöne Heilige für Mom

Kriminalroman

Aus dem Amerikanischen
von Hannah Harders

Fischer Taschenbuch Verlag

Deutsche Erstausgabe
Veröffentlicht im Fischer Taschenbuch Verlag GmbH,
Frankfurt am Main, Oktober 1996

Die amerikanische Originalausgabe erschien unter dem Titel
›Mom Among the Liars‹
im Verlag St. Martin's Press, New York

Gesamtherstellung: Clausen & Bosse, Leck
Printed in Germany
ISBN 3-596-12139-6

Gedruckt auf chlor- und säurefreiem Papier

Prolog

Auszug aus Moms Tagebuch

Liebes Tagebuch,
schon komme ich mir komisch vor, und dabei habe ich doch erst zwei Wörter in Dich hineingeschrieben.

Als junges Mädchen habe ich nie Tagebuch geführt. Viele meiner Mitschülerinnen hatten ein in Leder eingebundenes mit einem Schloß daran. Diese Hohlköpfe trugen den Schlüssel an einer Kette um den Hals und machten ein großes Getue um ihr geheimes Tagebuch. Dabei wollten sie nur gefragt werden, was sie denn schrieben, um dann triumphierend sagen zu können: »Verrat ich dir nie!« Aber wenn man lange genug bohrte, verrieten sie's am Ende doch, natürlich mußte man vorher schwören, es nicht weiterzusagen. Ich fand das Spiel uninteressant, deshalb hab ich mir auch nie ein Tagebuch zugelegt.

Also was soll das jetzt? In meinem Alter, nachdem ich fünfundsiebzig Jahre lang dieser Verrücktheit widerstanden habe? Die Antwort lautet: Seitdem ich in diese kleine Stadt am Rande der Rocky Mountains gezogen bin – Mesa Grande heißt sie –, wo mein Sohn bei Mordfällen und anderen Verbrechen im Dienste der Pflichtverteidigerin ermittelt, helfe ich ihm bei seinen Fällen sogar mehr als früher in New York. In New York, wo er bei der Mordkommission arbeitete – er war der Jüngste, der je zum Inspektor befördert worden war, eine große Ehre –, hat er jeden Freitagabend, wenn er zu mir in die Bronx zum Essen kam, von seinen Fällen erzählt. Hier sehe ich ihn nun viel öfter als einmal die Woche, also bekomme ich auch mehr mit von seiner Arbeit.

Und manchmal ziehe ich so meine eigenen Schlüsse; dann gehen mir Gedanken durch den Kopf, die ich ihm nicht erzählen kann – es wäre viel zu gefährlich oder zu peinlich. Aber irgendwie muß ich die Gedanken schließlich loswerden, nicht wahr? Jeder trägt doch Dinge mit sich herum, die er jemandem erzählen muß. Deshalb brauche ich Dich, liebes Tagebuch, Dir will ich alles erzählen.

Wie jetzt, wo ich etwas weiß, das Davey niemals erfahren darf, etwas, das mit diesen Mordfällen zu tun hat, in die all diese Politiker verstrickt waren …

Daves Erzählung

Eins

Ich mag keine Politiker. Politiker habe ich nie gemocht. Damals in New York, als ich noch bei der Mordkommission war, konnte man kaum einen Fuß vor die Tür setzen, ohne über einen von ihnen zu stolpern. Wenn wir irgend so einen Gangster festgenommen hatten, den wir auf frischer Tat ertappt hatten, und ihn der Staatsanwaltschaft übergaben, konnten wir sicher sein, daß sie ihn auf Kaution wieder freiließen, oder sie ließen die Anklage ganz fallen. Das mußte uns niemand erklären. Irgend so ein Politiker hatte da hinter den Kulissen seine schmutzigen Finger im Spiel gehabt. Wenn es etwas gab, worauf ich mich gefreut habe, damals, als ich diesen Job hier im Westen angenommen habe, dann darauf, mich nicht mehr mit Politikern rumschlagen zu müssen.

Ganz so ist es nicht gekommen. In den Fall, von dem ich hier erzählen will, waren lauter Politiker verwickelt. Ich werde ihn kaum verständlich darstellen können, ohne einiges über unsere politische Situation hier vorauszuschicken.

Fremde, die in unsere Stadt kommen, mögen sich zu der Annahme verleiten lassen, daß das politische Leben hier gemächlich dahinfließt, wie in alten Zeiten, als die Kandidaten noch nette, distinguierte Herren waren, die Babys küßten, von ihrer Veranda aus volksnahe Reden hielten und sich weigerten, im Wahlkampf ihre Gegner mit Schmähworten zu verunglimpfen.

Bei einer oberflächlichen Betrachtung des öffentlichen Lebens in unserer Stadt scheint sich dieses Bild zu bestätigen. Obwohl in den letzten zehn Jahren Einkaufspassagen und -zentren wie die Pilze aus dem Boden geschossen sind – und reihenweise Bruchbuden, alle einander zum Verwechseln ähnlich und hochtrabend als »Wohnanlage« deklariert (von Stadtplanern, die ihren Urlaub in London verbracht haben) –, ist doch das Zentrum von Mesa Grande, die eigentliche Innenstadt mit den angrenzenden Wohngebieten, mehr oder weniger unverändert geblieben. Dazu gehören auch die ältesten und schönsten Häuser der Stadt, die vier Morgen, auf denen unser efeuberanktes College für die Schönen Künste steht, die prächtigen Kirchen und die eleganten Bankniederlassungen, Versicherungen und andere altehrwürdige Firmen. Trennt man all dies von den restlichen neunzig Prozent der Stadt, so hat man die Kulisse für einen alten Andy-Hardy-Film, wie aus dem Studio.

Darüber hinaus sind die Berge zu erwähnen, die man von jeder Straßenecke aus sehen kann, wenn man nach Westen blickt. Vor allem im Sonnenschein, wenn sie sich von ihrer schönsten Seite präsentieren, scheinen sie uns daran erinnern zu wollen, wie unbedeutend alles menschliche Gescharre und Geraffe ist angesichts der großen Gelassenheit der Natur. Da mag man leicht glauben, daß die politischen Niederträchtigkeiten, wie sie in anderen Landesteilen üblich sind, unmöglich Einlaß in dieses Paradies gefunden haben können. Hier, meint man, müßten Ehrlichkeit, Integrität, Höflichkeit und klarer Verstand überlebt haben können und prächtig gedeihen.

Ein flüchtiger Blick auf unser lokales Regierungssystem mag diesen Glauben bestätigen. Die wichtigsten Wahlbeamten in Mesa Grande sind die sieben Mitglieder des Stadtrats. Jeder von ihnen vertritt einen anderen Bereich der Stadt, und sie werden in ihren Wahlkampagnen nicht mit politischen Parteien identifiziert; sie treten als Individuen für die Wahl in den Stadtrat an, nicht als Demokraten oder Republikaner, auch wenn ihre politischen Präferenzen kein Geheimnis sind. (Die Republikaner werden häufiger gewählt als die Demokraten, aber es gibt eben auch mehr von ihnen.) Die Stadträte arbeiten ehrenamtlich; sie erhalten eine »Aufwandsentschädigung« für jeden Tag, den der Stadtrat tagt, und diese Spesen sind nur wenig höher als die, die Geschworene bekommen.

Der Bürgermeister von Mesa Grande wird gleichzeitig mit dem Stadtrat gewählt, aber er (bislang war der Bürgermeister noch nie eine Sie) hat keine besondere Macht oder irgendwelche Privilegien. Er leitet die Stadtratsversammlungen, und seine

Stimme zählt genausoviel wie jede andere; bei öffentlichen Veranstaltungen zerschneidet er das Band und hält in den Ferien langweilige Reden. Aber er vergibt keine Ämter, hat keine legislative Gewalt und kein Recht auf ein Veto bei Gesetzen, die der Rat verabschiedet. Weitere wichtige Regierungsbeamte der Stadt sind der leitende Staatsanwalt und die Mitglieder der Schulbehörde für den Bezirk 9 – den Bezirk, der mit den Stadtgrenzen übereinstimmt. Deshalb hat es vielleicht den Anschein, daß unsere Lokalregierung, auch wenn heute mehr als zweihundertfünfzigtausend Menschen hier leben, so schlicht und zurückgeblieben ist, als lebten wir tatsächlich noch in der Welt von Andy Hardy.

Muß ich wirklich noch darauf hinweisen, daß dieser Anschein von Unschuld und Heiterkeit natürlich eine Illusion ist? In Mesa Grande floriert das Geschäft mit Immobilien. Viele Leute kommen hierher, um hier ihren Lebensabend zu genießen, besonders aus Kreisen der Armee, die drei Stützpunkte ganz in der Nähe hat; unsere Bevölkerung ist älter und reicher als im nationalen Durchschnitt. In den letzten Jahren haben sich Computerfirmen hier niedergelassen, und zwar in großem Ausmaß; in der Folge sind die Einkaufszentren und -galerien gewachsen. Die wirtschaftliche Talfahrt des vergangenen Jahres hat uns viele Pleiten beschert, aber bis dahin war Mesa Grande eine einzige Erfolgsgeschichte, eine Stadt mit viel Geld.

Und da, wo Geld ist, sammeln sich die Geier, und das erste, was sie tun, ist, ihre Klauen in die Maschinerie zu schlagen, um das Geld in die eigene Tasche stecken zu können. Die Maschinerie hier wie anderswo ist politischer Natur. Der Stadtrat vergibt Aufträge, entscheidet über neue Erschließungen von Grund und Boden, arbeitet die Bedingungen für Neuniederlassungen aus und kontrolliert durch sein gewähltes Stadtplanungskomitee die örtlichen Vorschriften – und die Ausnahmen. Da der Rat bei der Verteilung des Kuchens behilflich ist, ist er einer Menge Druck ausgesetzt von Interessenten, die erreichen möchten, daß dieser Kuchen nach ihren Wünschen verteilt wird.

Weil bei unseren Lokalwahlen immer viel auf dem Spiel steht, sind Niedertracht und schmutzige Tricks nicht auszuschließen. Mord – wie bei der Wahl, von der ich erzählen will – fällt für gewöhnlich nicht darunter. Aber es gibt, wenn man darüber nachdenkt, eigentlich keinen Grund, warum man das ausschließen sollte. Wir können uns mit Stolz rühmen, daß unsere Politiker ebenso kaltblütig sind wie die weiter im Osten oder sonstwo auf der Welt.

Wie auch immer, die Wahl, von der ich erzählen will, fand in einem Jahr mit einer ungeraden Zahl statt, so daß keine Präsidenten- oder Kongreß- oder Delegiertenwahl uns von unserer lokalen Politik hätte ablenken können. Auf der Wahlliste standen mehrere Stadträte, aber es gab nur ein wirklich dramatisches Rennen. Unser Staatsanwalt, Marvin McBride, hatte sich zur Wiederwahl gestellt. Normalerweise kümmerten sich seine Leute einen Dreck darum, aber zum erstenmal in den zwölf Jahren, die er dieses Amt versah – seine Amtszeit beträgt drei Jahre, und er stand am Ende seiner vierten –, wurde er von einem wirklich starken Gegner herausgefordert.

Ich hatte schon früher Gelegenheit, McBride zu erwähnen – diese kriegerische kleine Bulldogge mit den blutunterlaufenen Augen und dem Geflecht roter Äderchen auf den Wangen. McBride übernimmt kaum je einen Fall persönlich; gewöhnlich überläßt er die Arbeit seinen Assistenten. Das liegt daran, daß Richter darauf bestehen, Gerichtsverhandlungen morgens um zehn einzuberufen, und zu so früher Stunde war McBride selten in der richtigen Verfassung, um antreten zu können; er brauchte den ganzen Vormittag, seinen Kater vom Abend zuvor fortzublinzeln und wegzuhusten.

Seine Gegenspielerin in der anstehenden Wahl hätte kaum einen größeren Kontrast zu ihm darstellen können. Es war Doris Dryden. In den vergangenen zehn Jahren hatte sie als Strafrechtlerin eine bewundernswerte Liste von Freisprüchen erwirkt und war auf diese Weise McBride beinahe ebenso ein Dorn im Auge wie mein Boß Ann Swenson, die Pflichtverteidigerin. Der Unterschied war natürlich der, daß Dryden für ihre Arbeit ein hohes Honorar einsteckte, während Ann nichts weiter einsteckte als ihr bescheidenes Gehalt von der Stadt.

Dryden war einen halben Kopf größer als McBride (vielleicht mehr; wir alle hatten Marvin in Verdacht, daß er Schuhe mit Plateausohlen trug) und wunderschön zurechtgemacht, ihr Haar immer makellos frisiert, ihre Kleider aus den besten Geschäften der Stadt und einige aus New York oder Paris importiert. Sie war aus dem Osten nach Mesa Grande gekommen und einmal verheiratet gewesen; es ging das Gerücht, daß ihre Wohlhabenheit sich nicht allein auf ihre Erfolge als Richterin gründete, sondern auf ein spektakuläres Scheidungsurteil, das sie sich selbst gezimmert hatte.

Ihre Entscheidung, gegen McBride anzutreten, wurde Anfang September bekannt, und in seiner ersten öffentlichen Reaktion bemerkte er Reportern gegenüber, im Vertrauen natürlich: »Sie ist eine reizende Dame, aber sehen wir doch den Tatsachen ins Auge, für diesen Job brauchen wir einen ganzen Kerl!« Wie dem auch sei, Dryden hatte eine Wirbelwind-Kampagne in Gang gesetzt und eine wirkliche Begabung bewiesen, ihren Namen und ihr Gesicht in die Zeitungen zu bekommen. Und ihre Bemühungen zahlten sich aus; den letzten Umfragen zufolge, die der *Republican American* durchführte, unsere einzige Lokalzeitung (die McBride unterstützte), lagen die beiden Kandidaten jetzt Kopf an Kopf.

»Wie erklären Sie sich, Herr Staatsanwalt«, fragte der alte Joe Horniman, der Veteran unter den lokalpolitischen Reportern beim *Republican American*, »daß Mrs. Dryden sich offensichtlich zu einem ganzen Kerl entwickelt?«

McBride hörte diese Frage angeblich nicht, denn er ging sofort zur nächsten über.

Es war Samstag abend, Ende Oktober, zehn Tage vor der Wahl. Wir hatten einen Herbst hinter uns, von dem man nur träumen kann: hohe Temperaturen, viel Sonne, linde sanfte Brisen. An diesem Nachmittag jedoch lag so etwas wie ein Hauch von ersten Kälteschauern in der Luft, und als die Nachrichtensprecher im Fernsehen vom Wetter sprachen, setzten sie einen bekümmerten Blick auf.

An diesem besonderen Samstag veranstaltete unsere Ortsgruppe der *League of Women Voters* ein Essen, zu dem beide Kandidaten für das Amt des Staatsanwalts als Ehrengäste geladen waren. Beide würden vor den versammelten Gästen, die fünfzig Dollar pro Essen gezahlt hatten, eine Rede halten. Nur wenige, nämlich die mit Beziehungen, waren von der Liga gratis eingeladen worden. Dazu gehörten auch Ann Swenson, als Pflichtverteidigerin, und ich, weil ich ihr erster Ermittlungsbeamter war.

Gemeinsam mit den anderen Gratisempfängern saßen wir an einem Extratisch seitlich, in einem Bankettsaal des Hotels Richelieu, unseres großen Tagungshotels, das einige Morgen am Rande der Stadt einnimmt. Joe Horniman vom *Republican American* saß mit uns an diesem Tisch, außerdem zwei Produzenten und eine Produzentin unserer drei Fernsehstationen, außerdem McBrides Assistent Nummer eins, Leland Grantley III, den Ann und ich nur zu gut in Ausübung seines Amtes kennengelernt hatten.

Der Rednertisch stand weiter zur Mitte des Saales hin, aber ich hatte eine gute Sicht. In der Mitte meines Blickfeldes saß die Vorsitzende der Liga, eine untersetzte Dame mit lautem Organ und grauem Haar und Brille und dem gebieterischen Blick meiner Grundschullehrerin. McBride saß zu ihrer Rechten und neben ihm Ed Brock, sein langjähriger Wahlhelfer. Eds massiges fleischiges Gesicht und sein knotiger Kahlkopf waren ein gewohnter Anblick für alle, die politische Veranstaltungen in Mesa Grande besuchten. Er hatte vor Jahren im Versicherungsgeschäft gearbeitet, war aber längst pensioniert und wurde jetzt offiziell als »Berater« geführt, in den gelben Seiten. Die Wirklichkeit sah so aus, daß nur Politiker seinen Rat suchten. Er hatte viele Siege zu verzeichnen, konnte es sich leisten, Aufträge abzulehnen.

Das letzte Mal, als die *League of Women Voters* für die Staatsanwaltskandidaten ein Arbeitsessen ausgerichtet hatte – vor drei Jahren, ich war gerade in die Stadt gekommen –, war McBride noch von seiner Frau und seiner dreizehnjährigen Tochter flankiert gewesen. Sie waren heute abend nicht anwesend. In der Zwischenzeit hatte eine aufsehenerregende Trennung stattgefunden.

Doris Dryden, McBrides Gegenkandidatin, saß links von der

Vorsitzenden, in einem grünlichen Kostüm, tadellos zurechtgemacht und elegant. Weder ein Wahlhelfer oder sonst irgendwer saß neben ihr. Das war ein bewußter Schachzug ihrerseits. In den letzten Monaten hatte sie sich besondere Mühe gegeben, um die Welt wissen zu lassen, daß sie ohne Geleit war, ohne politische Beziehungen, daß sie niemanden hatte, der ihr bei ihrer Kampagne half. Ihre Strategie war, die Vorstellung von David und Goliath so weit zu treiben wie nur irgend möglich.

Wir aßen das übliche, das bei Anlässen dieser Art an der Tagesordnung ist – Fruchtcocktail, panierte Hühnerbrust, Pommes frites und Brokkoli –, und tranken dazu Wein und Bier nach Wahl. Coors-Bier – eine andere Biersorte zu trinken ist so gut wie illegal in unserem Staat – und kalifornischen Weißwein, nicht gerade der beste Tropfen.

Darüber rümpfte McBride allerdings nicht die Nase. Fast jedesmal, wenn ich zu ihm hinsah, hob er gerade sein Glas. Eine für ihn charakteristische Pose.

Ann Swenson, mein Boß, verzog ihr Gesicht. »Ich habe ja nichts gegen die Art, wie er das Zeug in sich hineinkippt«, sagte sie. »Aber der Geruch haut mich um. Ich bin wohl allergisch dagegen. Jedesmal, wenn er in meine Nähe kommt, habe ich das Gefühl, mich übergeben zu müssen.«

»Wie man hört«, sagte Joe Horniman, »hat seine Frau dieselbe Allergie entwickelt. Bloß hat sie fünfundzwanzig Jahre gebraucht, bis sie sich übergeben mußte.«

Joe Horniman war über seinem Job beim *Republican American* grau geworden. In ganz Mesa Grande gab es kaum eine Menschenseele und keine Institution, die Zeitung, die ihn beschäftigte, miteingeschlossen, über die er nicht alles wußte und vor der er auch nur einen Funken Respekt gehabt hätte.

Kuchen und Kaffee kamen und damit die Reden. McBride erhob sich als erster. Er trug einen konservativen grauen Anzug, und ausnahmsweise sah er nicht so aus, als habe er darin geschlafen. Er trug außerdem, auch untypisch, eine Krawatte, in Rot, Weiß, Blau, mit einem sich wiederholenden Muster; ich saß zu weit weg, um erkennen zu können, was es war.

Die Lautsprecheranlage, immerhin auf unserer Seite, ließ eine

Menge zu wünschen übrig. Seine Stimme erreichte uns in Wellen, einige Sätze klangen scharf und klar, während andere in unverständlichen Quietschern untergingen.

Er begann mit dem Prolog, den er jeder seiner politischen Reden voranstellte – wie erfreut er sei, dabeisein zu dürfen, aber auch wie überrascht, wie positiv erstaunt. Denn wer hätte je gedacht, daß ein armes Farmerskind, südlich von Mesa Grande in den Bergen aufgewachsen, dessen Familie manchmal nicht genug im Haus hatte, um die Kinder und die Kühe zu füttern – und wer, was meinen Sie, mußte hungrig zu Bett gehen? Bestimmt nicht die Kühe! – also, nur in Amerika konnte ein solches barfüßiges Unterschichtkind so weit kommen, daß es an einer großen Universität seinen juristischen Abschluß machen (genau an der *University of Northern Michigan*) und das ehrwürdige Amt des Bezirksstaatsanwalts ausüben durfte, in genau seinem Bezirk, wo es geboren und aufgewachsen war und nun vor den sehr verehrten Damen und Herren sprechen durfte, die hier heute abend versammelt waren.

Die Quietscher und Quaker waren während dieses Prologs besonders aktiv, so daß wir uns entspannten und in Ruhe unseren Wein schlürften. Aber dann wurde es stiller.

»Der langjährige Umgang meiner Kontrahentin mit Kriminellen – vollkommen legal natürlich, in jeder Hinsicht, ich will da keine falschen Vorstellungen aufkommen lassen – hat nichtsdestoweniger seine Auswirkung auf ihre Einstellung und Philosophie gehabt. Sie hat sich einer Sache ganz und gar verschrieben, nämlich Recht und Ordnung Steine in den Weg zu legen, so daß sie, ohne sich dessen bewußt zu sein, den kriminellen Standpunkt verinnerlicht hat. In all ihren öffentlichen Erklärungen bisher hat sie uns deutlich zu verstehen gegeben, daß sie Verbrechern mit Nachsicht begegnen will ...«

Den Rest dieses Satzes verschluckten die Geräusche des Lautsprechers. »Wenn man die Aufgabe hat, Verbrechen aufzuklären und strafrechtlich zu verfolgen«, sagte Joe Horniman, ohne jemanden im einzelnen an unserem Tisch anzusprechen, »ist es dann nicht hilfreich, den kriminellen Standpunkt zu begreifen?«

»Nein, nein, Sie haben Marvin da ganz falsch verstanden«, warf Anwaltsassistent Grantley dazwischen. »Er redet nicht nur vom Begreifen, er redet von der bedauernswerten Tendenz einiger Strafrechtler, sich mit den Leuten zu identifizieren, die sie verteidigen, deren Überlegungen und Entschuldigungen zu den eigenen zu machen.«

Grantley entstammte einer wohlhabenden Mesa-Grande-Familie und war verheiratet mit einer jungen Frau, deren Familie aus Neuengland kam und in den allerfeinsten sozialen Kreisen von Rhode Island einen hervorragenden Ruf genoß; ja, und der Grund, warum sie heute abend nicht da war, so sagte er uns, war der, daß sie für einen Monat zurück nach Newport gefahren war, mit ihren beiden kleinen Söhnen, um ihre allerfeinste Familie zu besuchen. Nachdem er bei Harvard sein juristisches Examen abgelegt hatte, war Grantley in seine Heimatstadt zurückgekehrt, weil er »das dringende Bedürfnis verspürt hatte, der Gesellschaft etwas zurückzugeben, die mir so viel geschenkt hat«. Grantleys steife Art und sein pedantisches Vokabular – oder seine gesetzt dunklen Brooks-Brothers-Anzüge, Westen und Krawatten, die er ständig trug – ließen kaum den Gedanken aufkommen, daß er noch keine vierzig war.

Mittlerweile war McBride mit seiner Rede am Ende und setzte sich zu höflichem Applaus. An unserem Tisch war Grantley der einzige, der dazu beitrug.

Doris Dryden stellte sich nun vor, und ihre Rede fiel ebenfalls der Zensur durch das Lautsprechersystem zum Opfer. »Mr. McBride klagt mich an, mit Kriminellen gemeinsame Sache zu machen«, hörten wir sie sagen. »Meint er damit die Menschen, die ich vor Gericht gegen ihn verteidigt habe, Menschen, die von Gerichten für unschuldig erklärt worden sind? Davon gab es eine Menge, das gebe ich zu.« Lachen aus dem Publikum und von jedem an unserem Tisch, Grantley ausgenommen.

»Ich möchte Mr. McBride darauf hinweisen«, fuhr Dryden fort, »daß Kriminelle Menschen sind, die eines Verbrechens überführt wurden. Menschen, die freigesprochen sind, heißen in unserer Gesellschaft nicht Kriminelle – jedenfalls noch nicht –, auch wenn Mr. McBride das alles zweifellos gerne ändern und sich selbst zum Richter und Gericht und Kläger machen würde. Was den Vorwurf betrifft, ich wolle Verbrechern mit Nachsicht begegnen – einem Kläger, der so viele Fälle verliert wie Mr. McBride, kann wohl kaum nachgesagt werden, er begegne Verbrechern mit Unerbittlichkeit, oder? Wer Kriminelle überführt – ebenso wie der, der sie verteidigt –, muß auf sein Ziel losgehen mit allem, was ihm zur Verfügung steht, muß schwere Geschütze auffahren, muß eine Kämpfernatur sein wie ich – kein kleiner Wichtigtuer wie mein Kontrahent.«

Und so weiter, bis die Quietscher auch sie übertönten. »Natürlich«, sagte Joe Horniman, »hatte Dryden nie einen Mandanten, der schuldig war, oder? Sie waren alle die reinsten Unschuldslämmer. Zum Beispiel der Sohn dieses Ölmenschen, der, betrunken wie er war, mit seinem Porsche zwei kleine Kinder überfahren hat –«

»Richtig«, sagte Grantley, »sie nutzt einfach geschickt die Gesetzeslücken aus.«

»Und Ihr Boß«, sagte Joe, »schafft einfach die Gesetzeslücken, damit die Verteidiger sie ausnützen können.« Joe zwinkerte Ann Swenson zu, als wolle er damit ihre überlegenen Fähigkeiten auf diesem Gebiet anerkennen.

Der Lautsprecher kam jetzt wieder dazwischen und ließ einige Worte der Dryden-Rede durch.

»– Kälte und Kaltblütigkeit, das sind die beiden Ks, die Mr. McBride und seine Amtsführung charakterisieren. Meine Art, dieses Amt anzugehen, wird von zwei anderen Ks bestimmt – Kompetenz und Kameradschaftlichkeit. Das Büro des Bezirksstaatsanwalts soll künftig ein freundlicherer, gütigerer Ort sein, für jeden, für den Angeklagten und für den Ankläger –«

Wieder knarrte es im Lautsprecher, dann durften wir das Ende der Rede hören. »Aber in einem Punkt habe ich meinen Kontrahenten nicht akkurat beschrieben«, sagte sie, »wenn ich davon gesprochen habe, daß ich meine Mandanten vor Gericht gegen ihn verteidige. Eigentlich kann ich mich nicht erinnern, vor Gericht jemals einen Mandanten vor Mr. McBride persönlich verteidigt zu haben – obwohl ich sie hin und wieder gegen die Beschuldigungen verteidigen mußte, mit denen er in seinen

Pressemitteilungen so freizügig um sich wirft. Wie alle hier Anwesenden wissen, erscheint Mr. McBride nur höchst selten vor Gericht, nur höchst selten kümmert er sich persönlich um die Fälle, die sein Büro bearbeitet – und das auch bei Kapitalverbrechen wie Mord. Die Arbeit überläßt er seinen Assistenten. Wir hatten jetzt in Mesa Grande lange genug einen abwesenden Staatsanwalt.«

McBride stieß eine Art Knurren oder Kläffen aus. Ich sah, wie Ed Brock ihm die Hand auf den Arm legte.

Seelenruhig fuhr Dryden fort: »Ich würde Mr. McBride gerne einen Vorschlag unterbreiten – nein, sagen wir eine Herausforderung. Wie wäre es, Marvin, wenn Sie den nächsten Mordfall, in dem Sie die Anklage zu vertreten haben, persönlich betreuten, und zwar von Anfang an? Nur, um den Bürgern von Mesa Grande zu beweisen, daß Sie noch wissen, wie's geht.«

McBrides Kopf schnellte hoch. »Das ist großer Quatsch, Doris, und Sie wissen es! Mein Prinzip war es immer, meinen Mitarbeitern so viel Erfahrungsmöglichkeiten und Verantwortung einzuräumen wie nur möglich. Nur so kann man ein Büro effektiv führen. Ich überwache alles selbst, ich überblicke jedes Detail, wo es Unstimmigkeiten gibt, entscheide ich – aber man muß wissen, wie Autorität delegiert wird, wie man mit einem Team arbeitet. Ein großes Maul nützt da gar nichts. Das könnt ihr Strafrechtler euch vielleicht erlauben, aber im Büro des Staatsanwalts muß man über Ego –«

»Mit anderen Worten«, sagte Dryden und grinste ins Publikum, »unser Staatsanwalt will meine Herausforderung nicht annehmen. Er hat nicht den Mumm.«

»Mumm! Sie behaupten, ich hätte keinen Mumm?« McBrides Augen blitzten, und seine Lippen bebten. Wenn es etwas gibt, auf das kleine Kampfhähne wie er empfindlich reagieren, dann sind das Zweifel an ihrer Männlichkeit. »Verdammt noch mal, den nächsten Mordfall werde ich persönlich betreuen! Und nebenbei, es wäre mir eine besondere Freude, wenn Sie die Verteidigung übernähmen! So wie Sie in der Vergangenheit schon so viele verteidigt haben –«

Es war schwer zu sagen, wer von beiden dieses kleine Wortduell gewann. Eine Weile setzte Dryden McBride ganz schön zu, aber McBride blieb nicht lange der Unterlegene. Eines mußte man dem kleinen Scheißer lassen, seine Kräfte, sich wieder zu erholen, waren phänomenal.

Jedenfalls legten sich die Wogen bald. Der Bürgermeister hielt eine gefühlsduselige kleine Rede über den freien Meinungsaustausch als den Lebensnerv der Demokratie. Danach dankte die Vorsitzende der Frauenliga wortreich den Ehrengästen, und da die Kellner keinen Kaffee mehr nachschenkten, holten sich alle ihren Mantel. Es war kurz vor elf, nach meiner Uhr.

Im Vorraum drängten sich die Leute. Ann und ich wurden gegen McBride gedrückt, und jetzt konnte ich sehen, daß das Muster auf seiner rot-weiß-blauen Krawatte aus einer Unmenge kleiner amerikanischer Flaggen bestand. Sah ihm ähnlich, dachte ich, während einer Wahlkampagne mußte er sich einfach die amerikanische Flagge um den Hals binden.

»Erfreut, Sie zu sehen, Dave«, sagte er, ohne viel Freude in der Stimme. Aber Ann schenkte er ein dickes breites Grinsen, und dann packte er sie bei den Schultern. »Ann, meine Süße, Sie sehen großartig aus! Ich begreife nicht, warum Ihr Mann soviel Zeit im Operationssaal verbringt. Glauben Sie mir, wenn ich ein so schönes Wesen hätte, das zu Hause auf mich wartet –« Dann umarmte er sie und drückte sie fest an sich. Über seine Schulter sah ich Ann stöhnen, ein amüsiertes Lächeln auf den Lippen.

»Oh, übrigens, Süße«, sagte McBride, als er Ann schließlich losließ, »ich möchte einen so glücklichen Augenblick wie diesen nicht trüben, aber ich habe mir Ihr Budget für nächstes Jahr angesehen, das Sie nächsten Monat dem Stadtrat vorlegen wollen. Mir fällt auf, daß Sie um eine ziemliche Erhöhung für Ihre Abteilung bitten.«

»Wir brauchen das Geld, Marvin«, sagte Ann mit vollkommen ruhiger Stimme, aber meine Hand lag auf ihrem Arm, und ich spürte ihre Muskeln sich straffen. »Alles ist heutzutage teurer.«

»Genau so ist es«, sagte McBride. »Auch in meinem Bereich wird alles teurer. Irgendwas muß geopfert werden, das tote

Holz muß rausgeschnitten werden, stimmt's? Jedenfalls möchte ich nicht, daß es Sie wie der Schlag aus heiterem Himmel trifft, ich werde mich gegen die Erhöhung aussprechen. Ich werde dem Stadtrat sogar empfehlen, das Budget der Pflichtverteidigung zu reduzieren.«

»Das kann doch nicht Ihr Ernst sein!«

»Es handelt sich um eine Frage der Prioritäten, meine Süße. Geben wir die Steuergelder dafür aus, daß wir die Gesetzesbrecher fangen oder daß wir sie laufen lassen? Außerdem, geben Sie es zu, Ihr Budget hat doch ein ganz gutes Polster. Zum Beispiel dieser Junge, der für Dave arbeitet – entlaßt ihn einfach, diesen Ermittlungsassistenten. Nun kommen Sie schon, Dave, ganz unter uns, wozu brauchen Sie einen Ermittlungsassistenten? Wir alle wissen, welch hervorragende Arbeit Sie leisten, Sie arbeiten mindestens für zwei –« McBride brach ab. »Also, wir sollten uns hier nicht weiter über Geschäftliches unterhalten. Wenn Sie das alles richtig ausdiskutieren wollen, Annie, Sie finden mich an gewohnter Stelle, sobald ich diese Wahl hinter mich gebracht habe.«

»Oder vielleicht auch nicht«, sagte Ann ruhig.

»Was wollen Sie damit sagen ... Oh, jetzt verstehe ich!« McBride gab sein wieherndes Lachen zum besten. »Ich würde mir darüber nicht den Kopf zerbrechen, wenn ich Sie wäre! Es gibt nicht viel auf dieser Welt, was ich genau weiß, aber eins weiß ich ganz genau, nämlich wie die Wähler zu mir stehen. Wir lieben uns, wußten Sie das nicht? Es ist eine Ehe, die im Himmel geschlossen wurde.«

»Heutzutage sind Scheidungen gang und gäbe«, sagte ich – vielleicht ein unfairer Seitenhieb, denn er traf einen Mann, der ziemlich fertig war. Aber den Gerüchten zufolge, die man so hörte, fiel es McBride nicht gerade schwer, sich zu trösten, nachdem seine Frau ihn vor die Tür gesetzt hatte. Oder auch schon früher.

Ein wenig später hatten Ann und ich es bis zur Richelieu-Lobby geschafft. Durch die Drehtüren konnten wir sehen, daß die Besorgnis des Nachrichtensprechers, der das Wetter angesagt hatte, gerechtfertigt gewesen war. Das milde Zwischenhoch war vorbei; dünne Eissplitter schossen vom Himmel; gut möglich, daß daraus Schnee wurde. Beim Hinausgehen trafen wir auf Doris Dryden, die gerade ihren Mantel überzog. Es war ein schwarzer Mantel, von schlichter Eleganz mit unauffälligem Fellbesatz, für den man aber sicher ein ganzes Bündel Scheine hinblättern mußte.

Ann begrüßte sie mit Glückwünschen. »Das war herrlich, wie Sie McBride dazu gebracht haben, im nächsten Mordfall selbst die Anklage zu vertreten.«

»Oh, das war nicht schwer«, sagte Dryden. »Er ist so rührend eitel. Er erträgt den Gedanken nicht, irgend jemand könnte glauben, seine Eier wären kleiner als die von King Kong. Diese Machos sind mir immer verdächtig, die durch die Welt laufen und mit ihrer Potenz protzen. McBrides Frau hat ihn vor zehn Jahren aus ihrem Bett geworfen – wußten Sie das? –, lange vor der offiziellen Trennung. Weil er zuviel von ihr wollte, oder weil er ihr nicht soviel geben konnte, wie sie wollte? Ich hatte nie das Vergnügen, die Frau kennenzulernen, deshalb weiß ich's nicht so genau.« Sie lachte und stöhnte dann. »Ich könnte allerdings wetten, daß vor der Wahl kein Mord mehr passieren wird. Wir haben nie mehr als zwei oder drei Fälle pro Monat, wie könnten wir also hoffen ...«

»Sie geben sich hoffentlich nicht geschlagen«, sagte Ann. »Ein schönes klares K. o. am Dienstag in einer Woche – ich verlasse mich mehr denn je auf Sie, Doris.«

»Oh, ich habe vor, ein richtiges Schlachtfest zu veranstalten«, sagte Dryden. »Diese Eier, mit denen McBride immer rumprotzt – am Tag nach der Wahl serviere ich sie ihm, als Rührei, zum Frühstück.«

Das verkniffene kleine Lächeln in Drydens Gesicht sorgte dafür, daß ich froh war, nicht selbst gegen sie antreten zu müssen.

Zwei

Seit Mom in Mesa Grande lebt, ist es uns zur Gewohnheit geworden, daß ich sonntags morgens zu ihr fahre und sie mir ein Frühstück serviert.

Ihr kleines, einstöckiges weißes Haus mit den roten Fensterläden lag in einer angenehmen, aber bezahlbaren Wohngegend; es gab noch erstaunlich viele Häuser dieser Art in der Stadt. Ich hatte mein Bestes getan, um sie zu überreden, ihre Ersparnisse nicht für den Kauf eines Hauses anzubrechen. Mein eigenes Haus lag nur wenige Meilen entfernt und hatte mehrere Extra-Schlafzimmer, die ich nie benutzte. Mom hätte ohne weiteres bei mir einziehen können. Aber sie hatte sich von Anfang an energisch dagegen gewehrt. »Auf gar keinen Fall«, sagte sie. »Ich glaube an die Unabhängigkeitserklärung. Jeder Mensch braucht seinen Freiraum, man soll nie seine Freiheit aufgeben für diejenigen, die man liebt.«

»Aber das würde ich auch gar nicht, Mom, ich verspreche es dir. Ich werde weiter kommen und gehen, wie es mir paßt. Ich werde genauso weiterleben, als wärest du gar nicht da.«

»Wer spricht von dir? Ich bin diejenige, die ihre Unabhängigkeit erklärt. Zwanzig Jahre lang habe ich mich abgerackert und für dich und deinen Vater den Haushalt geführt. Dann starb dein Vater, und du bist ausgezogen, und die letzten zwanzig Jahre habe ich allein verbracht, und es gefällt mir. Du wirst doch jetzt nicht wollen, daß ich mich wieder abrackere?«

Also kaufte sie das Haus und außerdem ein Auto, einen flotten kleinen japanischen Flitzer, knallrot, und sehr schnell hatte sie sich ihr eigenes unabhängiges soziales Leben aufgebaut. Es kreiste um die Schwesternschaft der Synagoge, den Bridge- und Canastaclub für Senioren beim YMCA und um ihre Nachbarn, die sie nach wenigen Wochen mit Namen kannte.

Ich lebe nun schon seit drei Jahren in meiner Nachbarschaft und habe noch nie meinen Fuß in eins der Häuser um mich herum gesetzt, und meine Nachbarn haben ihren Fuß noch nie in mein Haus gesetzt. Aber Mom hat diese Begabung, daß sich ihr die Menschen nach zweiminütiger Bekanntschaft öffnen. Sie hört sich ihre Probleme an, nickt und blickt verständnisvoll drein, und sie finden nie heraus, wie scharf, wie nüchtern und, am allerschlimmsten, wie genau sie sie einschätzt und beurteilt.

Ihr Sonntagsfrühstück ist immer fürstlich, besteht es doch nicht nur aus den üblichen Eiern, Würsten und Pfannkuchen, sondern bietet darüber hinaus drei oder vier Sorten frische Früchte, hausgemachte Pasteten, Hühnersalat und verschiedene Arten geräucherten Fisch. Allerdings darf ich dieses Festmahl nicht als »Brunch« bezeichnen. »Das ist doch noch kein Brunch!« sagt sie mit ihrem berühmten verächtlichen Schnauben. »Als ich klein war, gab es das Wort noch gar nicht. Es wurde erfunden von Nichtstuern, die den ganzen Sonntagvormittag im Bett bleiben wollten. Brunch ist das, was man nach zwölf zu sich nimmt. Und so spät gibt es in diesem Haus nichts mehr zu essen.«

Also erschien ich an jenem Sonntagmorgen um die übliche Zeit, acht Uhr dreißig, zum Frühstück. Der Eisregen von gestern abend hatte sich verzogen und keinen Schnee gebracht, doch es lag noch eine scharfe Kälte in der Luft. An einem solchen Sonntagmorgen hätte mich nichts auf der Welt außer Moms Küche so früh aus dem Bett holen können.

Roger Meyer erschien ebenfalls. Roger ist mein Assistent im Büro der Pflichtverteidigung. Sein offizieller Titel lautet »Stellvertretender Ermittlungsbeamter« und bedeutet, daß er einen Großteil der Beinarbeit erledigt: eine wichtige Aufgabe, zumal meine Beine mir seit kurzem öfter signalisieren, daß vierundfünfzig Jahre unentwegten Einsatzes eine lange Zeit sind. Roger ist außerdem meine Schallmuschel, wenn mich ein Fall verwirrt oder irreleitet. Er ist ein kluger Junge, hat vor zwei Jahren sein Yale-Examen gemacht, Schwerpunkt Kriminologie. Er hat Köpfchen und einen gesunden Menschenverstand, wenn er sich nicht mit seinem einzigen wirklichen Fehler selbst in die Quere kommt: Er geht zu oft ins Kino, deshalb entstammen seine Vorstellungen über das Leben weniger seinen Erfahrungen in dieser Welt, sondern eher den Hollywood-Versionen.

Aber das wird sich noch auswachsen. Seit er den Job bei mir macht, hat er schon einiges erlebt, was ihn ziemlich mitgenommen und ein Stück näher an die Realität herangerückt hat.

Eine Sache lag etwa sechs Monate zurück. Sie hatte mit einem Mädchen zu tun, und ich habe an anderer Stelle darüber geschrieben. Aber Roger war immer noch deprimiert, deshalb versuchte Mom, so gut sie konnte, ihn wieder aufzuheitern. Sie häufte das Essen auf seinen Teller. »Iß, iß«, sagte sie ständig zu ihm. »Wenn du nicht noch einen von meinen Blaubeerpfannkuchen nimmst, wirst du bald nur noch ein Strich in der Landschaft sein, und das würde mir deine Mutter niemals verzeihen.«

Roger war groß, er hatte breite Schultern und ein Gesicht, das vor Gesundheit und Sonne nur so strahlte. Die Gefahr, daß er zu einem Strich in der Landschaft werden könnte, schien mir nicht akut.

Als er zu Moms Zufriedenheit vollgestopft war, kamen wir auf unser früheres Gespräch zurück. Ich hatte Mom und Roger alles über das Essen der *League of Women Voters* gestern abend erzählt und auch das Gespräch erwähnt, das McBride und Ann danach geführt hatten. Roger wirkte bedrückt, deshalb fügte ich schnell hinzu, daß sein Arbeitsplatz natürlich nicht gefährdet sei. Niemand habe vor, das Budget der Pflichtverteidigung zu kürzen, McBride töne nur dumm rum.

Und das traf auch auf die andere Sache zu, fuhr ich fort, nämlich daß er Doris Drydens Herausforderung angenommen hatte. »Wenn er ihr vor Gericht gegenübertreten müßte«, sagte ich, »würde sie Schlitten mit ihm fahren. Selbst wenn morgen ein neuer Mordfall auf seinen Schreibtisch kommt, selbst wenn er laut verkündet, er werde die Anklage persönlich vertreten, käme der Fall erst nach der Wahl zur Verhandlung. Und wenn er erst einmal wiedergewählt ist, wird er schon einen Weg finden, sich da wieder rauszuwinden.«

»Warum sollte er nicht aus reinem Stolz den nächsten Fall

selbst übernehmen wollen?« sagte Mom. »Du hast mir schon mehr als einmal erzählt, was für ein aufgeblasener Kerl er ist, wie hoch er sich selbst einschätzt. Deshalb ist er vielleicht nicht mit dir einer Meinung, Doris Dryden würde im Gericht mit ihm Schlitten fahren. Vielleicht glaubt er, er wird mit ihr Schlitten fahren. Um einen Mann taub und blind für alles zu machen, was wirklich ist und was nicht, eignet sich ein dickes Ego besser als ein dickes Bankkonto. Du hast deinen Onkel Hymie nie kennengelernt, aber er ist das beste Beispiel. Er besaß beides, ja ...«

Mom setzte uns eine Weile genau auseinander, was es mit ihrem verstorbenen Schwager Hymie auf sich hatte, der als Schrotthändler ein Vermögen gemacht und versucht hatte, in den *New York Athletic Club* gewählt zu werden, der damals, in den Dreißigern, für Juden verboten war. Die Geschichte, das muß ich zugeben, war faszinierend; zeigt sie doch, wie weit ein Mensch geht, nur um mit Leuten Karten spielen zu dürfen, die er nicht mag und von denen er genau weiß, daß auch sie ihn nicht mögen. Vielleicht war die Geschichte sogar wahr. Aber schließlich brachte ich das Gespräch zurück auf den Punkt.

»Selbst wenn McBride egoistisch genug sein sollte, sich vor Gericht zu blamieren«, sagte ich, »so würde Ed Brock das niemals zulassen. Ed ist nicht verblendet durch sein Ego oder sonstwas. Marvin McBride ist seine Schöpfung, sein geistiges Produkt. Er hat die letzten zwölf Jahre daran gearbeitet, daß sein Kind nach Rosen duftet, und er will, daß es die nächsten zwölf Jahre so weitergeht. Er wird nicht zulassen, daß McBride irgend etwas tut, das all das über den Haufen wirft.«

»Die Wähler werden das nicht hinnehmen«, sagte Roger. »Wenn er sich das nächste Mal zur Wiederwahl stellt, werden sie sich erinnern, wie er sein Versprechen gebrochen hat.«

»Die nächste Wahl findet in drei Jahren statt«, sagte ich. »Wähler erinnern sich nie an etwas, das so weit zurückliegt. Wähler vergessen, was drei Monate her ist.«

Ich sah, wie verwirrt Roger war. Ich hatte ihn dort getroffen, wo er am empfindlichsten war, in seinem Idealismus. »Wenn das stimmt, gäbe es keine Hoffnung für eine demokratische Regierung. Ich meine, die Demokratie stützt sich auf eine informierte verantwortungsbewußte Wählerschaft. Früher oder später werden die Wähler sich klarwerden über McBride, sie werden protestieren und ihn stürzen!«

»Wie in diesem Film?« sagte ich, und ich mußte das Wort »Film« einfach mit viel Sarkasmus aussprechen. »Tut mir leid, Junge. Wenn Mr. Smith tatsächlich nach Washington ginge, sie würden ihm eine reinhauen. Oder ihn nach der ersten Filmrolle auskaufen.«

»Ich erinnere mich an den Film«, sagte Mom. »Mit diesem großen Schauspieler, der seinen Mund öffnet und schließt, bevor er zu reden beginnt. Sieht sympathisch aus.«

»Jimmy Stewart«, sagte Roger. »Natürlich weiß ich, daß es nur ein Film ist. Im wirklichen Leben wird sich unser System nicht so leicht verändern. Aber trotzdem, im Prinzip, es gibt genug Anhaltspunkte für –«

»Es ist nicht nur unser System«, sagte ich, »oder irgendein anderes. Es ist die grundsätzliche Natur von Politikern. Für Politiker existiert nur ein Grundsatz: Werde gewählt. Dafür tun sie alles und versprechen sie alles, um Stimmen zu bekommen. Nichts ist ihnen gleichgültiger, als wie die Dinge wirklich sind, wichtig ist nur, wie sie aussehen. Für Politiker zählt nur das Image. Mit anderen Worten, im Grunde sind alle Politiker per definitionem Lügner.«

»Und du glaubst nicht, daß du ein wenig übertreibst?« sagte Mom. »Ich habe persönlich noch nie einen Politiker kennengelernt, aber es will mir nicht einleuchten, daß sie anders als andere Menschen sein sollten. Müssen sie nicht auch erst den Mantel und dann das Hemd ausziehen? Hat nicht jeder von ihnen auch einmal eine Mutter gehabt? Warum also willst du sie unbedingt zu Loch-Ness-Monstern machen? Es muß Gute und Schlechte unter ihnen geben, und bei vielen ist Gutes und Schlechtes miteinander vermischt.«

Das war ein Gedanke, den Mom und ich schon oft durchgespielt hatten. Er kommt immer dann hoch, wenn Wahljahr ist oder wenn irgendein besonders pikanter Politskandal die Schlagzeilen beherrscht.

»Es kann gar keine Guten geben«, sagte ich. »Weil sie Macht

besitzen. Das ist es, wonach sie trachten, das ist ihr einziger Lebenszweck. Und es ist eine bekannte Tatsache, Macht korrumpiert, und absolute Macht korrumpiert absolut.«

Mom zeigte uns nur ihr mildes Lächeln, das einen rasend machen konnte. »Alles korrumpiert. Nicht nur Macht. Denk nur an meinen Neffen Bernard, deinen Cousin ersten Grades, als er urplötzlich den Slogan-Wettbewerb für die Seifenfirma gewann. Eine Reise zu den Bermudas war der Preis. Bis dahin ein so süßer, bescheidener Junge, aber als er von den Bermudas zurückkam, trug er auf einmal drinnen eine Sonnenbrille und brachte die verschiedensten Frauen ins Haus. Seine arme Mutter konnte den Nachbarn nicht mehr ins Gesicht sehen.«

»Okay, ich verstehe. Das ist wieder deine philosophische Grundsatzerklärung. Alle Menschen sind genauso wie alle anderen Menschen. Aber ich sage dir, Politiker sind schlimmer.«

Die ganze Zeit über hatte sich Rogers Mund stumm bewegt – irgendwie ähnlich wie der Mund von Mr. Smith, als er zum erstenmal Korruption in Washington entdeckt –, und jetzt sprudelte es nur so aus ihm hervor. »Aber was sagst du da, Dave? Daß es eigentlich egal ist, wen man wählt? Es kommt sowieso auf das gleiche raus, warum sich also die Mühe machen?«

»Daran ist was Wahres«, sagte ich. »In deinem Alter kannst du nicht mehr so naiv sein zu glauben, daß eine Wahlkampagne eine von Vernunft getragene Debatte über anstehende Fragen ist. Es ist ein großer teurer Werbefeldzug zwischen zwei miteinander streitenden Produkten.«

»Aber diese Wahl ist doch etwas anderes, oder? Mrs. Dryden hat Ideen, sie hat Mitgefühl, sie steht wirklich für etwas. Ich kann nicht begreifen, wie jemand für –« Er brach ab, und seine Augen wurden groß. »Du wirst doch wählen, oder?«

Ich zuckte mit den Schultern. »Ich bin registriert. Ich werde voraussichtlich am Wahltag zur Wahl gehen. Aber das ist die reine Macht der Gewohnheit. Ich tue es, weil ich es immer getan habe.« Ich wandte mich Mom zu. »Du machst dir doch ebensowenig Illusionen über Politik, Mom. Sei ehrlich, gib's zu. Du kennst die menschliche Natur zu gut, du kannst dir nicht vormachen, daß deine Wahl die Welt verändert.«

»Die Welt verändert – wer hätte jemals aus einem derart hanebüchenen Grund gewählt?« sagte Mom. »Es geht nicht darum, die Welt zu verändern, es geht darum, sich zu überlegen, wie man am besten in ihr leben kann. Deshalb gehe ich zur Wahl, wenn du's wissen willst. Denn wenn man als Mensch in dieser Welt lebt, muß man die ganze Zeit zwischen Dingen wählen. Im Supermarkt wähle ich eine Artischocke anstelle einer anderen Artischocke. Wie weiß ich, daß ich richtig gewählt habe? Vielleicht sind ja beide gleich. Aber ich kann mich doch nicht hinsetzen und sagen, es ist alles egal. Ich muß etwas tun. Sonst bekomme ich nämlich gar keine Artischocken zu essen, jemand anderes wird daherkommen und mich zwingen, Kürbis zu essen. Und wie du weißt, Davey, bin ich nicht gerade verrückt nach Kürbis.«

Ich schüttelte traurig den Kopf. »Du bist noch schlechter dran als Roger. Er sieht nichts, weil er die Augen schließt. Du hältst deine Augen weit offen und blendest dich absichtlich. Tja, das beweist nur, was ich schon immer geglaubt habe. Wahlen müssen sein, egal, wie bedeutungslos sie auch sind. Die Menschen brauchen die Illusion, sie hätten die Wahl. Nicht die Freiheit macht die Menschen glücklich, sondern die Illusion der Freiheit. Und das hat zur Folge, wir müssen uns mit Politikern abgeben, ob es uns gefällt oder nicht. Sie sind ein notwendiges Übel. Vermutlich war es schon immer so. Seit dem prähistorischen Tag, als zum erstenmal ein Höhlenbewohner einen anderen Höhlenbewohner mit einem Faustkeil über den Kopf schlug und sagte: ›Du hast mich soeben gewählt!‹«

Roger sah derart betroffen aus, daß ich mich ein wenig schämte. Offensichtlich tat er Mom auch leid. Sie machte keinen Versuch, auf meine Schmährede einzugehen. Statt dessen fragte sie Roger, ob er noch Kaffee wolle, und damit war unsere Auseinandersetzung für diesen Morgen beendet.

Ein wenig später wandte Mom sich an mich. »Willst du mich gar nicht fragen, ob ich zu eurem Essen gestern abend irgend etwas zu sagen habe?«

Ich antwortete mit einem tiefen Seufzer. Mom sieht nur zu gerne überall Rätsel. Zufällig stand im Augenblick kein Mord auf meinem Arbeitsplan, trotzdem konnte sie nicht lockerlassen.

»Was könntest du noch zu sagen haben? An dem Essen war nichts Besonderes.«

»Fandest du nicht, daß es etwas Besonderes war, wie McBride das mit dem Trinken gehandhabt hat?«

»Wie denn?«

»Er ist ein so großer Trinker, wie du mir immer versicherst. Und dieses Essen gestern abend dauerte wie lange – dreieinhalb Stunden, es war nicht vor elf zu Ende. Und die ganze Zeit über trinkt McBride keinen Tropfen Alkohol.«

»Aber er hat getrunken. Hab ich dir doch erzählt, jedesmal, wenn ich zu ihm hingesehen habe, schlürfte er seinen Wein.«

»Bloß daß in seinem Glas kein Wein war. Es gab Weißwein, deshalb fiel auch niemandem auf, daß er in Wirklichkeit Wasser trank.«

»Wie um alles in der Welt kommst du denn darauf?«

»Dein Boß, Ann Swenson – sie haßt es, wenn Leute nach Alkohol stinken, sie ist allergisch dagegen, es wird ihr schlecht davon. Aber gestern, fünf Minuten nach dem Essen, umarmt McBride sie und drückt sein Gesicht an ihres, er atmet sie an – und sie reagiert mit einem amüsierten Lächeln, einem philosophischen Lächeln, wie du es genannt hast. Sie ist ein höflicher Mensch, aber wenn sie das Gefühl gehabt hätte, sich übergeben zu müssen, hätte sie das nicht wenigstens angedeutet? Hätte sie nicht die Nase gerümpft oder sich ein wenig von ihm abgewandt? Das tat sie nicht, weil McBride nicht nach Alkohol roch – auch wenn er den ganzen lieben Abend lang seinen Weißwein geschlürft hatte.«

Ich starrte sie über den Tisch hinweg an und Roger ebenfalls. Keiner von uns beiden sprach ein Wort. Sie hatte recht, und ich hätte es selbst bemerken müssen.

»Gut, wahrscheinlich hat er nicht getrunken«, sagte ich schließlich. »Aber was soll's? Ich verstehe nicht, wieso das von Belang sein sollte.«

Ein leiser gereizter Stoßseufzer kam von Mom, er klang nicht gerade wie ein jiddisches Wort, hätte aber eins sein können.

»Hast du irgendeine Vorstellung, welche Anstrengung es diesen Mann gekostet haben muß, diesen starken Trinker, das ganze Essen durchzustehen, ohne auch nur einen Tropfen Alkohol zu sich zu nehmen? Eine derartige Willensstärke, erstaunlich. Schien dir McBride in der Vergangenheit ein Mann mit Willensstärke zu sein?«

»Natürlich nicht. Aber es gibt doch eine offensichtliche Erklärung, nicht? McBride dämmert, er könne diese Wahl verlieren. Die Wahlumfrage des *Republican American* hat ihn verunsichert. Also hielt er es für wichtig, gestern abend bei dem Essen einen guten Eindruck auf die Leute zu machen. Ed Brook hat ihm wahrscheinlich geraten, besser die Finger vom Alkohol zu lassen.«

»Mag sein. Aber die Leute, die das Essen gegeben haben, diese Liga der *Women Voters*, die haben doch nichts gegen Alkohol. Sie ermutigten ihre Gäste zu trinken, sie stellten Wein und Bier auf die Tische. In dieser Gesellschaft hätte McBride nach Herzenslust trinken können, und niemand hätte sich über ihn aufgeregt. Und sie glaubten ja auch, er würde trinken, oder? Er hat so getan, als würde er trinken, um sie nicht vor den Kopf zu stoßen. Er hat sogar den Kellner dazu gebracht, daß er ihm Wasser ins Weinglas goß.«

»Vielleicht befürchtete er, daß er sonst die Kontrolle über sich verlieren und sich irgendwie schlecht benehmen könnte.«

»Warum sollte er das befürchten? Du hast mir doch schon oft erzählt, daß er am frühen Morgen, mit seinem Kater, nicht so gut funktioniert, aber zur Mittagszeit den Kater hinter sich habe, und wenn er dann erneut anfängt zu trinken, man es ihm nicht anmerkt, er den Eindruck macht, als habe er sich vollkommen unter Kontrolle. Das trifft auf viele erfahrene Trinker zu, oder? Mein Cousin Sidney zum Beispiel, der Gehirnchirurg. Sie können praktisch in Alkohol ersaufen, und niemand merkt was davon. Den ganzen Tag und den ganzen Abend können sie trinken, und ihre Hände zittern nicht einmal. Nur am nächsten Morgen, wenn sie nüchtern erwachen.«

Es stimmte mit Sicherheit, daß McBride die Geschicklichkeit entwickelt hatte, sich nach außen hin nüchtern zu geben, während er das Zeugs in sich reinkippte, als gäbe es kein Morgen. Ich hatte das bei anderen öffentlichen Anlässen selbst gesehen.

»Vielleicht hat er dem Alkohol abgeschworen«, sagte ich. »Vielleicht war er beim Arzt, und der hat ihm gesagt, er müsse mit dem Trinken aufhören.«

»Ist möglich«, sagte Mom. »Nur, wenn er so schwer krank war, um diesen großen Schritt zu tun, wie kommt's, daß bisher niemandem etwas aufgefallen ist? Diesen Wahlkampf hat er doch mit derselben Energie wie immer bestritten. Ich habe nirgendwo davon gelesen, daß er bei einer Versammlung zusammengebrochen wäre oder wegen Krankheit eine Rede hätte absagen müssen. Schon gut, schon gut, wir haben nicht genügend Informationen, um das Rätsel zu lösen. Schade. Wahrscheinlich werden wir nie ...«

Sie wurde vom Klingeln des Telefons unterbrochen.

Ich ging ran. Es war mein Boß, Ann Swenson. »Ich bin froh, daß ich dich erreicht habe, Dave.«

Sie wußte von meinem regelmäßigen Sonntagsfrühstück bei Mom, aber dies war das erstemal, daß sie uns dabei störte. Dieser Umstand allein, selbst wenn ich nicht die Dringlichkeit in ihrer Stimme gehört hätte, reichte, um zu wissen, daß etwas los war.

»Ich weiß, es ist lästig«, sagte sie. »Wenn ich es anders regeln könnte ... Du und Roger, ihr beide müßt sofort herkommen. Ich bin nicht im Büro. Ich bin im Gefängnis.«

Drei

Ann erwartete Roger und mich auf der Vordertreppe des Stadtgefängnisses.

Es ist ein ausgesprochen häßliches zweistöckiges Gebäude, braun und schmutzig, direkt neben dem neuen Gericht. Es stammt aus den Dreißigern, ist also immer überfüllt, dreckig und schlecht beleuchtet, aber mit großer Wahrscheinlichkeit werden wir in voraussehbarer Zukunft kein neues bekommen. Die Stadt hat vor einigen Jahren alle finanziellen Mittel in das neue Gerichtsgebäude investiert, und die Wirtschaft sieht nicht so aus, als produziere sie Mittel dieser Größenordnung ein zweites Mal. In unserer konservativen Bergfestung sind wir gern bereit, wenn auch nicht gerade mit Begeisterung, Geld dafür auszugeben, daß Anwälte, Richter und andere Diener des Rechtssystems bequem arbeiten können – aber macht es einen Sinn, das Geld für Feinde der Gesellschaft wegzuwerfen? Wer nicht ein bißchen Dreck ertragen kann, soll eben das Gesetz nicht brechen.

In dem trüben Empfangszimmer des Gefängnisses erwartete uns Leland Grantley. Es war kurz nach zehn Uhr morgens, aber er war genauso korrekt und dunkel gekleidet wie gestern abend zu dem Essen.

»Sie haben einen neuen Mandanten, glaube ich«, sagte er. »Tut mir leid, Sie am Sonntag stören zu müssen, aber er weigert sich, mit uns zu sprechen, bevor er nicht mit seinem Anwalt gesprochen hat. Hm, wir haben sowieso alle nötigen Informationen – trotzdem, wir dachten, es wäre besser, nicht bis morgen damit zu warten, sondern Sie sofort zu benachrichtigen.«

»Das haben Sie gut gemacht, Leland«, sagte Ann. »Zumal Sie sonst die Rechte des Angeklagten verletzen würden, wenn Sie ihn daran hinderten, innerhalb von vierundzwanzig Stunden einen Anwalt zu sprechen. Und das könnte Ihre ganze Anklage zu Fall bringen.«

»Stimmt«, sagte Grantley und nickte ernst. Sarkasmus mußte schon ziemlich deutlich werden, bevor er Grantleys unsichtbaren Panzer aus Humorlosigkeit durchbrechen konnte. »Und mir lag sehr daran, das versichere ich Ihnen. Ich glaube fest daran, daß die Rechte eines Angeklagten voll und ganz zu respektieren sind. Worum sonst geht es in einer Demokratie?«

»Wer also ist dieser Angeklagte? Was wird ihm zur Last gelegt?« fragte Ann.

»Er heißt Harry Stubbins. Die Anklage lautet auf Mord.«

Ich habe diesen Satz natürlich schon tausendmal gehört, aber jedesmal läuft es mir wieder kalt den Rücken hinunter.

»Wer wurde ermordet?« fragte Ann.

»Die Frau hieß Edna Pulaski. Sie war – Sie betrieb ein – Also, um es nicht gerade gewählt auszudrücken, sie war eine Madame, sie betrieb einen Massagesalon auf der South Arizona Avenue. Drei oder vier Mädchen arbeiten für sie, und einige ihrer Kunden bediente sie auch selbst. Das Haus gehörte ihr, im ersten Stock waren die Geschäftsräume, und im zweiten hatte sie ihre Wohnung.«

»Und übrigens, nach ihrem Namen würde man nicht darauf kommen, die Frau war Asiatin – Koreanerin, um genau zu sein. Sie war eine Zeitlang mit einem Mann namens Pulaski verheiratet. Sie ist vor zehn Jahren aus Korea eingewandert, zusammen mit ihrer Mutter. Sie wissen ja, viele Asiaten haben sich hier niedergelassen ...«

»Warum, meinen Sie, hat dieser Harry Stubbins diese Pulaski umgebracht?« unterbrach ich ihn. »War er einer ihrer Kunden?«

Grantley lächelte süßlich. »Also das würde mich sehr überraschen. Warten Sie nur, bis Sie ihn gesehen haben.«

»Ihnen ist doch wohl klar, daß Sie unsere Zeit verschwenden«, sagte Ann, »wenn er sich selbst einen Anwalt leisten kann. Das Statut ist ziemlich eindeutig ...«

»Niemand wird behaupten, Sie würden mit diesem Mandanten das Statut verletzen.« Noch immer drückte Grantleys Gesicht Belustigung aus. »Ich verspreche Ihnen, er kann sich keinen Anwalt leisten. Er kann sich keinen Schnürsenkel leisten. Reden Sie aber jetzt erst mal mit Ihrem Mandanten. Danach stehe ich Ihnen zur Verfügung. Sie finden mich auf der anderen Straßenseite im Gericht, schauen Sie einfach in mein Büro rein.«

Grantley bedeutete einem uniformierten Beamten, sich um uns zu kümmern, und verschwand.

Im Keller des Gefängnisses gibt es einen kleinen Raum, wo Anwälte sich mit ihren Mandanten vertraulich unterhalten können, wenn diese Mandanten gerade Gäste der Stadt sind. Dieser Raum hat einen Tisch und drei harte Holzstühle, keine Fenster nach draußen, nur ein kleines vergittertes Fenster in der Tür. Auf der einen Seite dieser Tür ist ein Wächter mit Pistole postiert.

Ann und Roger und ich warteten in diesem Raum darauf, daß man unseren Mandanten hereinführte. Ann saß hinter dem Tisch, ich saß neben ihr, und der Stuhl uns gegenüber war frei. Roger mußte wegen seines niederen Dienstalters an der Wand stehen.

Kaum hatte der Wächter Harry Stubbins hereingeführt, verstanden wir Grantleys süffisantes Lächeln. Mir für meinen Teil war absolut nicht nach Lächeln zumute. Ich kann nichts Unterhaltendes an Tippelbrüdern von der Straße finden, an Mänteln, die nicht viel mehr als Fetzen sind, an Hosen und Hemden, die aussehen, als wären sie mit ihrem Träger verwachsen, an Schuhen mit Löchern, an dem starken, widerlichen Geruch ungewaschener Haut.

Stubbins sackte auf dem Stuhl Ann und mir gegenüber irgendwie in sich zusammen, und der Wächter teilte ihm mit, er würde draußen vor der Tür warten, und ließ uns dann allein. Die Tür schloß sich klirrend, so daß Stubbins auf seinem Stuhl leicht zusammenzuckte.

»Guten Tag, Mr. Stubbins«, sagte Ann. »Ich bin Ann Swenson, die Pflichtverteidigerin.« Sie stellte Roger und mich vor, dann streckte sie die Hand in Stubbins' Richtung aus. Ich hätte das nicht getan, ehrlich nicht. Wer konnte wissen, wo er mit seiner Hand vor kurzem noch rumgewühlt hatte? Aber Ann behandelt ihre Mandanten alle gleich – sie ist immer geschäftsmäßig und respektvoll –, und ehrlich, wir hatten schon viele, die kaum qualifiziert zu sein schienen, der menschlichen Rasse zugerechnet zu werden.

Stubbins blinzelte einen Augenblick ihre Hand an, und dann erhob er seine, leicht zittrig, und vollendete das Händeschütteln. Er hatte stumpfartige schwarze Finger; seine Nägel sahen aus, als knabbere er jedesmal daran, wenn er sonst nichts Nahrhafteres zwischen die Zähne kriegte.

»Ist mir ein Vergnügen, Mrs. Swenson«, sagte er.

Die Stimme kam krächzend und zittrig – ob von zuviel Alkohol oder zuwenig Essen oder Schlaf, vermochte ich nicht zu entscheiden. Aber die Formalität seiner Worte überraschte mich. Daraufhin sah ich ihn mir genauer an, aber ich sah nur das, was zu sehen ich erwartete. Sein Gesicht war rundlich, aufgedunsen und rot, verkommen zu dieser anonymen ausdruckslosen breiigen Masse, die oft Gesichter von Menschen charakterisiert, die zu viele Jahre auf der Straße verbracht haben, bei jedem Wetter. Er mochte fünfzig oder auch siebzig sein, das war nicht zu entscheiden. Seine Augen waren trübe und blutunterlaufen. Seine Zähne waren gelb, und vorne fehlten einige. Er trug zwar keinen richtigen Bart, sah aber aus, als sei es lange her, daß er sich das letztemal rasiert hatte.

»Wir sind hier, um Ihnen zu helfen, Mr. Stubbins«, sagte Ann. »Jeder Angeklagte hat Anspruch auf eine Gerichtsverhandlung. Wenn Sie nicht über die Mittel verfügen, sich einen Anwalt nehmen zu können, steht Ihnen die Pflichtverteidigung kostenlos zur Verfügung. Und wir werden Ihnen gute Schützenhilfe geben, das verspreche ich Ihnen. Möchten Sie sich unserer Hilfe bedienen?«

Stubbins zog sich in seinem Stuhl ein wenig hoch, zwinkerte ein paarmal schnell mit den blutunterlaufenen Augen und bekam es fertig, seiner Stimme etwas mehr Volumen zu verleihen. »Sehr jung, nicht wahr? Für diese Arbeit. Sollten eine eigene Karriere planen. Eine Praxis aufbauen, nach einem Partner suchen, zahlende Klienten nehmen. Fürchterliche Verschwendung. Wenn ich Ihr Vater wäre, würde ich ordentlich ins Gericht mit Ihnen gehen.«

»Ich bin mit einem reichen Mann verheiratet«, sagte Ann. »Ich kann es mir leisten, meine Zeit zu verplempern. Jetzt schlage ich vor, reden wir über Sie, Mr. Stubbins. Ihren Wohnort, bitte?«

»Wohnort.« Etwas wie ein Lächeln waberte um Stubbins' roten wabbeligen Mund. »Oh, das ist schön. Klingt wunderbar. Mein Wohnort, junge Frau – South Arizona Avenue. Und – die Elfte oder die Zwölfte Straße? – die Zwölfte, ja sicher. Dann nach links und die Straße rauf.« Eine Art Lachen, mehr ein dünnes Gackern, kam von ihm. »Ja, das ist mein Wohnort, meine liebe Mrs. Swenson. Wohne da seit – wie lange jetzt? Drei, vier Monate, seit es draußen wärmer ist. Schöner kleiner Platz, glatter Asphalt, genug Platz für meine Matte, mein Kissen – das tagsüber mein Pullover ist oder, wenn Sie so wollen, meine Unterziehweste –, ein paar andere Habseligkeiten. Bescheiden, aber für mich ist es mein Zuhause. Muß allerdings bald da raus. In den letzten Tagen liegt Frost in der Luft, ein großer Nachteil meiner Straße – keine Zentralheizung. Wird Zeit, ins Winterquartier aufzubrechen.«

»Wo wird das sein?«

»Wo auch immer, wo auch immer.« Er fuchtelte unbestimmt in der Luft herum. »Unter der Brücke gibt es einen schönen kleinen Wohnplatz. Kennen Sie die Pinecreek Bridge im Westteil der Stadt? Hervorragende Unterbringung, südliche Lage, vernünftiger Windschutz. Das Problem ist allerdings, eine freie Stelle zu finden. Große Nachfrage jetzt, wo die Tage kürzer werden.«

»Sie kennen die Gründe, warum die Staatsanwaltschaft Sie anklagt, nicht wahr?«

»O ja. Ja.« Seine Stimme war nicht mehr als ein heiseres Gemurmel. »Sie sagen, ich hätte sie umgebracht – das ist der Grund, oder?«

»Warum glaubt man das? Welche Beziehung haben Sie zu Edna Pulaski?«

»Pulaski? Ja, so hieß sie. Hat mir ein Polizist gesagt – heute morgen, als sie mich in ihren Wagen setzten. Komischer Name für eine Chinesin – sie war doch Chinesin, oder?«

»Koreanerin. Pulaski hieß ihr Mann.«

»O ja. Ach so, dann ist das ja klar.«

»Also, woher kannten Sie sie?«

»Kannte sie nicht. Hab nie mit ihr gesprochen. Bis gestern abend. Hab sie immer gesehen, von meinem Straßenplatz. Sie wohnte in dem Haus zwei Türen weiter – hab sie immer aus der Tür kommen gesehen, die Straße hinuntergehen. Attraktive Frau. Ende Dreißig, Anfang Vierzig. Schwer zu schätzen, die Orientalinnen. Klein. Nicht gerade mein Typ – mir sind die Großen lieber, große Glieder, großer Busen –, hindert mich allerdings nicht daran, auch andere Typen wertzuschätzen. Wirklich guter Geschmack ist eher inklusiv als exklusiv, sage ich immer.«

»Wußten Sie, wer sie war, als Sie sie auf der Straße gesehen haben? Womit sie ihren Lebensunterhalt verdiente?«

Ein kleiner kratziger Seufzer entfuhr ihm. »Ahnte es. Wie sie aussah. Wie sie ging. Die Schminke in ihrem Gesicht. Sie war eine Hure. Täusche ich mich da? Hoffentlich täusche ich mich, arme Frau. Kein Leben, für niemanden.«

»Sie waren dicht dran, fürchte ich«, sagte Ann. »Aber ich entnehme Ihren Worten, daß Sie nie Gelegenheit hatten – ihre Dienste in Anspruch zu nehmen?«

Stubbins ließ wieder das dünne Gackern hören. »Du meine Güte, selbst wenn ich die Mittel hätte, und es ist Jahre her, daß ich die Mittel hatte – wenn Sie verstehen, was ich meine. Aber ich danke Ihnen für die Frage, äußerst schmeichelhaft.«

»Wie haben Sie dann mit ihr zu tun bekommen?«

»Wüßte ich selbst gern. Hab sie hin und wieder auf der Straße gesehen – sagte ich ja bereits, nicht wahr? –, hab nie ein Wort mit ihr gewechselt. Nicht einmal ›einen schönen Tag‹. Bis gestern abend.« Er hörte auf zu reden, und ein Schauder überkam ihn. Weil er sich an etwas erinnerte? Oder war es nichts weiter als ein plötzlicher Kälteschauer?

»Was war gestern abend?«

»Fängt damit an, daß ich fest schlafe. Plötzlich bin ich wach, jemand zerrt an meinen Schultern, sagt mir, ich soll aufwachen.

Sie ist es. Diese Chinesin – Koreanerin – Pulaski? ›Sie können nicht hier draußen bleiben‹, sagt sie zu mir, ›Sie werden sich den Tod holen.‹ Es regnet, verstehen Sie. Regen wie Eis, so kalt, daß man sich den Arsch abfriert. Entschuldigen Sie den Ausdruck, Madame. ›Kommen Sie in meine Wohnung‹, sagt sie, ›ich mach Ihnen einen Kaffee.‹ Ich habe leichte Schwierigkeiten, sie zu verstehen, sie spricht undeutlich, chinesischer Akzent, koreanischer Akzent vermutlich – nicht, daß ich den Unterschied erkennen würde. Aber kurz darauf nimmt sie meinen Arm und führt mich ins Haus, Titania führt Bottom in ihr Gemach, so ähnlich. Ging ein paar Treppen rauf, ins Gemach. Großer Raum, orientalische Dekorationen. Bilder von Vögeln und Fischen und Bambusbäumen. Großes Bett, mit Drachen drauf. Vorhänge alle zugezogen, nur Licht von ein paar Lampen auf dem Kaminsims – auf den Lampen auch Drachen. Sie setzte mich in einen Sessel, schön bequem, die Kissen mit Perlen verziert. In Xanadu hat Kublai Khan –«

»Wie war sie angezogen?« sagte Ann.

»Angezogen? Meine liebe junge Dame, was weiß ich davon, wie Frauen angezogen sind? Schön war sie angezogen – gelbrosa Kimono, auch ein bißchen Schmuck. Perlenhalskette, Ohrringe, am Finger ein Ring mit einem großen grünen Stein.«

»Hatten Sie den Eindruck, sie hatte sich für Sie besonders angezogen, oder war das ihre Kleidung, die sie abends immer trug, auch wenn sie keinen Besucher erwartete?«

»Hatte überhaupt keinen Eindruck, weder so noch so. Wie sollte ich wissen, was sie abends immer trug? Bin in der letzten Zeit nicht viel in weiblicher Gesellschaft. Führe ein eher zurückgezogenes Leben.«

Ich sagte etwas, ein wenig scharf. »Sie kam zu Ihnen nach draußen in dem kalten Regen und hatte nichts als einen Kimono an?«

»Nein, nein. Auch einen Regenmantel. Zog ihn aus, als wir in der Wohnung waren.«

»Und was geschah dann?« fragte Ann.

»Fragte mich, ob ich einen Kaffee wollte. Selbstverständlich wollte ich. Lehne niemals eine Tasse Kaffee ab, die ich umsonst bekomme, ein Prinzip von mir. Auch keine harten Sachen. Sie ging raus in die Küche, kam mit einer Tasse Kaffee zurück, sagte, es wär nur noch für eine Tasse Kaffee in der Kanne, sagte, sie würde später neuen machen, wenn sie selbst auch welchen wollte. Freundliche junge Frau. Sehr nett. Hübsches kleines Ding.«

»Sie kam mit Ihrem Kaffee wieder ins Zimmer?«

»Ja, stellte die Tasse auf ein kleines Tischchen – chinesischer Tisch – neben den Sessel. Sie setzte sich aufs Bett – schlug die Beine übereinander – und sah mich an. Sie stellte den Fernseher leiser –«

»Fernseher?«

»Hab ich's nicht erwähnt? Hatte den Fernseher laufen, als ich ankam. Hat sich einen Film angesehen.«

»Welchen Film?« fragte Roger. Normalerweise hörte er mehr oder weniger schweigend zu, wenn er Ann und mich zu einem Verhör begleitete. Aber wenn es um Filme ging, konnte er den Mund nicht halten. Sie waren seine große Leidenschaft. Manchmal dachte ich, er habe jeden gesehen, der überhaupt jemals gedreht worden ist, die eingeschlossen, die fünfzig Jahre vor seiner Geburt entstanden sind. Ich hielt ihm dann immer vor, wie schade es sei, daß er seine Kindheit und seine Jugend mit einem solchen Schund verschwendet habe, aber Mom verteidigte ihn immer. »Hätte er lieber Drogen nehmen oder Whiskey trinken und sich das Trommelfell mit dieser lauten Musik kaputtmachen sollen?«

»Einen alten Film«, sagte Stubbins und zog nachdenklich die Nase kraus. »Kann mich erinnern, hab ihn vor Jahren gesehen, als er gerade rausgekommen war. Diese drei verrückten Brüder – einer von ihnen hatte einen Schnurrbart, einer einen italienischen Akzent, einer sagte gar nichts ...«

»Die Marx Brothers«, sagte Roger. »Welcher Marx-Brothers-Film war es?«

»Kann mich nie an die Namen erinnern. Sie sind auf der Rennbahn. Der mit den blonden Locken, der nichts sagt, der ist der Jockey, der auf dem Pferd galoppiert ...«

»*A Day at the Races*«, sagte Roger. »In dem Film kommt diese urkomische Szene vor, wo Chico Eis verkauft ...« Er brach errötend ab, als sei ihm plötzlich eingefallen, wo er war. Mit dreiundzwanzig errötet man häufig.

»Also, sie stellte den Fernseher leiser«, sagte Ann.

»Ja, sie stellte ihn leiser, ließ ihn aber an. Regte sich ziemlich auf. Sagte, sie hätte den Film schon mal gesehen. ›Alles Wiederholungen‹, sagte sie. ›Im Fernsehen zeigen sie nichts als Wiederholungen.‹ Dann fing sie an zu reden.«

»Worüber?«

»Worüber? Schwer zu sagen, worüber genau. Männer. Ja, sie redete über Männer. Ziemlich bitter, ja. Sie benutzen einen, und dann betrügen sie einen. Aber sie hatte nicht vor, sie so davonkommen zu lassen, sagte sie. Sie sagte, sie würde ihn vor der Welt bloßstellen.«

Ann beugte sich ein wenig vor. »Hört sich an, als habe sie nicht von Männern allgemein gesprochen. Hat sie von einem bestimmten Mann gesprochen?«

»Kann sein. Wer weiß? Namen hat sie nicht genannt. Ehrlich gesagt, ich hab schon nicht mehr genau zugehört. In meinem Kopf drehte sich etwas. Wurde schwindlig. Stimme ging rein und wieder raus, Raum schwankte auf und nieder wie Wasser. Dann hörte ich den Lärm.«

»Welchen Lärm?«

»Klopfgeräusche. Klopf, klopf, klopf.«

»Jemand klopfte an der Tür?«

»Ja, so war's. Sie erhob sich vom Bett, ging durch das Zimmer. Ich sah, wie sie die Tür öffnete, wie jemand hereinkam. Hörte sie laut sprechen – wütend. ›Wiederholung! Hab genug von Wiederholungen! Genug!‹ Komisch, daß sie das sagt, dachte ich. Jemand kommt sie besuchen, das erste, was sie tut, ist sich übers Fernsehprogramm beschweren. Vielleicht jemand, der fürs Fernsehen arbeitete? Produzent, Autor? Letzter Gedanke, an den ich mich erinnere. Im nächsten Moment war's um mich dunkel, als hätte man das Licht ausgemacht.«

»Können Sie den Mann beschreiben, der zu ihr kam?«

»Bin noch nicht mal sicher, ob's ein Mann war. Kann auch eine Frau gewesen sein. Oder ein kleines Kind. Hab die Person überhaupt nicht gesehen.« Er sah einen Augenblick lang verwirrt aus. »Sie nehmen an – das war der, der sie umgebracht hat?«

»Scheint recht wahrscheinlich«, sagte Ann.

»Hat mich aber nicht umgebracht. Hat mich die ganze Nacht da schlafen lassen. Wie kommt das?«

»Vielleicht weil er – oder sie – gesehen hat, daß es dunkel um Sie war«, sagte ich, »und wußte, daß Sie zu einer Identifikation nicht in der Lage sein würden.«

»Wie spät war es, als diese Person auftauchte?« fragte Ann.

»Wie spät? Ja, das kann ich Ihnen sagen. Fünf nach halb zwölf.«

»Sie haben keine Uhr, oder?« sagte ich, wieder in scharfem Ton.

»Nein, nein, nein. Früher einmal – gute alte Tage, sind kaum noch wahr. Was mag nur mit der schönen Uhr passiert sein? Hatte eine Inschrift hinten. Hoffe, sie hat ein gutes Zuhause gefunden. Nein, wie spät es war, das hab ich auf ihrer Uhr gesehen – große Uhr auf dem Kamin, goldene Ziffern, in orientalischem Design. Auf der Uhr war es fünf nach halb zwölf.«

»Erzählen Sie uns jetzt, was geschah, als Sie wieder aufwachten«, sagte Ann.

»Das erste waren fürchterliche Kopfschmerzen, jemand sprang in meinem Kopf auf und nieder. Dann das Licht, das durch die Vorhänge kam, die Lampen brannten nicht mehr. Starrte auf den toten Fernsehbildschirm – dann hörte ich das Schreien. Worte, die ich nicht verstehen konnte, hörten sich nicht englisch an. Kleine alte Frau, Chinesenfrau, stand in der Tür und schrie sich die Seele aus dem Leib.«

»Wie spät war es da?«

»Weiß ich nicht, hab nicht auf die Uhr gesehen. Später allerdings haben sie mir gesagt, es sei sieben gewesen.«

»Haben Sie irgend etwas zu der alten Chinafrau gesagt?«

»Koreanerfrau eigentlich. Hab später erfahren, daß es die Mutter war, die Mutter der Pulaski. Keine Zeit mehr, irgend etwas zu ihr zu sagen. Ist zur Tür rausgelaufen, hab sie die Treppe runterlaufen gehört. Dann merkte ich, daß ich auf dem

Boden lag, neben dem Sessel. Hab versucht aufzustehen – dann hab ich sie gesehen. Die Frau – lag auf dem Bett, Laken alle zu einem Bündel zusammengeknüllt. Wußte auf der Stelle, daß sie tot war. Hab viele Tote gesehen, seitdem ich auf der Straße bin.«

»Könnten Sie die Todesursache benennen?«

»Nein. Das Gesicht war ganz blau und aufgedunsen, die Augen hervorquellend. Ein Polizist hat mir später gesagt, sie ist erwürgt worden. Hab nicht lange hingeguckt, hab gemacht, daß ich da rauskam. Treppe runter, raus auf die Straße – der Polizei direkt in die Arme. Dann ab im Polizeiwagen – und hier bin ich.«

Wir sahen ihn eine Weile schweigend an. Es gibt nicht viel zu sagen, wenn man gerade eine solche Geschichte gehört hat.

Er fuhr zögernd fort: »Was ich mich gefragt habe. Immer wieder, läßt mir keine Ruhe. Glauben Sie – war in dem Kaffee, den sie mir gebracht hat, irgendeine Droge? Mich macht das stutzig – warum nur eine Tasse? Warum hat sie keinen getrunken?«

»Sie meinen, man habe Sie betäubt?«

»Betäubungsmittel, ja. Ging alles so schnell, verstehen Sie. Gerade bin ich noch hellwach, und im nächsten Moment –«

»Warum sollte Edna Pulaski Ihnen ein Betäubungsmittel gegeben haben?« sagte ich. Ich fürchte, die Skepsis in meiner Stimme war nicht zu überhören.

»Weiß nicht, weiß nicht.« Er schüttelte den Kopf und sah ganz durcheinander aus. »Glaube ich ja auch nicht. Eine so freundliche Frau. Warum sollte sie sich die Mühe machen, so freundlich zu sein? Die meisten sind's nicht. Halten sich die Nase zu, werfen eine Münze in den Hut, laufen in die entgegengesetzte Richtung. Kann ich ihnen eigentlich nicht übelnehmen. Eine so freundliche Frau – glaube einfach nicht, daß sie mir was antun wollte.«

»Haben Sie Grund zu der Annahme«, sagte Ann, »daß sich eine andere Person in der Wohnung aufhielt, als Edna Pulaski Sie dorthin mitnahm?«

»Sie sagte, sonst sei niemand im Haus.«

»Hätte sich jemand dort versteckt halten können? Haben Sie irgendein Geräusch gehört – vielleicht aus einem Schrank oder dem Badezimmer? Aus der Küche?«

»Nichts. Ist keine besonders große Wohnung.«

»Bis gestern abend«, sagte Ann, »hatten Sie und Edna Pulaski nie ein Wort miteinander gewechselt?«

»Nein. Sagte ich Ihnen bereits.«

»Sie kannten sie bis dahin überhaupt nicht? Weil, wenn es doch der Fall sein sollte, Mr. Stubbins, ich verspreche Ihnen, die Staatsanwaltschaft wird es herausfinden. Sollte man irgendeine alte Verbindung zwischen Ihnen beiden ans Licht befördern, wird das das Ende sein. Sie werden inhaftiert und kommen eventuell sogar in die Gaskammer.«

»Bestimmt nicht. Ehrenwort.« Er deutete an, daß er sich zusammenriß. »Mein Wort als Mann der Bildung und des feinen Benehmens.«

Ann sagte einen Augenblick lang gar nichts. Dann sagte sie: »Wie sieht Ihre Vergangenheit aus, Mr. Stubbins? Wo kommen Sie her? Wie kam es – was haben Sie gemacht, bevor Sie nach Mesa Grande kamen?«

Stubbins' rote Augen wichen Anns Blick aus. Seine Stimme wurde wieder dieses heisere leise Gemurmel. »Hab gar nichts gemacht. Komm von nirgendwo her.«

»Sie müssen einmal ein Zuhause gehabt haben. Einen Job. Eine Familie. Wenn Sie uns etwas über sich erzählen, können wir es vielleicht vor Gericht verwenden, die Information könnte Ihnen helfen.«

»Es gibt niemanden!« Seine Stimme wurde lauter, und seine Augen blitzten uns an. »Kein Name! Irrelevant! Fragen Sie mich nicht nach ihm, keine weiteren Fragen nach ihm ...« Er senkte wieder den Kopf, und es war ersichtlich, daß wir nichts weiter aus ihm herausbekommen würden.

Ann seufzte und erhob sich. Roger und ich standen ebenfalls auf. »Eine Frage muß ich Ihnen noch stellen«, sagte Ann, »für unseren Bericht. Mr. Stubbins, haben Sie Edna Pulaski umgebracht?«

Er blickte wieder auf, schmerzerfüllt.

»Würde ich niemals tun. Das hübsche kleine Ding. Hab sie nicht umgebracht. Hab noch nie jemanden umgebracht. Außer ...«

Er brach ab und sah weg.

»Außer wen?« sagte Ann.

»Außer wie heißt er noch«, murmelte Stubbins. »Geschieht ihm ganz recht, daß ich ihn umgebracht habe. Macht allerdings nichts. Dafür kommt man nicht ins Gefängnis.«

Wir nahmen den unterirdischen Gang, der das Gefängnis mit dem Gericht verbindet. Unterwegs sagte ich, was ich dachte. Wenn ich frustriert bin, kann ich einfach nicht schweigen.

»Was meinst du?« sagte ich. »Besteht auch nur die geringste Wahrscheinlichkeit, daß er die Wahrheit sagt? Eine so faustdicke Lüge habe ich seit zwanzig Jahren nicht mehr gehört! Da haben wir diesen Verrückten, diesen mit allen Wassern gewaschenen Rumtreiber, und sie überfällt aus heiterem Himmel das große Mitleid, aus der Freundlichkeit ihres Herzens tut ihr der obdachlose alte Mann von der Straße leid, und sie nimmt ihn mit sich nach Hause, um ihn vor der Kälte zu retten! Mein Gott, es ist wie ein schlechter Fernsehfilm zu Weihnachten! Gott segne uns alle!

Und zu Hause angekommen, was ist das erste, das sie tut? Sie setzt sich mit übereinandergeschlagenen Beinen aufs Bett und erzählt ihm – einem wildfremden Menschen –, wie unbefriedigend ihr Liebesleben ist und wie ein Mann sie betrogen hat. In genau dem Augenblick klopft es an der Tür, und ihr Mörder spaziert herein – aber unser Held kann diesen Mörder nicht beschreiben, weil ihn, äußerst passend, ein Betäubungstrank lahmgelegt hat.

Du hast schon mehrere weiße Kaninchen aus dem Hut gezogen, Ann, aber diesmal brauchst du ein echtes Wunder.«

»Vielleicht ist die Unglaubwürdigkeit dieser Geschichte genau das, was für ihn spricht«, sagte Roger. »Ich meine, würde sich jemand eine so phantastische Geschichte ausdenken, wenn sie nicht wahr wäre?«

»Ein alter Herumtreiber, dessen Gehirn der Alkohol aufgeweicht hat – oder die falsche Ernährung oder das ganze Elend –, warum nicht? Kennt wahrscheinlich schon lange nicht mehr den Unterschied zwischen Phantasie und Realität.«

»Das kannst du nicht sicher wissen, Dave. Müssen wir nicht zu seinen Gunsten entscheiden? Du und Ann, ihr beide habt mir oft genug gesagt, daß jeder Angeklagte Anspruch auf eine Gerichtsverhandlung hat. Er ist solange unschuldig, bis man –«

»Das ist ein wunderschönes Ideal«, sagte ich. »Bis man dann auf ein Disaster wie Harry Stubbins trifft ...«

»Meine Herren.« Ann unterbrach unseren Wortwechsel mit einem ruhigen Wort, aber es brachte uns sofort zum Schweigen. »Hat nicht viel Sinn, darüber zu streiten, oder?« fuhr sie fort. »Unsere Aufgabe im Augenblick, würde ich denken, besteht darin, etwas zu tun. Wir brauchen Tatsachen. Wir brauchen Beweise. Wir müssen zu graben anfangen. Roger, am besten nutzt du den Vormittag, um einigen Dingen auf den Grund zu gehen – finde heraus, ob es wirklich gestern abend um halb zwölf im Fernsehen diesen Marx-Brothers-Film gegeben hat, finde heraus, wie lange Stubbins schon auf der Straße wohnt und ob irgend jemand gesehen hat, wie er sich um Edna Pulaskis Haus herumgetrieben hat, versuche, etwas über Stubbins' Hintergrund in Erfahrung zu bringen.

Wir gehen sofort zu Grantley, Dave. Er hört seine eigene Stimme nur zu gerne. Wird nicht lange dauern, und er wird uns alles erzählen, was sie wissen.«

Wir nahmen den Aufzug am Ende des Ganges und hielten im ersten Stock, der Etage der Staatsanwaltschaft. Ann und ich stiegen aus, und Roger blieb im Aufzug und fuhr hinauf in den dritten Stock.

Ann und ich hofften, der Assistent des Staatsanwalts wartete, wie versprochen, auf uns. Unsere Stadtverwaltung sieht es nicht als eines ihrer vorrangigen Ziele an, für die Annehmlichkeit ihrer Pflichtverteidigung zu sorgen. Nur wenige unserer Mandanten gehen regelmäßig zur Wahl.

Grantley war da. Sein Büro war nicht so geräumig wie das von McBride, sein Schreibtisch war nicht so groß, die Wandtäfelung nicht aus Eiche, und die Stühle waren nicht so bequem und aus so feinem Leder. Aber verglichen mit dem, was Ann und ich hatten, war es noch immer hochluxuriös.

Und das Zimmer war geprägt von Grantleys Stil und Persönlichkeit. An den Wänden hingen moderne Drucke: Landschaften, die wie Geometrie aussahen, Porträts von Frauen mit zwei Nasen, solche Sachen. McBride käme niemals auf die Idee, sich solche Bilder aufzuhängen. Seine Wände zierten Fotografien von sich selbst, auf denen er politische Berühmtheiten angrinste – Präsidentschaftskandidaten, Kongreßabgeordnete, Staatsparlamentsabgeordnete, viele waren längst vergessen. Wenn solche Leute bei uns auf der Durchreise waren – für gewöhnlich auf ihrer Wahlreise –, sorgte McBride dafür, daß er neben ihnen aufs Bild kam.

»Herein, herein, freut mich, daß Sie die Zeit erübrigen konnten«, sagte Grantley und erhob sich hinter seinem Schreibtisch, kam herum, um uns die Hand zu schütteln. »Bitte, machen Sie's sich bequem. Ich würde das Mädchen schicken, daß es uns Kaffee holt, bloß gibt es hier heute kein Mädchen. Wir sind ganz allein. Diese Sonntagsarbeit ist wirklich eine Last, nicht wahr? Ein schönes Kleid haben Sie da an, Ann, wenn Sie mir die Bemerkung gestatten wollen.«

Seine Worte begleitete er mit ernstem Gesichtsausdruck, der uns sagen sollte, daß unsere Interessen für ihn das Wichtigste auf der Welt waren. Das war Grantleys besondere Form der Tarnung. Ich hatte mittlerweile genug Erfahrung mit ihm, um sie vollkommen zu ignorieren. Er konnte ebenso gemein vorgehen wie McBride; er verstellte sich nur besser. Das lernt man in Harvard.

»Also gut.« Grantley lehnte sich in seinem Stuhl zurück und strahlte uns an. »Sie haben Gelegenheit gehabt, sich mit Ihrem neuen Mandanten zu unterhalten, nicht wahr? Armer alter Kerl. Wie kann man nur so tief sinken? Und er wird über kurz oder lang noch tiefer sinken, fürchte ich.«

»Wieso?« fragte Ann.

»Ich meine, er wird wohl seine Tage in einer Gefängniszelle beenden. Wenn nicht schlimmer. Wir werden ihn natürlich des Mordes anklagen, aber ich bin mir sicher, die Richter werden eine gewisse Sympathie für ihn empfinden und nicht die Todesstrafe verhängen.«

»Sie sind überzeugt, daß der Fall eindeutig ist?«

»Oh, ganz so weit würde ich nicht gehen. Eindeutig ist ein Fall kaum jemals, nicht wahr? Man kann nie vollkommen sicher sein, wie die Richter entscheiden. Aber eins kann ich sagen – es ist selten, daß der Mörder am Tatort in aller Ruhe auf uns wartet.«

»Das beunruhigt Sie kein bißchen? Wenn Harry Stubbins die Frau mitten in der Nacht umgebracht hat, warum hat er sich dann nicht sofort aus dem Staub gemacht, so schnell ihn seine Beine tragen konnten? Warum schlummert er direkt neben der Leiche ein und bleibt dort sieben Stunden lang, als habe er es geradezu darauf abgesehen, daß man ihn am nächsten Morgen dort findet?«

»Natürlich nehmen wir an, daß Stubbins nicht absichtlich neben der Leiche eingeschlafen ist. Er hatte die ganze Nacht getrunken. Und er war erschöpft nach der Anstrengung, die ihn das Strangulieren gekostet hatte. Er wollte schon verschwinden, aber er sackte einfach weg.«

»Und warum war er überhaupt da? Haben Sie sich überlegt, welches Motiv er hatte, sie umzubringen?«

»Er brach bei ihr ein, um sie auszurauben. Diese Wracks brauchen immer dringend Geld, um ihren Alkoholbedarf zu decken, und Edna Pulaski trug immer viel Schmuck, in aller Öffentlichkeit. Ich hab ihre Leiche selbst gesehen, heute morgen, bevor die Leute von der Leichenbestattung sie abholten. Sie trug mehrere Stücke, die wertvoll aussahen – Ohrringe, eine Halskette, einen Ring mit einem großen grünen Stein –, eine ziemliche Verlockung für jemanden wie Stubbins. Allerdings kam es anders; als er einbrach, dachte er nicht, daß sie zu Hause wäre, sie überraschte ihn, er geriet in Panik und brachte sie um.«

»Und es stört Sie nicht, daß Stubbins klein und alt ist, ein physisches Wrack, nicht gerade der Typ, der jemanden recht nachhaltig stranguliert?«

»Das Opfer war auch klein, kleiner als Stubbins. Und natürlich wissen wir alle, welche Kräfte Menschen entwickeln können, wenn sie verzweifelt genug sind. Der Wunsch zu töten produziert einen Adrenalinstoß ...«

»Hat er sie denn nun ausgeraubt?« sagte Ann. »Ich gehe davon aus, die Polizei hat ihn durchsucht, als sie ihn einsperrte. Fand man irgendwelche Wertgegenstände bei ihm?«

»Nein. Das aber ist nicht weiter verwunderlich. Ihm blieb keine Zeit, irgend etwas aus ihrer Wohnung zu stehlen. Bevor er das konnte, war er schon weggesackt.«

»Stubbins denkt, man habe ihn betäubt. Er denkt, in dem Kaffee, den sie ihm zu trinken gab, war ein Betäubungsmittel.«

»Oh, Ann.« Grantleys Lächeln weckte bei mir den Wunsch, jemand würde die juristische Fakultät von Harvard mit einer Bombe in die Luft sprengen, direkt in den Himmel, von wo sie sowieso herzukommen glaubt.

»Haben Sie den Rest, der sich noch in der Tasse befand, getestet? Haben Sie an Stubbins irgendwelche Tests vorgenommen, um zu entscheiden, ob sich in seinem Körper Spuren von Drogen befanden?«

»Natürlich haben wir das. Wir haben Blut- und Urinproben von Stubbins genommen, und wir haben Kaffeetasse und -kanne runter ins Labor geschickt. Morgen früh werden wir den Bericht erhalten, und selbstverständlich werden wir Ihnen die Resultate umgehend zukommen lassen. Wir versuchen nicht, uns irgend jemanden vom Hals zu schaffen, glauben Sie mir.«

»Wie steht's mit Fingerabdrücken? Die von Stubbins müßten im Zimmer sein, und auch die von Edna Pulaski – aber vielleicht auch andere. Zum Beispiel die von der Person, die zur Tür hereinkam, in genau dem Augenblick, als Stubbins wegsackte.«

»Diese Person ist offensichtlich das Produkt seiner Phantasie. Phantasieprodukte hinterlassen für gewöhnlich keine Fingerabdrücke. Wie auch immer, wir haben das Zimmer und das ganze Haus gründlich auf Fingerabdrücke hin untersucht, und das Ergebnis wird uns ebenfalls morgen früh vorliegen. Sonst noch etwas, das Sie wissen möchten?«

»Haben Sie die Todeszeit schon ermittelt?«

»Wir haben mit dem Coroner Verbindung aufgenommen, aber das Autopsieergebnis liegt nicht vor morgen früh vor. Sie wollen doch wohl nicht von ihm erwarten, daß er seinen Sonntagspoker absagt, oder?«

»Was ist mit der Mordwaffe?« sagte ich. »Womit wurde sie stranguliert, oder hat der Mörder es mit bloßen Händen getan?«

»Der Mörder hat irgendein dickes Tuch benutzt. Wir wissen nicht genau was, weil es nämlich nicht mehr am Tatort lag. Dort, wo die Haut verletzt war, hat man Spuren von Stoff gefunden. Wir haben sie mit den anderen Sachen ins Labor geschickt.«

»Warum sollte Harry Stubbins das Stück Stoff wegnehmen?«

»Ist doch ziemlich eindeutig, oder? Es muß angenommen werden, der Stoff würde uns auf seine Spur führen. Viele dieser Leute von der Straße haben Stricke um den Bauch gebunden, die ihre Hosen halten, denn ihre Gürtel haben sich längst in Wohlgefallen aufgelöst. Vielleicht hat Stubbins seinen Strick dazu benutzt, Edna Pulaski umzubringen.«

»War da denn ein Strick um seinen Bauch, als er verhaftet wurde?«

»Hm, ja.«

»Und lassen Sie prüfen, ob die Fasern mit denen am Hals des Opfers identisch sind?«

»Ja. Aber das ist eigentlich nicht so wichtig. Selbst wenn sich herausstellen sollte, daß dieser Strick nicht die Mordwaffe war, so bedeutet das nichts weiter, als daß er etwas anderes benutzte.«

»Hat die Suche der Beamten etwas anderes ergeben?«

»Ehrlich gesagt, nein. Offensichtlich, womit auch immer er sie stranguliert hat – vorausgesetzt, es war nicht der Strick –, er hat es verschwinden lassen, bevor man ihn verhaftete. Er hat es vielleicht aus dem Küchenfenster geworfen, hinten raus ist eine Gasse.«

»Haben Sie die Gasse abgesucht?«

»Nein, das schien uns wenig sinnvoll zu sein. Da liegt so viel Müll rum, seit Jahren angesammelt, wie könnten wir jemals entscheiden, was Stubbins gehört und was nicht? Auf jeden Fall, das ist so und so nicht entscheidend. Ich versichere Ihnen, der Fall ist auch ohne Tatwerkzeug eindeutig.«

»Tja, das werden wir alles vor Gericht ausfechten, nicht?« sagte Ann. »Jetzt kommt ein ganz wichtiger Punkt – die Kaution für meinen Mandanten.«

»Kaution?« Grantley hob kaum merklich die Augenbrauen. »Ich fürchte, das müssen Sie mit der Staatsanwaltschaft ausmachen. Ich bin nicht befugt –«

»Es ist doch Ihr Fall, Leland, Sie können entscheiden –«

»Entschuldigen Sie, habe ich Ihnen das etwa nicht gesagt? Den Fall betreut Marvin. Ich werde ihn, so gut ich kann, unterstützen, soweit meine eigene Arbeit es erlaubt, aber er hat persönlich die Verantwortung übernommen. Er war eben noch in seinem Büro, aber ich glaube, ich habe ihn gehen gesehen. Er erwähnte etwas von seiner Wahlkampfzentrale, wo er sich mit Ed Brook besprechen wollte ...«

»Augenblick mal!« sagte ich. »Sie wollen uns allen Ernstes weismachen, Marvin ist vor Mittag aufgestanden und zur Arbeit gegangen – und das an einem Sonntagmorgen!« Ich hielt es nicht mehr auf meinem Stuhl aus. Diese Nachricht verdiente es tatsächlich, daß ich aufsprang. »Als nächstes erzählen Sie mir noch, das Gesetz der Schwerkraft sei aufgehoben worden!«

»Also, das werde ich Ihnen mit Sicherheit nicht erzählen.« Grantley lächelte milde. »Jedenfalls erwarte ich Marvin in ungefähr einer Stunde zurück. Ich werde eine Nachricht für ihn hinterlassen, daß Sie nach einer Kaution gefragt haben, und ich bin sicher, er wird Kontakt mit Ihnen aufnehmen.«

»Bestellen Sie ihm, ich sehe mich nach einem Richter um«, sagte Ann. »Und dieser Richter wird einen Haftprüfungstermin anordnen. Wenn Marvin also irgendwelche Einwände erheben will, sollte er lieber Kontakt mit mir aufnehmen.«

Mit einem Lächeln entschwebte sie.

Vier

Die Uhr im Turm des Gerichts schlug gerade zwölf, als Ann und ich ins Büro kamen. Mabel Gibson war selbstverständlich nicht da; sonntags gluckt sie über ihrer echten Familie, vor allem ihrem jüngsten Enkelkind, nur an den Wochentagen gluckt sie über Ann, Roger und mir.

Als wir angekommen waren, wollte ich nichts lieber, als Anns Kommentar zu der unglaublichen Neuigkeit hören – die wundersame Transfiguration von Marvin McBride. Aber noch bevor ich auch nur ein Wort sagen konnte, läutete in meiner Besenkammer das Telefon.

Ich ging hinein, schloß die Tür und nahm den Hörer ab. »Also, wo bist du gewesen?« sagte Moms Stimme. »Ich habe vor einer Stunde versucht, dich zu Hause zu erreichen. Du hast nicht geantwortet, ich war sicher, du würdest arbeiten.«

Ich wußte natürlich, was sie wollte. Für die Morgenausgabe der Zeitung war der Mord zu spät entdeckt worden, aber in den Fernsehnachrichten hatte man mittlerweile darüber berichtet.

»Ich hab's aus dem Fernsehen«, sagte sie, »den Elf-Uhr-Nachrichten. Mit Bildern der Leiche – schrecklich, schrecklich, eine so kleine Frau! Und der Assistent des Staatsanwalts, dieser Grantley, hat dem Fernsehreporter gesagt, es handelt sich um eine Morduntersuchung wie jede andere, und die Tatsache, daß die tote Frau zu den Feinden der Gesellschaft gehörte und der mutmaßliche Täter zu ihrem Abschaum, würde die Staatsanwaltschaft nicht davon abhalten, sich dem Fall mit allen Kräften zu widmen. Ist das nicht ein Zufall? Erst gestern abend wird der Staatsanwalt von seiner Konkurrentin herausgefordert, für den nächsten Mordfall persönlich die Verantwortung zu tragen – und heute morgen, nur wenige Stunden später, geschieht tatsächlich ein Mord. Also, verteidigt ihr diesen Kerl, den sie verhaftet haben, diesen Penner?«

»Wir benutzen solche Ausdrücke nicht gerne für unsere Mandanten, Mom. Er ist das unglückliche Opfer einer Gesellschaft, die sich vorzeitig in eine Überflußgesellschaft verwandelte, bevor sie all ihre Mitglieder mit auf den Weg nehmen konnte. Er ist kein Penner, er ist ein soziales Problem.«

»Vielen Dank. Also, weißt du schon etwas, was noch nicht in den Nachrichten zu hören war?«

Ich erzählte ihr alles, was ich wußte. Vor langer Zeit schon habe ich gelernt, daß es keinen Zweck hat, Mom irgend etwas vorzuenthalten. Tue ich es, beschwert sich sich nie, aber ihr Wohnzimmer verdunkelt sich plötzlich mit ihren vorwurfsvollen Blicken. Sie scheinen die Luft zu infizieren, die Möbel, die Schnecken, die sie mir gerade zum Kaffee reicht.

Als ich am Ende meiner Geschichte angelangt war, hörte ich sie leise stöhnen. »Aber nach dem Essen wirst du dir den Mordschauplatz ansehen, nicht wahr? Du wirst mit der Mutter der Toten sprechen, du wirst ein paar Zeugen vernehmen, du wirst einiges mehr zu berichten haben.«

»Ich hoffe, Mom. Bisher sieht das Ganze nicht sehr ermutigend aus.«

»Absolut nicht. Bis auf eine Kleinigkeit.«

»Spricht sie für unseren Mandanten? Laß hören.«

»Natürlich. Wenn man diesem Assistenten der Staatsanwaltschaft glauben darf, hat dieser Harry Stubbins die Frau getötet, und dann haben ihn der Schock und der Alkohol bewußtlos gemacht, so daß er nicht mehr aus ihrem Zimmer fliehen konnte?«

»Genauso, Mom. Ein in sich schlüssiger Gedankengang, schwer zu widerlegen.«

»Vielleicht«, sagte Mom. »Aber da ist eine komische kleine Frage. Wenn er sie getötet hat und er dann die Besinnung verlor und auf dem Fußboden liegenblieb und nicht vor sieben Uhr morgens wach wurde – kannst du mir dann bitte sagen, wie es kommt, daß das Licht ausgeschaltet und der Fernseher abgestellt war, als man die Leiche fand? Eine tote Frau und ein bewußtloser Mann bringen das nicht zustande. Läßt das nicht die

Vermutung aufkommen, daß es vielleicht doch eine dritte Person gab, die ins Zimmer kam, so wie dein Stubbins behauptet? Vielleicht lebte diese Edna sogar noch, als Stubbins ohnmächtig wurde, und vielleicht hat sie selbst den Fernseher abgestellt, damit sie sich mit diesem Dritten unterhalten konnte? Und vielleicht hat dieser Dritte sie getötet und das Licht ausgemacht, damit man das Licht nicht von der Straße sehen konnte und niemand die Polizei rufen würde?«

Ich konnte es nicht leugnen, Mom hatte einen wesentlichen Punkt getroffen. Aber ich brauchte nur ein paar Sekunden, und schon hatte ich eine Antwort. »Edna Pulaskis Mutter – die alte Dame, die Stubbins neben der Leiche fand –, sie muß das Licht ausgemacht und den Fernseher ausgestellt haben, als sie heute morgen kam.«

»Nicht möglich«, sagte Mom. »Als Stubbins wach wurde, sah er die alte Dame schreiend in der Tür stehen, stimmt doch, oder – und im nächsten Augenblick sieht er, daß Lampen und Fernseher nicht an sind? Also behauptest du, die alte Dame hat, als sie ins Zimmer kam und die Leiche ihrer Tochter fand, als erstes Lampen und Fernseher ausgestellt und ist erst darauf zur Tür gegangen und hat zu schreien angefangen? In Ordnung, selbst wenn wir annehmen, daß sie Energieverschwendung auf den Tod nicht leiden kann, so ist das doch ein etwas seltsames Benehmen.«

»Na ja – vielleicht lügt Stubbins sich das mit dem Fernseher und dem Licht ja auch zusammen. Schließlich wissen wir das lediglich aus seinem Mund.«

»Warum sollte er sich diese Lüge ausdenken? Es hilft ihm überhaupt nichts, ob die Tote nun fernsah oder nicht oder ob die Lampen an waren oder nicht, als er in ihr Zimmer kam. Eine solche Lüge ergibt keinen Sinn. Dinge, die keinen Sinn ergeben, machen mich nervös, sie piesacken mich, ich werde sie einfach nicht los. Also, wir brauchen mehr Tatsachen, bevor wir weiter darüber reden können. Wenn du heute in der Wohnung dieser Pulaski bist, bringst du bitte ein paar Dinge für mich in Erfahrung.«

»Welche Dinge, Mom?«

»Erstens findest du heraus, wie es um die Gesundheit dieser Pulaski bestellt war. Befand sie sich in irgendeinem Zustand, der besondere Behandlung erforderte?«

»Wieso glaubst du das?«

»Ich glaube es nicht, ich glaube es nicht. Ich bitte dich, es herauszufinden.«

»In Ordnung, und zweitens?«

»Du sollst herausfinden, ob sie gerne einen über den Durst trank. Welches Verhältnis hatte sie zu Alkohol?«

»Aber was ändert das …«

»Darum geht es nicht. Frage einfach.«

Mein Gott, sie macht mich wütend, wenn sie so ist! So wahnsinnig geheimnisvoll tut, als wäre ich ein kleiner dummer Junge und als habe es keinen Sinn, mir etwas zu erklären. Und der Grund dafür ist, ich bin ein kleiner Junge, in Moms Augen. Ich bin niemals älter als zehn oder zwölf geworden, ihrer Meinung nach, auch wenn ich verheiratet war und jetzt verwitwet bin und seit meinem einundzwanzigsten Lebensjahr mein eigenes Geld verdiene.

Eines schönen Tages, habe ich mir gesagt, wird die Stunde der Wahrheit für Mom und mich kommen. Ich werde ihr ein für allemal klarmachen, daß ich ein erwachsener Mann in den Fünfzigern bin und sie mich nicht mehr herumkommandieren kann.

»In Ordnung, ich werde mich bemühen, das alles herauszubekommen.«

»Und vielleicht habt ihr beide, du und Roger, Lust, heute abend zum Essen zu mir zu kommen. Ihr seht in der letzten Zeit beide etwas schmächtig aus, ich werde mein überbackenes Huhn machen und euch aufpäppeln.«

Und während sie uns aufpäppelte, dachte ich, würde sie uns ausfragen.

Ich legte auf. Der Wahltag, dachte ich, ist ein Symbol für Freiheit und Unabhängigkeit. Also würde ich vielleicht bis zum Wahltag auch etwas für mich davon wahrmachen.

Fünf

Es gibt Tage in diesem Job, da kommt man einfach nicht zum Mittagessen. Es war bereits halb eins, und ich hatte das Gefühl, heute war wieder mal so ein Tag. Für diese Fälle habe ich immer einen Vorrat an Schokoladenriegeln mit Nüssen in meinem Handschuhfach. Auf der Fahrt Richtung South Arizona Avenue schlang ich einen davon hinunter.

Breite Avenues tragen in Mesa Grande häufig die Namen von Bundesstaaten oder Persönlichkeiten. Avenues, die nach Persönlichkeiten benannt sind, werden von schönen alten Bäumen gesäumt und führen durch Wohnviertel mit großen teuren Häusern zu beiden Seiten. Ihre Namen bezeichnen Persönlichkeiten der Stadtgeschichte, die man auf diese Weise ehren wollte. Jene Avenues, die nach Bundesstaaten benannt sind, gereichen niemandem zur Ehre.

Die Arizona Avenue ist eine unserer längsten Durchgangsstraßen. Ein Mittelstreifen trennt die Nord- von der Südrichtung. Die Straße führt von dem halbseidenen Motel-Kaschemmen-Viertel im äußersten Norden bis in das noch üblere Motel-Kaschemmen-Viertel im äußersten Süden. Dazwischen durchquert sie einige respektable Industrie- und Wohngebiete, die aber nicht mehr als die Kategorie »bescheiden« verdienen. Niemand der besseren Gesellschaft wohnt oder arbeitet an der Arizona Avenue.

Edna Pulaskis Haus an der Arizona Avenue war einstöckig, es hatte ein geräumiges Erdgeschoß und ein schmaleres Obergeschoß, das aussah wie nachträglich aufgesetzt. Die Fassade war einmal weiß gewesen, und zwischen Veranda und Straße gab es ein winziges Rasenstück. In dem Rasen steckte ein Pfahl, an den ein weißes Brett genagelt war, und auf dem Brett stand in großen schwarzen Buchstaben zu lesen:

Massagesalon
Saubere Zimmer · Erstklassige Massage
Gut für Ihre Gesundheit
Inhaberin: E. Pulaski

Daneben befanden sich ein kleines heruntergekommenes Motel und auf der anderen Seite ein Fast-food-Restaurant sowie ein winziger Drugstore, an dessen Schaufensterscheibe mit weißer Farbe verkündet wurde, daß hier rund um die Uhr geöffnet war. Auf der anderen Straßenseite, direkt gegenüber, gab es ein weiteres Motel, ebenso klein und schäbig, und ein Fast-food-Fischlokal.

Es sah hier genauso aus wie überall auf der South Arizona Avenue, bis auf ein Unterscheidungsmerkmal. Auf vielen Reklameschildern hier waren chinesische Schriftzeichen (oder koreanische oder vietnamesische, das kann ich nicht unterscheiden) zusammen mit den englischen Aufschriften zu sehen.

In den vergangenen fünf Jahrzehnten sind viele Asiaten nach Mesa Grande gezogen – nach dem Koreakrieg, nach dem Vietnamkrieg, und in jüngster Zeit sind noch viele Chinesen dazugekommen. Die Blocks westlich und östlich der South Arizona Avenue bilden kleine Enklaven für sich; es gibt chinesische Blocks, vietnamesische, sogar japanische. Welcher Block zu welcher Enklave wurde, entschied der pure Zufall, vermute ich, je nachdem, wer sich wo zuerst niederließ; wenn die Grenzen erst einmal gezogen waren, wurden sie befestigt vom Zustrom der nachfolgenden Verwandten und Freunde. Die unterschiedlichen Gruppen leben friedlich nebeneinander, aber sie bleiben unter sich. In dem Block, zu dem Edna Pulaskis Haus gehört, leben hauptsächlich Koreaner.

An diesem kühlen Sonntag nachmittag nun drängten sich Dutzende von asiatischen Einwanderern und auch viele Weiße vor dem Haus und bis auf die Straße. Uniformierte Polizeibeamte bewachten den Eingang und hinderten die Menge daran, noch näher heranzukommen. Man sah drei oder vier tragbare Fernsehkameras. Selten sieht man in Mesa Grande einen solchen Verkehrsstau à la New York, mit quietschenden Reifen, lautstarkem Hupen, qualmenden Auspuffgasen und überkochenden Temperamenten. Auf der South Arizona Avenue würde ich keinen Parkplatz finden, deshalb bog ich in eine Seitenstraße ab.

Auf dem Weg zurück zu Edna Pulaskis Haus blieb ich einen Moment vor dem Durchgang, den Harry Stubbins in den letzten Monaten sein Zuhause genannt hatte, stehen. Es war dunkel, dreckig und kalt hier – mit anderen Worten, nicht viel anders als es so viele Wohnstätten sind bei uns, die Menschen ihr Zuhause nennen. Wer sagt denn, wir wären Hinterwäldler? Wer sagt denn, wir könnten es nicht eines Tages aufnehmen mit New York, London und all den anderen weltläufigen kosmopolitischen Höllen dieser Welt?

Der uniformierte Beamte vor dem Haus war noch ein Kind und nicht gerade flexibel im Kopf. Er wollte mich nicht reinlassen, auch nicht, als ich ihm meinen Ausweis zeigte, denn er hatte die strikte Anweisung, niemanden reinzulassen. Zum Glück kam sein Vorgesetzter, ein Mensch in Zivil, dazu, um nach der Ursache der Unruhe zu sehen. Es war Pat Delaney, der dicke Chef mit dem roten Gesicht von der Mordkommission, wahrscheinlich einer der wenigen Polizisten irischer Abstammung westlich des Mississippi; in Mesa Grande besteht die Polizei hauptsächlich aus Hispanics und den Farmerssöhnen abgelegener Ranchen.

Delaney und ich hegten freundschaftliche Gefühle füreinander, seitdem wir in der Vergangenheit den einen oder anderen Fall gemeinschaftlich durchgestanden hatten. »Habe nicht erwartet, ausgerechnet dir hier über den Weg zu laufen, Pat«, sagte ich. »Wozu bist du denn Oberhäuptling, wenn du an einem Sonntag Routinearbeit machen mußt?«

»Routinearbeit? Hast du keine Nachrichten gehört? Unser verehrter Staatsanwalt leitet diesen Fall höchstpersönlich. Scheint, daß man ihn gestern abend bei irgendeinem Essen ein wenig aufgestachelt hat, ihm vorgeworfen hat, durch Abwesenheit zu glänzen, und der Stachel sitzt ihm noch im Fleisch. Deshalb sind wir alle angewiesen, dieser Sache allerhöchsten Vorrang zu geben.«

»Ja, ich nehme an, der junge Premierminister war heute morgen hier und hat nach Anhaltspunkten gesucht.«

»Du meinst diesen Spaßvogel von Harvard? Habe ihn selbst nicht gesehen, habe aber gehört, er ist kurz dagewesen. Zum Glück hatten die Jungs von der Gerichtsmedizin ihre Arbeit bereits getan, bevor er ankam – nach Fingerabdrücken gesucht, die Blutflecken getestet, Staub und Haare mitgenommen, alles fotografiert, und so weiter –, also hatte er gar keine Möglichkeit, die Ermittlungen zu verpatzen. Ich führe dich gerne rum, wenn du möchtest.«

Er geleitete mich ins Haus und blieb an meiner Seite, während ich mich umsah.

Hinter der Eingangstür gab es einen kleinen Vorraum, von dem zwei Flure abzweigten. Die einzige Dekoration war ein Bild an der Wand, das auf den ersten Blick wie ein chinesisches oder japanisches Gemälde aussah, mit Bergen und ein paar Bäumen und einem sanft fließendem Wasserfall. Bis man genauer hinsah und bemerkte, daß die geschwungenen Hügel in Wirklichkeit die Rundungen von Schulter und Brust einer Frau waren, die Bäume ihre Beine und der Wasserfall das, was man gewöhnlich dazwischen findet. Sehr raffinierte optische Täuschung. Ich fragte mich, ob irgendwo eine Fabrik existierte, die solche Bilder im ganzen Land an asiatisch betriebene Massagesalons lieferte.

Delaney grinste ironisch, als er mich das Bild betrachten sah. Dann wies er mit dem Daumen zu den Fluren. »Hier gelangt man zu den Zimmern. Den Massagezimmern, höchstwahrscheinlich. Von jedem Flur gehen zwei ab.«

»Also arbeiteten vier Mädchen für sie?«

»Richtig. Kein großes Unternehmen, aber ein schönes regelmäßiges Einkommen, denke ich. Gestern nacht allerdings haben die Mädchen nicht gearbeitet. Wir haben heute morgen mit ihnen gesprochen, und alle kamen mit derselben Geschichte: Ihre Chefin hatte sich ein Virus eingefangen, deshalb hat sie ihnen letzte Nacht freigegeben, alle sind gegen sieben gegangen.«

»Sie wohnen nicht hier im Haus? Tun Prostituierte doch für gewöhnlich.«

»Diese nicht. Pulaskis Unternehmen hatte keine Internen. War mehr wie ein Externen-College, könnte man sagen.«

»Sind welche von den Externen jetzt da, daß ich mich mit ihnen unterhalten kann?«

»Heute ist Sonntag, heute kommen sie nicht. Nur die gottesfürchtigen respektablen Elemente der Stadt verkaufen ihre Waren am Tag des Herrn. Ich werde dir Namen und Telefonnummern geben, wenn du willst, dann kannst du persönlich mit den Mädchen reden.«

Wir stiegen die Treppe hinauf. Oben angekommen, erblickten wir nur eine einzige Tür, und vor der stand ein uniformierter Beamter. Delaney ging mir voraus in die Privatwohnung der verstorbenen Pulaski. Es war ziemlich düster; vor beiden Fenstern waren schwere schwarze Vorhänge zugezogen.

»Wir haben alles so gelassen, wie wir es heute morgen um sieben vorgefunden haben«, sagte Delaney. »Nur die Leiche haben wir mitgenommen. Wenn du die sehen willst, mußt du runter zum Leichenschauhaus fahren.«

Meine Augen gewöhnten sich langsam an das trübe Licht. Ich befand mich in einem Wohn-Schlafzimmer, und alles sah mehr oder weniger so aus, wie Harry Stubbins es beschrieben hatte: zarte Lämpchen mit orientalischen Lampenschirmen, ein paar Stühle, Bilder von Vögeln und Blumen an den Wänden, eine kleine Buddhastatue neben der reichlich verzierten Uhr auf dem Kaminsims.

Aber zwischen diesem ganzen asiatischen Kram fanden sich Stücke, die mich wie ein Schock trafen. Zum Beispiel an einer Wand, in einem Goldrahmen: eine Norman-Rockwell-Reproduktion von der Titelseite einer *Saturday Evening Post*: ein rothaariger kleiner Junge mit Sommersprossen, der grinsend den Mund um ein Stück Wassermelone aufreißt. Und an einer anderen Wand war eine Montage von Standfotos von Elizabeth Taylor, einer sehr jungen Elizabeth Taylor, in vier verschiedenen Kostümen vier verschiedener Rollen.

Was mir aber vor allem auffiel, war das Bett. Ein großes Bett, in dessen Kopfteil Drachen geschnitzt waren, und das Bettzeug war im ganzen Zimmer verstreut. Man konnte noch genau die

Abdrücke in den Laken erkennen, wo sie gelegen haben mußte. Die Winzigkeit der Umrisse erstaunte mich. Hätte der Körper eines kleinen Jungen sein können.

»Die Pulaski war nicht gerade groß, nicht?« sagte ich.

»Als ich sie heute morgen hier liegen sah«, sagte Delaney, »habe ich zuerst gedacht ›Gott verdammt, schon wieder ein Kind!‹ Dann erst habe ich gesehen, daß es sich um eine erwachsene Frau handelte, nur daß sie weniger als fünf Fuß groß war. In den Dreißigern, vielleicht auch älter, schwer zu sagen bei diesen orientalischen Frauen. Wie bei der Reklame für Gesichtscreme im Fernsehen. Auf jeden Fall war es eine Erleichterung. Ich hasse Kindermorde.«

»War Harry Stubbins noch hier, als du ankamst?«

»Er war unten, sie hatten ihn im Streifenwagen. Die beiden Beamten haben ihn geschnappt, als er sich gerade aus der Vordertür davonmachen wollte.«

»Und wieso waren sie überhaupt da?«

»Auf einen Telefonanruf hin. Die alte Dame – die Mutter der Toten – fand die Leiche und lief hilfeschreiend auf die Straße. Sie kann kein Englisch, deshalb hat eine Nachbarin telefoniert. Der Streifenwagen war fünf Minuten später hier.«

Ich sah mich in dem Zimmer um. Eine Schiebetür an der einen Wand verbarg Pulaskis Kleiderschrank, ein langer, nicht tiefer Raum, vollgestopft mit Sachen auf Kleiderbügeln. Daneben war ein Fenster. Ich zog die dicken schwarzen Vorhänge zur Seite und das gelbe Rollo dahinter hoch. Das Fenster gab den Blick frei auf das Motel von nebenan, das tote Neonschild mit seinen chinesischen Zeichen.

Die andere Tür führte in die Küche. Die Küche war klein, hatte nur ein winziges Fenster und ging auf eine Hintergasse, asphaltiert und dreckig. Den größten Raum in der Küche nahmen ein Tisch, ein Ausguß, ein Kühlschrank und ein Herd ein. Auf dem Herd stand eine Kaffeekanne, und darunter war ein Schrank voller Töpfe und Pfannen. Über dem Herd ein Hängeschrank, voller Lebensmittel. Ich entdeckte vier verschiedene Kaffeesorten: Maxwell House, normal und entkoffeiniert, italienischen Espresso, Wiener Kaffee einer besonderen Note.

»Sie war eine große Kaffeetrinkerin, nicht?« sagte ich.

»Muß man wohl sein«, sagte Delaney, »wenn man nachts arbeitet.«

Ich erinnerte mich an eine Frage, die zu stellen Mom mir aufgetragen hatte, und ich bemerkte, daß ich in der Wohnung nirgendwo Alkohol gesehen hatte. Noch nicht einmal eine Flasche Wein.

Ich sah in den Ausguß, der vor Sauberkeit nur so strahlte. Keine Spülmaschine, aber neben dem Becken standen ein Abtropfständer und ein Drahtgestell für Teller – leer.

Mir fiel nichts weiter ein, wonach ich noch in Pulaskis Wohnung hätte suchen sollen, und ich empfand es hier mittlerweile als deprimierend. Das hier war der Sünde Sold? Schien sich nicht so gut bezahlt zu machen, wie man erwarten dürfte. Also ließ ich mich von Delaney wieder hinunterbegleiten.

Die Menschenmenge vor dem Haus war so dicht wie zuvor, auch wenn die Fernsehkameras verschwunden waren. Der Film mußte rechtzeitig für die Abendnachrichten fertiggestellt werden, schätzte ich. Ich fragte Delaney, ob er irgend jemanden sah, der hier in der Nähe wohnte, in der Nähe von Pulaskis Haus.

»Du wirst nichts herausfinden, was wir nicht schon herausgefunden haben«, sagte Delaney. »Von den Nachbarn hat niemand etwas gehört. Und wenn doch, wenn es jemanden betrifft, der hier in der Nähe lebt, werden sie es uns sowieso nicht verraten.«

Trotzdem, es gab da einige Fragen, die ich stellen mußte, also suchte Delaney eine dicke Asiatin heraus, die ein graues Hauskleid trug, passend zu ihrem Haar, und einen Asiatenjungen, ungefähr fünfzehn oder sechzehn, der hinter dicken Brillengläsern einem Polizisten über die Schulter spähte. Ich stellte mich vor und sagte, ich würde mich gerne mit ihnen über das Opfer unterhalten.

»Oh, sehr traurig«, sagte die Frau. »Sie sehr nette Person, Mrs. Pulaski. Schrecklich, was mit ihr passiert.«

»Sie waren mit ihr befreundet?«

»Befreundet? O nein. Sie Prostituierte. Sie glauben, ich Freunde haben, die Prostituierte sind? Aber wir sehen sie jeden Tag, mein Mann und ich, in unserem Lebensmittelladen. Wir haben kleinen Laden einen Block weiter, wir verkaufen Gemüse, Gewürze, Fleisch, Nudeln, viele koreanische Spezialitäten. Wir machen schönes Geschäft, chinesische und koreanische Restaurants in der Stadt kaufen von uns.«

»Mrs. Pulaski war auch eine Ihrer Kundinnen?«

»O ja. Sie kauft koreanische Spezialitäten nur von uns. Sie immer sagt: ›Ich lebe hier, ich verdiene mein Geld hier, ich gebe mein Geld an Leute hier.‹«

»War sie beliebt hier in der Gegend?«

»Meine Mama und mein Papa konnten sie nicht leiden«, sagte der Junge. »Sie haben immer gesagt, sie ist eine Schande für uns. Aber die meisten von uns mochten sie sehr.«

»Wieviel Kontakt hattest du zu ihr?«

»Ich habe ihr oft Ware aus dem Getränkeladen gebracht.«

»Sie hat viel getrunken?« Das rutschte mir ein wenig scharf heraus, denn ich erinnerte mich, daß ich überhaupt keinen Alkohol, noch nicht einmal leere Flaschen, in der Wohnung gesehen hatte.

»Nee, sie hat das Zeugs nie angerührt. Ich habe ihr nur Coke und Ginger Ale und 7-Up und so was gebracht.«

»Und sie war mit dem Trinkgeld großzügig?«

»Mehr oder weniger normal.«

»Warum mochtest du sie dann so sehr?«

»Sie war nett, das ist alles. Sie hat mir immer einen Witz oder eine komische Geschichte erzählt. ›Hier ist ein neuer, Tommy, hab ich gerade gehört‹, sagte sie immer. Und wenn ich ging und mich bei ihr fürs Trinkgeld bedankte, dann ...« Der Junge wurde plötzlich rot; also stimmt es gar nicht, daß asiatische Kinder nicht rot werden können. »... hat sie mich geküßt. Ich meine nicht richtig, nicht auf den Mund oder so. Sie hat mir nur schnell einen Kuß auf die Wange gegeben und so was gesagt wie: ›Komm in ein paar Jahren wieder, Junge, und wir können das noch verbessern.‹«

Der Junge brach plötzlich ab und warf der Frau neben sich

einen nervösen Blick zu. »Mrs. Sung – Sie sagen meinen Eltern nichts davon, nicht?«

Mrs. Sung machte nur: »Hm, hm. Ich kümmere mich um meine Angelegenheiten, die anderen machen das gleiche.« Sie wandte sich wieder an mich. »Ein Gutes muß man von Mrs. Pulaski sagen. Sie vielleicht Schlechtes tun, aber Trinken und Drogen nie. Wenn sie ein Mädchen, das für sie arbeitet, mit Alkohol oder Drogen erwischt, sie feuert sofort. Sie macht nichts – nichts mit einem Kunden, wenn sie Alkohol an ihm riecht.«

»Woher wissen Sie das?«

»Kein Geheimnis. Sie erzählt überall rum, wie sie denkt. Sie sagt, sie will, daß alle Bescheid wissen, damit keiner kommt, der ihren Regeln nicht gehorcht.«

»Also war sie ein anspruchsvoller Mensch?«

Die Frau schüttelte den Kopf. »Kenn das Wort nicht.«

Der Junge meldete sich zu Wort. »Heißt ordentlich und aufgeräumt, vorsichtig mit den Sachen.«

Mrs. Sung lachte hell auf. »Ordentlich und aufgeräumt – sie? Sie ein großes Durcheinander. Sie etwas auf Boden werfen, sie nie aufheben, einfach liegen lassen. Und wenn Sie fragen, woher ich das weiß, ihre Mutter mir sagen. Ihre Mutter nicht mit ihr leben, sie in eigenem Haus leben, zwei, drei Block weiter. Edna hat für sie gekauft. ›Edna ist ein großes Durcheinander‹, ihre Mutter immer sagen. ›Sie wie Schwein leben, wenn ich nicht sauber mach hinter ihr.‹«

Ich entschied, daß mein nächster Schritt ein Gespräch mit Edna Pulaskis Mutter sein würde, also fragte ich Mrs. Sung, wie ich zu ihrem Haus käme. Sie zeigte mir den Weg – wenige Blocks nach Osten von der South Arizona –, aber gleichzeitig schüttelte sie traurig den Kopf. »Sie fühlt sich ganz schlecht, viel weinen. Vielleicht sie nicht mit Ihnen sprechen. Sie kein Englisch sprechen.«

»Würden Sie mitkommen und für mich übersetzen?«

Mrs. Sung sah einen Augenblick lang aus, als sei sie versucht, aber dann trug ihre Ehrbarkeit den Sieg über ihre Neugier davon. »Tut mir leid. Kann nicht in Haus von Prostituierten-Mutter gehen. Arme Frau, nicht ihre Schuld. Aber ich nicht in Haus gehen, das Prostituierte gekauft hat.«

Ich wandte mich an den Jungen und fragte ihn, ob er für mich übersetzen wollte. Er lachte. »Hallo und auf Wiedersehen – das ist alles, was ich auf koreanisch verstehen kann. Meine Familie liegt mir deswegen ständig in den Ohren. Aber wenn ich Ihnen die Wahrheit sagen soll, auch sie vergessen langsam.«

Mrs. Kims Haus, abseits der South Arizona Avenue, war noch kleiner als das ihrer Tochter.

Als ich die Holztreppe zu Mrs. Kims Tür hinaufging, schlugen mir aus dem Innern Stimmen entgegen. Ich klopfte, aber niemand öffnete. Dann sah ich, daß die Tür nicht geschlossen war; offensichtlich sollten Besucher einfach hereinspazieren.

Ich befand mich in einem Flur, in dem ein halbes Dutzend Menschen versammelt war, und schon sah er voll aus. Sie schienen alle Asiaten zu sein – Koreaner, nahm ich an, obwohl ich es nicht wirklich entscheiden konnte. Sie trugen schlichte dunkle Kleidung und unterhielten sich leise, aber mit großer Ernsthaftigkeit. Ich war das einzige Weißgesicht in der Menge, und außerdem war ich größer als alle anderen. Ich sah, daß sie mich neugierig und mißtrauisch anblickten, aber niemand länger als für den Bruchteil einer Sekunde, niemand war so unhöflich, mich anzustarren.

Ich bewegte mich, so freundlich ich konnte, durch sie hindurch ins Wohnzimmer, in dem doppelt so viele Menschen versammelt waren. Die meisten waren um die Fünfzig oder älter, viele sehr viel älter, und nur wenige unter ihnen waren Männer. Weiter hinten im Zimmer erblickte ich eine winzige zerknitterte alte Dame in einem schwarzen Hauskleid. Ich schätzte, daß sie die Mutter der Toten war, denn sie saß in dem größten, bequemsten Sessel und hatte einen Kreis von Frauen um sich. Selbst aus der Entfernung sah ich, daß ihre Augen rot und verweint aussahen.

Ich glaubte nicht, daß es von Vorteil sei, wenn ich mich vorsichtig zurückhielt, also ging ich direkt auf Mrs. Kim zu und sagte ihr, ich arbeitete für die Pflichtverteidigung und müsse von ihr einige Dinge in Erfahrung bringen, um Harry Stubbins' Verteidigung vorbereiten zu können.

Sie blickte zu mir auf, so verwirrt, als wäre ich ein Besucher von einem anderen Stern. Was ich in gewisser Hinsicht auch war. Aber eine der Frauen erhob sich aus dem Kreis und drängte sich zwischen Mrs. Kim und mich. »Sie versteht kein Englisch! Bitte, gehen Sie!«

Diese Frau schien die einzige hier zu sein, die nicht sechzig oder älter war. Ich schätzte sie auf Anfang Zwanzig, und sie war größer als die anderen, besser gekleidet, trug Lippenstift und Lidschatten und sprach ohne die Spur eines Akzents.

»Ich muß meine Arbeit tun«, sagte ich. »Danach werde ich gehen. Sie könnten Mrs. Kim vielleicht erklären, daß die Pflichtverteidigung eine staatliche Institution zur Durchsetzung des Rechts ist. Sie ist gesetzlich ebenso verpflichtet, mir meine Fragen zu beantworten, wie sie die der Polizei beantworten muß.«

Während einer Ermittlung muß ich diese Erklärung häufig vortragen. Die Leute nehmen an, vielleicht liegt das an dem vielen Fernsehen, daß Anwälte, die Verbrecher verteidigen, automatisch auch Verbrecher sind.

»Warum müssen Sie sie belästigen?« sagte die Frau. »Sehen Sie denn nicht, was sie durchmacht?«

Darauf hatte ich keine Antwort. Natürlich sah ich, was sie durchmachte. Aber in meinem Beruf kann man es sich nicht erlauben, menschlichen Gefühlen zu viel Beachtung zu schenken. Manchmal gibt es nur einen Weg, um das herauszufinden, was man über seinen Mandanten wissen muß: Platze früh herein und hämmere drauf los, solange die Leute noch zu sehr von ihrem Leid ergriffen sind, um sich in acht zu nehmen.

Ich fragte die Frau: »Wer sind Sie?«

»Madeleine Kim. Ich bin Mrs. Kims Großnichte.«

»Sprechen Sie Koreanisch?« sagte ich. Sie antwortete, ihr Koreanisch sei bruchstückhaft, aber sie käme wohl zurecht, und ich fuhr fort: »Okay, wollen Sie für uns übersetzen?« Und als sie den Mund aufmachte, kam ich ihr zuvor: »Sehen Sie, ob Sie's glauben oder nicht, mir macht das Ganze genausowenig Spaß wie Ihnen. Bringen wir es so schnell wie möglich hinter uns.«

Sie kniff die Lippen zusammen, nickte aber zustimmend.

Dann wandte sie sich Mrs. Kim zu und sagte etwas, das dazu führte, daß die alte Dame mir einen langen harten Blick schenkte, der Ärger, der darin lag, war nicht zu verkennen.

»Mrs. Kim, es tut mir leid, das mit Ihrer Tochter«, sagte ich und sah der alten Dame beim Reden direkt ins Gesicht. Ich hatte nicht vor, die Dolmetscherin anzusprechen, auch wenn mir klar war, daß die alte Dame mit meinen Worten nichts anfangen konnte. Ich wollte ihr das Gefühl geben, daß sie dieses Gespräch mit mir führte, mit dem Gesetz, nicht mit einer netten mitfühlenden Vermittlerin. »Aber ich bin mir sicher, Sie möchten, daß wir die Person finden, die sie getötet hat, und daß wir sie für dieses Verbrechen bestrafen.«

Die Nichte übersetzte, und die alte Dame sagte einen Satz mit leiser gebrochener Stimme.

»Sie sagt, der Mörder ist schon gefunden. Sie sagt, Sie versuchen, ihn vor seiner Bestrafung zu retten.«

»Das stimmt nicht, Mrs. Kim. Noch liegen nicht alle Beweise vor, die Dinge sind vielleicht nicht so eindeutig, wie sie scheinen. Angenommen, es war nicht Harry Stubbins. Sie möchten doch wohl nicht, daß der wahre Mörder davonkommt, oder?«

Die Augen der alten Dame waren voller Ärger. Aber sie brachte einige wenige kurze Worte heraus, und ich wußte, sie sagte, ich sollte weitermachen und meine Fragen stellen.

Zuerst ging ich die offensichtlichen Dinge mit ihr durch, die ich bereits ziemlich gut wußte. Wie sie beinahe jeden Morgen um sieben Uhr zur Wohnung ihrer Tochter ging. Wie sie dort so leise wie möglich saubermachte, denn ihre Tochter war so früh nie wach. Wie ihre Tochter das nicht selbst machte, wenn sie aufstand, so daß es keinen anderen Weg gab, um sie vor einem Leben in Unordnung und Schmutz zu bewahren. Wie sie gestern morgen gekommen war, Samstag, wie immer, und alles in Ordnung schien, und es das letztemal gewesen war, daß sie ihre Tochter lebend sah.

Danach beschrieb sie, wie sie heute morgen, als sie die Tür öffnete, ihre Tochter auf dem Bett liegen sah. Und sie sah den Mann auf dem Boden liegen. »Den kleinen Mann mit den schmutzigen Sachen und dem Loch in den Zähnen«, so nannte sie ihn, übersetzte jedenfalls die Nichte. Und dann rannte sie aus dem Zimmer, denn sie hatte Angst, daß der kleine Mann, der ihre Tochter getötet hatte, sie ebenfalls töten würde. Sie lief die Treppe hinunter und schreiend auf die Straße hinaus und rief den Leuten zu, was geschehen war. Die Polizei kam, und sie redeten mit ihr, und danach ging sie in ihr Haus zurück.

»Und hat es seitdem nicht mehr verlassen«, sagte die Nichte, die jetzt nicht mehr übersetzte, sondern statt dessen ihren eigenen Kommentar dazugab, »und alle Verwandten und Nachbarn versuchen, sie zu trösten. Und Sie sind dabei keine große Hilfe!«

Ich ignorierte den Hieb und wandte mich erneut an Mrs. Kim. »Warum mußten Sie jeden Morgen die Wohnung Ihrer Tochter putzen? Warum stellte sie keine Putzfrau ein?«

Mrs. Kim redete eine Weile, und die Nichte sagte: »Edna wollte eine einstellen, aber ihre Mutter ließ sie nicht. Sie traute keiner fremden Putzfrau. Sie konnte das selbst besser.« Ein scharfes Lachen kam von der jungen Frau. »Auf jeden Fall, meine Großtante ist selber Putzfrau. Sie arbeitet für ein halbes Dutzend Leute in der Stadt; mit Putzen verdient sie sich ihren Lebensunterhalt.«

»Ging Edna Pulaskis Geschäft schlecht?« fragte ich. »Warum ließ sie es zu, daß ihre Mutter eine solche Arbeit tun mußte?«

»Das Geschäft lief blendend, wie ich gehört habe. Meine Mutter hat's mir gesagt, sie ist Ednas Cousine ersten Grades. Sie kann das natürlich nicht gutheißen. Diese alten Koreaner glauben, daß das, was man tut, Ehre oder Unehre für die Ahnen bedeutet. Sie haben's groß mit der Familienehre, so was. Meine Meinung aber ist, da Prostituierte die Opfer einer männlich dominierten Welt sind, wie kann man ihnen da vorwerfen ...«

»Okay, okay«, sagte ich. »Aber könnten Sie ihr meine Frage stellen?«

Sie wandte sich Mrs. Kim zu und übersetzte meine Frage. Die alte Dame beantwortete sie mit einem Wortschwall und zeigte dabei mehr Begeisterung als bisher. »Sie sagt, Edna hat ihr viele Male gesagt, sie solle aufhören zu arbeiten, sie hat ihr genug Geld angeboten. Aber meine Großtante wollte es nicht nehmen. Sie sagte, ihre Arbeit sei ehrlich und sie werde sie niemals aufgeben, damit sie von ...« Madeleine Kim schüttelte den Kopf. »Ich muß es nicht aussprechen, oder?«

»Wenn Mrs. Kim so von der Arbeit ihrer Tochter gedacht hat«, sagte ich, »wie kommt es dann, daß sie ein Haus von ihr angenommen hat?«

Die Frage wurde wiederholt, und plötzlich erstarrte Mrs. Kim zu Stein. Ihre Worte klangen hart und artikuliert. »Sie brauchte ein Dach über dem Kopf«, sagte Madeleine Kim. »In Ednas Haus konnte sie nicht leben, nicht unter einem Dach mit – sie konnte nicht auf der Straße leben, sie mußte das Haus einfach annehmen, ihr blieb nichts anderes übrig. Aber sie wußte, daß es unrecht war, sie war nie glücklich damit. Und es war kein Geschenk. Es war eine Leihgabe. Sie zahlte es Edna zurück, so viel wie sie konnte. Zehn Dollar pro Monat.«

»Mit anderen Worten«, sagte ich, »zwischen ihr und Edna standen die Dinge nicht gerade zum besten? Es gab viele Spannungen? Gab es je Streitereien, Kämpfe?«

Die Antwort der alten Dame kam und wurde prompt übersetzt. »Zwischen Mutter und Tochter ist die Straße niemals eben.« Ein sardonisches Grinsen kam von der Nichte. »Altes orientalisches Sprichwort. Charlie Chan.«

»Wenn die Straße so holprig war«, sagte ich, »warum gab die Tochter ihr einen Schlussel furs Haus?«

Diesmal klang die Antwort ganz gelassen, fast sachlich. »Koreanische Kinder verschließen ihre Türen nicht vor ihren Eltern. Das Haus des Kindes muß immer offenstehen. Sie möchte wissen, ob das nicht auch bei weißen Leuten gilt? Was seid ihr sonst für Menschen?«

»Schon richtig«, sagte ich. »Mrs. Kim, gibt es irgend jemanden, der es darauf abgesehen haben könnte, Ihre Tochter zu töten? Irgend jemand, der sie haßte oder der in irgendeiner Weise von ihrem Tod profitieren könnte?«

Nachdem diese Fragen übersetzt waren, überlegte die alte Dame keine Sekunde. Ihre Antwort kam in wenigen Worten.

»Sie sagt, Ednas Leben bestand darin, den Menschen Liebe zu geben, nicht Haß.«

Ich sah nicht die Spur von Ironie in dem Gesicht der alten

Dame. Ich sah dort, ehrlich gesagt, überhaupt keine Gefühlsregung. »Was ist mit Ednas Ex-Ehemann – Pulaski? War er verbittert, als die Ehe in die Brüche ging? Lebt er noch in der Stadt?«

Diesmal dauerte es viel länger, bis die alte Dame antwortete. »Sie sagt, Ednas Mann war ein hart arbeitender, ehrlicher Mann, und er wollte, daß Edna ihr Leben aufgab. Aus diesem Grund scheiterte die Ehe, weil sie nicht auf ihn hören wollte. Er war deswegen nicht verbittert. Bloß traurig.«

Ich wollte ihr schon danken und gehen, als ich mich an die zweite Frage erinnerte, die zu stellen Mom mir aufgetragen hatte; ich konnte Moms beharrliche Stimme förmlich in meinem Kopf hören.

»Könnten Sie mir etwas über die Gesundheit Ihrer Tochter sagen?« fragte ich. »War sie wegen irgendeiner Krankheit in Behandlung?«

Die alte Dame reagierte mit einem Stirnrunzeln, breitete dann die Hand über der Brust aus, über dem Herzen. Nach einer Weile sagte Madeleine Kim: »Sie sagt, ihre Tochter hatte es mit dem Herzen, man stellte die Diagnose vor mehreren Jahren. Sie nahm regelmäßig Tabletten, und die Sache schien jetzt unter Kontrolle zu sein.«

In Ordnung, nun wußte ich also Bescheid. Aber was zum Teufel hatte diese Information zu bedeuten?

Mir war klar, daß ich damit meinen Willkommensbonus aufgebraucht hatte. »Okay, Mrs. Kim, vielen Dank für ...«

Aber die alte Dame war noch nicht fertig mit mir. Sie beugte sich plötzlich vor, und ihre knochigen, faltig gefurchten Hände griffen meinen Arm. Der Griff war so schwach, wie man sich nur denken kann, trotzdem brachte ich es nicht über mich, mich ihr zu entziehen. Als fürchtete ich, ihre Finger könnten sonst brechen.

Sie begann zu reden. Die Stimme erhob sich, wurde laut, aber nicht aufgeregt. Für einige Sekunden redete sie äußerst bedacht und eindringlich, und dann ließ sie ebenso plötzlich meinen Arm los und fiel zurück in ihren Sessel. Die Anstrengung schien sie erschöpft zu haben. Sie schloß die Augen.

»Was sie sagt ...« Madeleine Kim runzelte die Stirn. »›Zwischen mir und Edna gab es nicht immer Liebe und Frieden. Trotzdem, ich hasse den Mann, der sie umgebracht hat. Er hat mich der einzigen Freude beraubt, die mir im Leben noch geblieben war. Das werde ich ihm nie verzeihen.‹«

Ich nickte und reichte Mrs. Kim die Hand. Sie öffnete die Augen nicht.

Madeleine Kim geleitete mich zur Tür. Ich dankte ihr für ihre Hilfe und reichte ihr die Hand, die sie nach einer Weile nahm. Und dann verzog sie die Lippen zu einem sarkastischen Grinsen. »Ich werde Ihnen einen Gefallen erweisen«, sagte sie. »Mit Mr. Chang reden.«

»Wer ist das?«

»Raymond Chang. Ihm gehört die Apotheke auf der South Arizona, zwei Häuser weiter, neben Edna. Er ist eigentlich nicht Koreaner, er ist Chinese. Und er ist sehr alt.«

»Und warum sollte ich mit ihm reden?«

»Weil die Polizei auch mit ihm geredet hat, alle hier wissen Bescheid.«

Ich dankte ihr für den Vorschlag. Dann ging sie ins Haus zurück, und ich machte mich auf den Weg zur Apotheke, an deren Tür ich das »Ganze-Nacht-geöffnet«-Schild vorher bemerkt hatte.

Der Mann hinter der Theke trug einen weißen Kittel und ein dünnes weißes Spitzbärtchen. Er war wirklich alt; seine Haut sah aus wie Pergament, wie von Archäologen ausgegraben. Aber er hielt sich gerade in den Schultern, und seine Stimme war zwar leise, aber sie zitterte nicht.

Ich hatte keine Ahnung, was ich von ihm wissen wollte, aber ich formulierte meine Frage so, daß er glauben konnte, ich wüßte, was ich wollte.

Nachdem ich mich vorgestellt hatte, sagte ich: »Ich höre, Sie haben heute morgen mit der Polizei gesprochen, Mr. Chang?«

»Stimmt. Ich habe meine Geschichte bereits mehrmals erzählt. Zuerst dem Polizisten in Zivil. Dann dem Assistenten der Staatsanwaltschaft. Mr. Grantley, glaube ich.«

»Der Tenor Ihrer Geschichte ist mir bekannt«, sagte ich. »Die

Polizei hält unser Büro auf dem laufenden. Was Sie für mich tun können, ist, die Details nachtragen.«

Mr. Chang berichtete kurz, aber umfassend; vor Gericht wäre er der perfekte Zeuge. Folgendes hatte sich ereignet: Gestern nacht war Mr. Chang allein in seiner Apotheke. Nicht unüblich, schließlich war die »ganze Nacht über geöffnet«, wie das Schild ankündigte, aber nach Einbruch der Dunkelheit war er immer der einzige dort; sein Mitarbeiter kam um zehn Uhr morgens, und dann schlief Mr. Chang bis sechs Uhr abends. Also, um fünf Minuten nach Mitternacht – Mr. Chang konnte die Zeit präzise angeben, denn er hatte die Zeit mit der Uhr an der Wand verglichen – sah er zufällig aus dem Fenster auf die Straße.

Er sah einen Mann vorübergehen. Unentschlossen vorüberschlendern. Der Mann blieb an der Ecke stehen, unter der Straßenlaterne, mühte sich ab, in dem Regen eine Zigarette zu entzünden, und Mr. Chang konnte ihn genauer betrachten. Es war eine kleine stämmige Figur in Jeans und Lederjacke, mit dickem rotem Haar, und Mr. Chang erkannte ihn auf der Stelle, auch wenn er den Mann seit Jahren nicht mehr gesehen hatte. Es war Ron Pulaski, Ednas Ex-Ehemann.

»In welche Richtung ging er, Mr. Chang?«

»Augenblick, lassen Sie mich nachdenken. Ja. Er bewegte sich von links nach rechts. Nach Norden.«

Mit anderen Worten, weg von Edna Pulaskis Haus. Und fünf Minuten nach Mitternacht – das war etwa eine halbe Stunde, nachdem Harry Stubbins in Ednas Schlafzimmer eingeschlafen war.

Dann fiel mir etwas ein. »Mr. Chang, haben Sie diese Geschichte heute morgen dem Assistenten des Staatsanwalts erzählt?«

»Ja. Wir haben hier im Geschäft miteinander gesprochen.«

»Um welche Uhrzeit war das?«

»Vielleicht gegen halb neun.«

»Tatsächlich? Nur eine Frage noch, Mr. Chang. Kannten Sie Edna Pulaski?«

»O ja. Sie war meine Kundin. Ich hab ihre Herzmedizin zusammengestellt.« Er erwähnte einen Markennamen. »Ist ein recht gebräuchliches Mittel, ein sogenannter Betablocker. Stabilisiert den Herzschlag, reduziert das Risiko von Anginaattakken.«

»Mrs. Pulaski litt also unter Angina?«

»Schien ihr Arzt anzunehmen.«

»Was nahmen Sie an, Mr. Chang? Was für ein Mensch war sie?«

Sein Ausdruck blieb freundlich und höflich, während er über diese Frage nachdachte. »Sie meinte es gut«, antwortete er schließlich. »Sie war wie wir alle, die es gut meinen.«

»Und?«

»Sie tat schreckliche Dinge.«

Während ich mich zurück zur Parkuhr schleppte, ein paar Blocks weiter, wo ich meinen Wagen geparkt hatte, stieg die Wut in mir hoch.

Die ganze Zeit über, während Ann und ich heute morgen mit Grantley gesprochen hatten, hatte die kleine Ratte auf einer Zeugenaussage gesessen, die in unserem Fall eine große Hilfe hätte sein können. Und da Marvin McBride selbst den Fall übernommen hatte, gab es keinen Zweifel, daß Grantley auf Anweisung McBrides den Mund hielt.

Dann fuhr mir durch den Kopf, daß auch der Chef der Kriminalpolizei, Pat Delaney, von diesem Zeugen gewußt haben mußte. Aber konnte ich deshalb wirklich wütend auf ihn werden? Ich hätte es genauso gemacht, früher, in den alten Tagen.

Als ich im Auto saß, fuhr ich zur nächsten Telefonzelle und sah im Telefonbuch unter Pulaski nach. (In Mesa Grande gibt es noch Telefonbücher in den Zellen. Noch sind nicht alle zerrissen, obwohl, wer weiß, in ein paar Jahren haben wir da vielleicht auch aufgeholt.) Ich fand den Namen Edna und noch einen anderen Vornamen; er nannte sich Ron, nicht Ronald. Typisch für diesen Teil der Welt, wo einen wildfremde Menschen beim ersten Treffen mit Vornamen anreden und beim zweiten mit einem Spitznamen.

Ich wählte die Nummer nicht; die Adresse war nur zehn Minuten entfernt, also fuhr ich dorthin, in der Hoffnung, daß er zu

Hause sein würde. Manchmal ist das Zeitverschwendung, aber der Vorteil, daß man die Leute ahnungslos antrifft, rechtfertigt den Versuch.

Die Schnellstraße geht mitten durch Mesa Grande und teilt den östlichen Teil der Stadt, der rapide wächst, von dem westlichen, der an den Bergen zum Stillstand gekommen ist. Pulaski wohnte irgendwo im Westen, irgendwo im Schatten der Schnellstraße.

Dieses Viertel ist als Horoskopstrecke bekannt, ein halbes Dutzend Straßen, die nach Tierkreiszeichen benannt sind. Die Häuser hier, ungefähr um den Ersten Weltkrieg von jemandem geplant, dessen Frau an Astrologie glaubte, sind alle einstökkig, haben alle dieselbe vorspringende Veranda und dasselbe flache Schieferdach darüber. Wahrscheinlich strahlten sie einst Gemütlichkeit aus, als Bäume und Sträucher sie umgaben, aber das war lange her. Die gemütlichen kleinen Häuschen verfielen zu wackligen Bruchbuden, der Schiefer war zum größten Teil von den Dächern gerutscht, die uralte Farbe von den Verandageländern geblättert, und Bäume und Sträucher gab es längst nicht mehr. Die Horoskopstrecke war jetzt von Autoreparaturwerkstätten und Gebrauchtwagenplätzen umgeben, und die dominierende Farbe hatte sich von Grün zu Schlammgrau verändert.

Ron Pulaskis Haus, Capricorn Street 10, glich an Verwahrlosung allen anderen Häusern rundherum. Ich traf Pulaski in einem winzigen Wohnzimmer an, mit Möbeln und einem Teppich, den irgendein Wohltätigkeitsverein zweifellos nur zu gerne losgeworden war. Er war klein und untersetzt, hatte dikkes rotes Haar und buschige rote Augenbrauen. Er war unrasiert und ungekämmt und noch in Unterwäsche. Er regte sich fürchterlich auf, daß ich einfach so reinplatzte, aber ich kam ihm mit meiner Geschichte bezüglich der gesetzlichen Befugnis der Pflichtverteidigung, und was konnte er daran ändern?

Bei ihm war ein Mädchen, vielleicht Ende Zwanzig, vielleicht älter, gedrungen und stämmig, mit langem Haar, das blond war, aber nicht ganz bis an die Wurzeln. Sie trug ein lockeres Hauskleid, das die Umrisse ihrer Brust nicht gerade verdeckte.

Sie stellte sich als Brigitte Martine vor. »Das ist nicht mein richtiger Name«, sagte sie. »Das ist mein Künstlername.«

»Sie sind Schauspielerin?« fragte ich. »Sind Sie in einer Show?«

»Im Augenblick bediene ich. Ich befinde mich zwischen zwei Engagements. Ich meine, es ist sehr wichtig für mich, nicht jede Rolle anzunehmen, ich muß wirklich dran glauben ...«

»Interessiert niemanden«, sagte Pulaski. »Er ist hier, um geschäftlich mit mir zu reden, warum also machst du nicht, daß du verschwindest?«

»Was soll ich denn tun, Ronnie? Ich fang erst um vier an.«

»Sieh dir einen Film an. Geh an die frische Luft. Wie viele Jahre ist es her, daß du zum letztenmal frische Luft bekommen hast?«

Sie jammerte und jaulte noch ein wenig rum, ging dann aber.

Sobald wir allein waren, bot Pulaski mir ein Bier an. Ich sagte, ich sei nicht durstig, und er zuckte bloß die Schultern, trottete mit seinen zerrissenen Hausschuhen in die Küche und trottete wieder zurück mit der Dose in der Hand. Während des Interviews nahm er alle paar Minuten einen kräftigen Schluck.

Er gab zu, daß er gestern nacht kurz nach zwölf auf der Straße seiner Exfrau herumgelaufen war. »Da bin ich bei ihr angekommen«, sagte er, »also, kurz vor Mitternacht. Aber ich hab sie nicht umgebracht. Konnte ich auch gar nicht. Ich hab das perfekte Alibi.«

»Und welches?«

»Von neun Uhr bis zehn vor zwölf war ich beim Bowling, wie jede Woche. Draußen im Sagebrush Alleys, auf der östlichen Montana. War da mit meiner Mannschaft, den *Pulverizin' Plumbers,* wir sind fünf. Wir haben gegen die *Slammin' Steamfitters* gebowlt. Waren ganz gut, haben sie fünf zu drei geschlagen. Wie ich gehört habe, ist der Kerl, der Edna umgebracht hat, um halb zwölf in ihrer Wohnung gewesen – genau die Zeit, wo ich zweimal hintereinander einen Volltreffer gelandet hab für die letzte Runde.«

»Sie haben sich nicht vielleicht für ein paar Minuten von Ihrer Spielbahn heimlich davongemacht?«

»Wenn Sie das meinen, reden Sie mit den Leuten, die dabei waren. Beide Mannschaften zusammen waren wir zehn, und wenn Sie die Weiber dazuzählen, noch mehr. Meine hab ich allerdings nicht mitgenommen, hat Schicht bis elf. Außerdem geht sie mir beim Bowling auf die Nerven mit ihrem ganzen Rumgehopse und Gekreische. Jedenfalls können Ihnen alle, die da waren, sagen, daß ich die ganze Zeit dabei war. Ich war einer der letzten, der gegangen ist.« Pulaski grinste. »Ein ziemlich gutes Alibi, würden Sie nicht auch sagen? Denen bei der Staatsanwaltschaft hat's gefallen.«

»Die haben Sie schon zum Verhör rangezogen?«

»Den Teufel haben sie getan. Ich bin selbst hingegangen. Kaum daß ich das von Edna in den Elf-Uhr-Nachrichten gehört hab. Ich bin ein guter Staatsbürger, verstehen Sie?«

»Sie haben mit dem Staatsanwalt gesprochen?«

»Einem von seinen Assistenten. War eine Stunde bei ihm, bis ungefähr Mittag. Hat meine Geschichte nachgeprüft, jede Menge Namen angerufen, die ich ihm gegeben hab – werd ich Ihnen auch geben –, und ihm blieb nichts weiter übrig, mußte mich gehen lassen.«

»Warum sind Sie nach dem Bowling zur Straße Ihrer Exfrau gegangen? Eine kalte Nacht – Regen –, scheint mir ein etwas seltsames Verhalten.«

»Wer weiß? Kam einfach so über mich. Wollte mir das Haus noch mal ansehen, ist nur fünf oder sechs Blocks von der Bowlingbahn. Man ist jahrelang mit jemandem verheiratet, man wird neugierig, wie's ihr so geht, man will mal nachgucken, verstehen Sie, was ich meine?«

Ich fragte ihn nach seiner Ehe und seiner Scheidung.

»Ich war ein dummer Junge aus Phillie«, sagte Pulaski. »Kam gerade von der Marine, hab nach der High-School ein paar Jahre Militärdienst gemacht. Bin hier in der Stadt gelandet, weil ein paar Kumpel von mir von hier kamen, wurden zur gleichen Zeit wie ich entlassen. Ich traf Edna – okay, ich traf sie in ihrem Salon, meine Kumpel hatten mich mitgenommen, zu einer ›Massage‹, verstehen Sie, was ich meine? Ich verknallte mich in sie. Sie war älter als ich, fünf, sechs Jahre, aber das war mir egal. Ich hab sie wie ein kleines Mädchen gesehen. Sie war so – wie zierlich, verstehen Sie, was ich meine? Nicht gerade der Typ, mit dem ich jetzt zusammenhause, stimmt's? Na klar, ich wußte, Edna war eine Nutte, aber sie hat mir gesagt, sie wollte das alles aufgeben, weil sie mich liebte, wollte sie eine neue Frau werden.«

Pulaski lachte. Er versuchte ein freundliches bedauerndes Lachen, aber es hatte etwas Hartes an sich, das ich bestimmt nicht mitbekommen sollte. Nicht gerade Bitterkeit. Mehr wie Überreizung, als liege in dieser Situation etwas eigenartig Stimulierendes und Erregendes für ihn.

»Okay, ich hab Ihnen schon gesagt, ich war ein dummer Junge, nicht? Also, es hielt ein paar Jahre, aber die letzten eineinhalb Jahre waren ziemlich hart. Deshalb beschlossen wir, das war das Ende.«

»Sie waren ziemlich wütend auf sie, nicht?«

»Nein, ich war nicht wütend auf sie. Ich bin nicht nachtragend. Die Leute sind so, wie sie sind, verstehen Sie? Man kann sie nicht ändern. Man kann sie nicht mit dem Schraubenschlüssel festziehen, wie eine Toilette. Das tu ich nämlich beruflich, ich bin Installateur.«

»Haben Sie eine Idee, wer Ihre Exfrau umgebracht hat? Wissen Sie, ob sie Feinde gehabt hat?«

»Sie hat nie Feinde gehabt«, sagte Pulaski. »Sie war ein guter Mensch. Sie hat nicht auf ihrem Geld gesessen, hat es alles weggegeben. Sachen für Leute gekauft. Für Männer meistens. Gibt immer Schleimer und Arschlöcher, die sich an eine Frau wie Edna klammern.«

»Wenn es in ihrem Leben viele Männer gab, ist es dann nicht möglich, daß einer davon wütend auf sie wurde, weil sie mit ihm Schluß gemacht hat?«

»Kann sein«, sagte Pulaski. »Aber wie wollen Sie den herausbekommen? Wollen Sie das Telefonbuch durchgehen und jeden Mann in der Stadt über vierzehn anrufen? Die Hälfte davon, kann ich wetten, hat noch nicht einmal von ihr gehört.«

Er lachte wieder. Wollte damit vielleicht ausdrücken, daß dieser Scherz freundlich gemeint war.

Ich sagte Pulaski, daß mir das vorerst reichte, und stand auf und wollte zur Tür gehen.

Pulaski rief mir nach: »Hören Sie, wissen Sie zufällig – wie lange dauern diese Ermittlungen normalerweise? Wie lange noch, bis einem die Polizei erlaubt, die Stadt zu verlassen?«

»Sie planen, die Stadt zu verlassen?« Ich blickte ihn strenger als bisher an.

»Und ob. Ich habe diese gottverdammte Stadt zehn Jahre lang gehaßt. Wäre es mir möglich gewesen, zurück nach Phillie zu gehen, ich hätte es längst gemacht. Mein eigenes Installationsgeschäft aufgebaut – aber ich konnte nicht, wegen Edna. Tja, die hält mich ja nun nicht mehr.«

»Und Sie haben genug Geld, um sich jetzt dort ein eigenes Geschäft aufzubauen?«

»Wann habe ich das gesagt? Ich habe nur gesagt, da Edna ja nun nicht mehr ist ...«

Er brach ab und senkte den Kopf.

Ich sah, er würde nichts weiter sagen, also ging ich.

Es war nach vier, und in meinem Büro gab es nichts, das auf mich wartete. Ich fuhr nach Hause.

Als erstes rief ich Ann an, zu Hause. Sie sagte, sie habe die Anhörung auf Kaution für morgen früh festgesetzt. Dann berichtete ich ihr, wie McBride uns die Geschichte mit Ron Pulaski verheimlicht hatte. Ich erwartete einen Wutausbruch von ihr. Sie enttäuschte mich nicht.

»Wir werden die Sache morgen als erstes Mr. McBride auftischen«, sagte sie. »Vielleicht können wir den kleinen Wurm ein wenig zappeln lassen.«

Dann rief ich Roger an. Ich richtete ihm Moms Einladung zum Essen aus. Er sagte, sie habe schon bei ihm angerufen und ihn selbst eingeladen.

Sechs

Als ich kurz nach sechs Moms Haus erreichte, empfing sie mich mit traurigem Gesicht. Empörung, Verachtung, Triumph, Freude, das kannte ich gut bei ihr. Aber Traurigkeit kam in ihrem Repertoire selten vor. Kaum jedoch war ich im Wohnzimmer, da begriff ich.

Eine kurze dicke Kerze, von der das geschmolzene Wachs auf einen Untersatz tröpfelte, flackerte auf dem Kamin. Morgen war der erste November, natürlich, der Todestag meines Vaters jährte sich, und Mom feierte ihn auf traditionelle Art und Weise. Seit achtunddreißig Jahren entzündet sie am 31. Oktober bei Sonnenuntergang eine Kerze und läßt sie brennen bis Sonnenuntergang des ersten Novembers.

»Ich habe gerade in dem Album geblättert«, sagte sie. Sie setzte sich auf das Sofa und tätschelte das Kissen neben sich. »Komm.«

Ich hatte diese Fotos praktisch jedes Jahr in den vergangenen achtunddreißig Jahren gesehen, aber ich setzte mich trotzdem neben sie. Gar keine so schlechte Idee, sich hin und wieder in Erinnerung zu rufen, wie die Toten ausgesehen haben. Ich besitze kein solches Album von meiner Frau Shirley – sie ist erst vier oder fünf Jahre tot; ihr Tod war der Grund, warum ich meinen Job bei der New Yorker Kriminalpolizei aufgab und hierher nach Mesa Grande zog –, aber ich habe einen großen braunen Umschlag mit losen Schnappschüssen zu Hause, und von Zeit zu Zeit ziehe ich ihn hervor.

Wichtig dabei ist nur, daß man es nicht zu häufig tut und sie nicht zu lange ansieht.

Ich war fünfzehn, als Papa starb. Ich habe natürlich viele Erinnerungen, aber die Fotos in Moms Album scheinen ihnen immer zu widersprechen. Ich erinnere mich nicht, daß er ein so kleiner Mann gewesen ist. Ich erinnere mich nicht, jemals dieses angestrengte Lächeln auf seinem Gesicht gesehen zu haben – als fühle er sich wegen etwas elend, wolle aber nicht, daß die Leute es mitbekamen, weil sie sonst beleidigt sein könnten.

Was mir von ihm am deutlichsten in Erinnerung geblieben ist, das ist der Tag, als er mit mir in den Zoo in der Bronx ging. Ich war dreizehn. Wir blieben vor dem Gorillakäfig stehen. Ich zeigte auf dieses riesige, haarige, fette Monstrum, das sich da hinter den Gitterstäben kratzte, und sagte: »Wenn ich so einem wie dem da auf der Straße begegnen würde, würde ich bestimmt auf der Stelle kehrtmachen und so schnell laufen, wie ich könnte.«

»Manchmal ist das gar nicht so einfach, mein Junge«, antwortete Papa. »Manchmal tragen sie Hosen und Mäntel und Krawatten, und man kann sie von den Menschen nicht unterscheiden.« Er stieß einen leisen Seufzer aus, den ich schon oft von ihm gehört hatte. Ich werde diesen Seufzer niemals vergessen.

Zwei Jahre später, er war gerade fünfzig geworden, starb er an einem Herzanfall. Erst jetzt erfuhr ich seine Lebensgeschichte: wie er aus einem unaussprechlichen Ort, der ständig zwischen Rußland und Polen hin- und herwechselte, nach Amerika gekommen war, wie er sich schließlich mit einem eigenen kleinen Schneidergeschäft niederließ, wie es gegen Ende der Depression – ich war noch ein Baby – pleite ging, wie er danach wieder für andere Leute arbeitete, als Zuschneider.

Sein Leben war eine Tragödie gewesen, vermute ich. Nicht weniger tragisch, weil es ein ganz gewöhnliches Leben gewesen war und Millionen von Menschen dieselben Enttäuschungen erlitten hatten. Aber wenn Mom davon sprach, war es nie eine Tragödie. Sie blätterte das Album durch und wies auf dieses oder jenes Ereignis hin, als handele es sich um das Leben eines der ganz großen Männer unseres Jahrhunderts.

»Und guck mal hier, hier ist dein Papa in seinem besten Anzug, wir waren auf dem Weg zur Hochzeit meiner Cousine Reba, und ich mußte unbedingt ein Foto mit meiner Kodak-Kamera machen, weil dein Papa noch nie so gut ausgesehen hatte. Auf der Hochzeit rissen sich alle Mädchen darum, mit ihm tanzen zu dürfen. Sogar der Bräutigam wurde eifersüchtig.«

»Warst du auch eifersüchtig, Mom?«

»Ich?« Sie dachte darüber nach. »Vielleicht ein kleines bißchen. Aber ich sagte mir, das sei verrückt. Wußte ich denn nicht, auf was ich mich einließ, als ich einen so gutaussehenden Mann geheiratet habe? War ich denn nicht darauf gefaßt, daß er die reinste Verlockung für alle Frauen war?«

Es klingelte an der Tür, und Mom klappte das Album schnell zu. »Roger wird das nicht interessieren«, sagte sie. »Junge Menschen sehen sich nicht gerne alte Fotos an. Sie wollen nicht daran erinnert werden, daß alte Menschen auch einmal jung waren.«

Roger sah erschöpft aus, aber irgendwie sah er dadurch noch jünger aus, als er sowieso schon war. Ich habe eine Weile dafür gebraucht, mich daran zu gewöhnen, daß mein erster Assistent (und mein einziger) manchmal so aussieht, als wäre er zwölf Jahre alt.

»Tut mir leid, daß ich zu spät komme«, sagte er. »Ich bin in der halben Stadt herumgeirrt, dabei habe ich die meiste Zeit nur dazu gebraucht, die Leute ausfindig zu machen. Bleibt denn heutzutage niemand mehr ruhig zu Hause? Hab es noch nicht einmal geschafft, nach Hause zum Duschen zu fahren.«

Das reichte Mom als Ermutigung. Sofort stürzte sie sich auf ihn, bot ihm ihr Badezimmer an, zwang ihm einen Erfrischungstrunk auf, drängte ihn, Mantel und Krawatte abzulegen, und wenn er wolle, auch die Schuhe auszuziehen. Das alles nahm die nächsten fünfzehn Minuten in Anspruch, und als sie es Roger schließlich so gemütlich gemacht hatte, daß sie zufrieden war, war es Zeit zum Essen.

Während wir das himmlische überbackene Huhn verzehrten, das Mom angekündigt hatte, sprachen wir über den Mord.

Zuerst berichtete Roger, was er den Tag über getan hatte. Er hatte alle lokalen Fernsehsender angerufen, und selbstverständlich hatte einer gestern abend den alten Marx-Brothers-Film gezeigt, *A Day at the Races*. Er begann um halb elf, also war er mit Sicherheit noch gelaufen, als Harry Stubbins in Edna Pulaskis Schlafzimmer saß.

Roger hatte auch Victor Sanchez erreicht, den Polizisten, der in Ednas Gegend Streifendienst hatte, und er bestätigte, daß Harry seit Beginn des Sommers in jener Passage geschlafen hatte. Sanchez hatte hin und wieder nach ihm gesehen, aber er hatte Befehl, keinen Stadtstreicher zu verjagen, es sei denn, er machte Schwierigkeiten, legte sich mit den Leuten an. Harry Stubbins, sagte Sanchez, war immer lammfromm; er holte sich seine Flasche zum Einschlafen, billigen Rotwein, und legte sich in seiner Behausung hin, wie ein ehrenwerter Bürger.

Schließlich, obwohl ich ihm keine Anweisungen dazu gegeben hatte, war Roger der Gedanke gekommen, die vier Frauen von Edna Pulaskis Massagesalon-Team zu befragen. Alle vier waren Koreanerinnen, und alle vier sagten, daß, soweit sie wüßten, es zur Zeit keinen bestimmten Mann in Ednas Leben gegeben habe und auch keinen besonderen Feind aus der Vergangenheit. Sie fügten allerdings hinzu, daß sie ihr Privatleben immer sorgsam gehütet habe. Ein- oder zweimal die Woche verbarrikadierte sie sich in ihrem Zimmer und verbot ihnen, heraufzukommen und sie zu stören. Sie nahmen immer an, sie sei dort mit einem Mann, aber sie waren nicht neugierig, und sie sahen ihn auch nie. Wenn es denn überhaupt ein Er war.

Alle vier schien Ednas Tod aufrichtig zu bestürzen. Sie bezahlte sie gut, ließ sie nicht zuviel arbeiten, fühlte mit, wenn sie krank wurden, solange sie es nicht übertrieben, und hatte hohe Standards, was die Behandlung ihrer Angestellten durch die Kunden anging. Gewisse Praktiken waren okay, aber nicht, wenn sie physischen Schmerz oder exzessive Demütigung bedeuteten. »Ich weiß nicht, was ich jetzt tun soll«, sagte eins der Mädchen, »ich weiß nicht, ob ich da draußen wieder arbeiten kann.«

In einer Beziehung allerdings war Roger überhaupt keinen Schritt weitergekommen. Er hatte nichts über Harry Stubbins' Vergangenheit oder eine mögliche Verbindung zwischen ihm und Edna Pulaski herausbekommen. »Das Problem ist«, sagte Roger, »diese Obdachlosen haben sich so vollständig von ihren

Familien, Freunden, allen Menschen ihrer Vergangenheit losgesagt, daß es so scheint, als hätten sie überhaupt keine Vergangenheit.«

»Vielleicht kann ich dir weiterhelfen«, sagte Mom. »Die Art und Weise, wie dieser Harry Stubbins redet – die langen Wörter, die er benutzt, wie er ständig irgendwelche Dinge aus Gedichten und so weiter erwähnt –, erinnert mich an einen Englischprofessor, den Davey im College hatte. Du erinnerst dich, Professor Mendenhall aus dem Shakespearekurs? Ich habe ihn auf deinem Abschlußfest kennengelernt. Er hatte diesen komischen kleinen Spitzbart, und er redete wie eine Enzyklopädie.«

Ich erinnerte mich nur zu gut an ihn, den alten Steißtrommler.

»Ist es also nicht möglich«, fuhr Mom fort, »daß dieser Harry Stubbins einmal in seinem Leben Professor an einem College gewesen ist? Wahrscheinlich Englischprofessor, weil die immer so gerne die literarische Klassik zitieren. Und haben diese Professoren nicht eine Gewerkschaft oder eine Berufsorganisation, zu der die meisten gehören?«

»Die *American Association of University Professors*«, sagte Roger.

»Also ruf sie an«, sagte Mom. »Vielleicht führen sie Buch, vielleicht haben sie einen Harry Stubbins in ihren alten Akten.«

Roger machte sich eine Notiz, und jetzt war es Zeit für den Nachtisch. Mom brachte ihre Schokoladenrollen herein. Sie machte sie nicht oft, denn sie waren kompliziert, teuer und kosteten viel Zeit. Aber sie waren Papas Lieblingskuchen gewesen, und sie tischte sie immer aus Anlaß seines Todestages auf. Roger aß sie zum erstenmal, deshalb hielt er sich so lange aus dem Gespräch heraus, bis er sie aufgegessen hatte, und die zweite Portion füllte Mom ihm auf, ohne zu fragen.

Als wir dann im Wohnzimmer saßen, die Kaffeetassen in den Händen, erzählte ich, was ich diesen Nachmittag getan hatte: wie ich den Mordschauplatz unter die Lupe genommen hatte, wie ich mit Delaney und den Leuten vor Pulaskis Haus geredet hatte, wie ich die Mutter der Toten besucht hatte, Mr. Chang, den Apotheker, und Ron Pulaski plus Freundin.

Ich war müde und gereizt und verbarg es jetzt nicht mehr, sondern redete mit lauter Stimme. »Wißt ihr, was mich am allermeisten bei diesem verdammten Fall frustriert? Ich komm mit dieser toten Frau nicht weiter, dieser Edna Pulaski. Ihr Geschäft – spricht nicht gerade für ein Heiligenleben. Aber so, wie alle sie beschreiben, muß man denken, sie war eine Art Heilige. Der Junge, der ihr die Getränke lieferte, ihre Großnichte, die Mädchen, die für sie arbeiteten, ihre Nachbarn – alle sagen uns, wie nett und großzügig sie doch war. Sogar Harry Stubbins redet von ihr, als sei sie die Hure mit dem Herzen aus Gold!«

»Beides könnte wahr sein«, sagte Mom.

»Wie kommst du darauf?«

»Das ist schlicht die Amerikanisierung. Zehn Jahre lebte die Pulaski in diesem Land, in dieser Zeit hat sie gelernt, eine gute amerikanische Geschäftsfrau zu werden, mit einer gespaltenen Persönlichkeit. Im Privatleben werden die Menschen freundlich behandelt, da verschenkt man Geld, hilft armen alten Männern, streichelt kleinen Hunden und Babys den Kopf. Aber ansonsten, wenn es um Profit und Verlust geht, da verhält man sich rein geschäftsmäßig.«

»Du willst damit also sagen, freundlich und nett wie sie war, als Geschäftsfrau hat sie etwas getan, das jemanden dazu gebracht hat, sie zu töten?«

»Das habe ich nicht gesagt. Ich hab da so meine Ideen, aber ich muß noch einiges wissen. Dazu gehören die Antworten auf zwei Fragen, die ich dir telefonisch aufgetragen hatte.«

»Ich habe die Fragen gestellt, Mom.« Und ich lieferte ihr alle Informationen, die ich über Edna Pulaskis Herz und ihre Trinkgewohnheiten herausbekommen hatte.

Zuerst sagte Mom nichts. Sie runzelte lediglich die Stirn und zupfte an ihrer Unterlippe.

»Sieht nicht so gut aus für unseren Mandanten, nicht?« sagte Roger. »Ich meine, Edna Pulaskis Phobie in bezug auf Trinker.«

»Was soll daran nicht so gut aussehen?« fragte ich.

»Weil es um so mehr ein Grund dafür ist, daß sie Harry Stubbins nicht auf eine Tasse Kaffee zu sich eingeladen hat. Ein alter Trunkenbold wie er, der die meiste Zeit wie eine Brauerei riecht – würde sie sich nicht viel zu sehr ekeln, um ihn in ihr Zimmer zu lassen? Und das bedeutet, er war nicht auf Einladung dort.«

»Klingt vernünftig«, sagte Mom mit zufriedenem Blick, wie immer, wenn wir unteren Chargen mit einem eigenen Gedanken aufwarteten. »Vielleicht sieht es aber doch nicht so schlimm aus für euren Mandanten, wie ihr glaubt. Ich habe da so eine kleine Idee.«

»Tatsächlich?« sagte ich. »Oder sagst du das jetzt nur, weil du bisher noch keine hast?«

Mom lachte. »Sie werden groß, sie ziehen aus, und schon werden sie frech zu ihren Eltern! Meine kleine Idee hat einen kleinen Schönheitsfehler, deshalb wollte ich noch nicht darüber reden. Auf der anderen Seite, diese Medizin, die sie für ihr Herz nahm – die ist keine so gute Neuigkeit für euren Mandanten.«

»Inwiefern?«

»Wenn ich recht habe, werdet ihr das morgen herausfinden, wenn ihr die Ergebnisse der Autopsie und der Labortests bekommt. Aber hier habe ich etwas anderes, um das ich dich bitten möchte, Dave – morgen früh solltest du als erstes diesen Pulaski anrufen, den Exmann der Toten, und ihm eine Frage stellen.«

»Welche Frage?«

»Ist etwas ganz Wichtiges. Als er gestern wach wurde, wie hörte er von dem Mord an seiner Exfrau? Dir hat er erzählt, er habe in den Elf-Uhr-Nachrichten davon erfahren, aber was du ihn fragen solltest, ist folgendes, waren es die Radionachrichten oder die Fernsehnachrichten?«

»Was für einen Unterschied macht das? Pulaski hat sie nicht getötet. Ich hab's dir gesagt, er hat für die Mordzeit ein hieb- und stichfestes Alibi.«

»Schön für ihn«, sagte sie. »Aber tu mir einen Gefallen, frage ihn das trotzdem.«

»Warum sagst du mir nicht warum? Ich kann mir einfach nicht vorstellen ...«

»Stimmt. Du kannst es nicht. Deshalb bring mir die Antwort, und ich werde es für dich tun.«

»In Ordnung.« Insgeheim jedoch sagte ich mir, daß es damit keine Eile haben würde. Vielleicht würde ich Moms unsinnige Frage stellen, vielleicht auch nicht. Auf jeden Fall würde ich das entscheiden, würde ich meinem eigenen Urteil trauen.

Dann fiel Mom ein, daß McBride in fünfzehn Minuten eine Presseerklärung zu dem Mord abgeben wollte. Ein Lokalsender würde das reguläre Programm dafür unterbrechen.

Sie stellte den Fernseher an, gerade rechtzeitig, um die Vorbereitungen für McBrides Pressekonferenz mitzubekommen. Wir sahen, wie die Menschenmenge vor Edna Pulaskis Haus auf und ab ging, und die Fernsehstimme nannte es »den Schauplatz des Verbrechens. Mord im Massagesalon«. Dann bekamen wir McBride an seinem Schreibtisch zu sehen, wie er dasaß und grimmig in einen Raum voller Reporter starrte. Er hielt eine seiner gereizten Bulldoggen-Reden und sprach darüber, wie der Fall durch das schnelle Handeln unserer hervorragenden Polizei und der Staatsanwaltschaft gelöst worden war und wie er persönlich dafür sorgen wollte, daß dieser brutale Mörder vor Gericht kam, indem er jeden Schritt der Ermittlung beaufsichtigen und bis zur Urteilsverkündung überwachen würde.

»Bei dem Opfer handelt es sich nicht um eine wohlanständige Bürgerin«, sagte McBride, »die Frau gehörte zur untersten Schicht unserer Gesellschaft. Sie lebte in einer Gegend voller Schmutz und Dreck, sie verkaufte Sex unter höchst schockierenden Bedingungen – meine Damen und Herren, Ihnen würde übel, wenn Sie einen Blick in das Zimmer täten, in dem sie ermordet wurde, diese orientalischen Landschaften, die sich als schmutzige Bilder herausstellen, grelle Neonschilder in chinesischer Schrift, die durch die Fenster blinken –, aber hier geht es um die Frage der Gerechtigkeit ...«

»Sie wollen damit nicht andeuten, Herr Staatsanwalt«, unterbrach ihn Joe Horniman aus der ersten Reihe der Reporter, »daß Asiaten mehr als andere Gruppen in diesem Milieu anzutreffen sind?«

McBride richtete sich auf. Im Fernsehen müssen die Leute größer aussehen als im wirklichen Leben. Einen Augenblick lang hätte man schwören können, daß McBride ein Riese war. Natürlich half es, daß er saß. »Das ist eine Lüge, mein Herr! Sie werfen da mit bösartigen Verleumdungen um sich! Alles, was ich soeben über diese Frau gesagt habe, war selbstverständlich nicht als Wertung unserer gesetzestreuen orien ... asiatischen

Gemeinde gemeint. Diese Menschen haben es in unserer Stadt zu etwas ganz Unerhörtem gebracht. Sie kommen hierher, ohne die Sprache zu sprechen, die meisten jedenfalls, aber sie sorgen dafür, daß ihre Kinder sie lernen, sie möchten, daß ihre Kinder eine Ausbildung bekommen, sie rackern sich ab, und viele ihrer Kinder schlagen dann am Ende in der Schule unsere eigenen amerikanischen Kinder, und dann gehen sie aufs College, das unseren eigenen Kindern verwehrt bleibt ...

Was ich sagen will, in jeder Familie gibt es ein schwarzes Schaf. Aber wir in Amerika, wir mit unserem gottgegebenen Gespür für Fair play und Gerechtigkeit würden so etwas niemals gegen andere verwenden! Darüber hinaus ist mein Ruf bezüglich Rassen- und Minoritätenfragen jedem in dieser Stadt sehr wohl bekannt. Ich habe es mir zur persönlichen Aufgabe gemacht, daß viele Polizisten von Minderheiten, nicht nur Asiaten, sondern auch Schwarze und Mexikaner, von der Polizei eingestellt werden. Jedes Jahr Weihnachten gebe ich da unten Straßenfeste, da, wo die Asiaten wohnen, und auch in den Wohngebieten der Schwarzen und der Hispanics – Truthahn mit Kronsbeerensoße, die ganze Chose, und Spielzeug für all die kleinen Kinder –, alles auf meine Kosten! Und in den letzten drei Jahren, auch wenn das nicht allgemein bekannt ist, denn ich bin nicht der Typ, der alles an die große Glocke hängt, habe ich am Chanukka-Dinner in der Jüdischen Synagoge teilgenommen ...

Wenn ich mich jetzt also wieder unserem Thema zuwenden dürfte, nämlich diesem Mordfall. Und ich sage, die Gerechtigkeit ist blind, das Gesetz beschützt einen jeden von uns, sowohl den Kleinen als auch den Großen. Kein Mord darf ungesühnt bleiben, auch dann nicht, wenn die Gesellschaft ohne das Opfer besser dran ist. Das ist auch der Grund, warum ich diesen Fall unter meine persönliche Obhut gestellt habe ...«

»Mit anderen Worten«, sagte Joe Horniman, »mit dem kürzlichen Vorwurf Ihres politischen Gegners, daß Sie es niemals selbst mit einem Fall aufnehmen, sondern Sie Ihre Assistenten die ganze Arbeit machen lassen, hat dies nichts zu tun?«

»Die Frage ist es nicht wert, mit einer Antwort bedacht zu werden«, sagte McBride. »Die Protokolle beweisen, daß ich im Augenblick nicht aktiver bin, als ich es in der Vergangenheit immer gewesen bin. Ich liebe diese Stadt. Ich habe mich hier gleich nach dem Studium niedergelassen, und ich habe mich entschlossen, mein Leben dem Gemeinwohl von Mesa Grande zu widmen. Das habe ich immer getan, das tue ich jetzt, das ist der Grund, warum die kriminellen Elemente alles versuchen werden, mich in der bevorstehenden Wahl zu besiegen. Aber sie werden es nicht schaffen, das verspreche ich Ihnen. Dienstag in einer Woche werden die Wähler entscheiden – und meine Vorhersage lautet, sie werden mir ihr Vertrauen schenken, damit ich diesem abscheulichen Mörder weiter den Prozeß machen kann, und allen anderen abscheulichen Mördern, die es in Zukunft geben wird.«

Die Pressekonferenz war beendet, und die Fernsehstation schaltete um zu einer Großaufnahme von Doris Dryden, die einen Kommentar dazu abgab. »Eigentlich«, sagte sie, »bin ich froh zu hören, daß Staatsanwalt McBride sich nun endlich um den Fall kümmern will. Jetzt bleibt uns allen nur zu hoffen, daß er ihn nicht verpatzt, weil er so außer Übung ist.«

Mom stellte den Fernseher ab. Sie runzelte leicht die Stirn.

Roger schüttelte den Kopf und schnaubte. »Aber er überträgt wirklich die meisten Fälle seinen Assistenten! Er weiß das genau! Wie kann er die Frechheit besitzen, den Leuten solche Lügen ins Gesicht zu sagen?«

»Warum nicht?« sagte ich. »Die Müllhalde der Geschichte ist voll von pensionierten Politikern, die den Fehler begangen haben, die Wahrheit zu sagen. Das Letzte, was die meisten Menschen hören wollen, ist die Wahrheit.«

»Mrs. Dryden sagt ihnen die Wahrheit, und sie scheint ihnen zu gefallen. Wer weiß, vielleicht gibt es eine öffentliche Stimmung, die sie schlagartig ins Amt befördert!«

»Und was für einen Unterschied wird das machen?« sagte ich. »Das heißt doch nichts anderes, als einen Politiker gegen einen anderen austauschen. Neuer Name, neues Aussehen, neues Geschlecht – aber dieselbe alte Leier. Weißt du, was die alten

Immigranten in der Bronx immer sagten, als ich Kind war? ›Gegen das Rathaus kann man nicht ankämpfen.‹ Waren kluge Leute, die wußten, wie's in der Welt zugeht.«

Mom lächelte milde und sagte: »Gegen das Rathaus kann man nicht ankämpfen? Wißt ihr, wer diese dumme Bemerkung gemacht hat? Ein paar alte Knacker, die nie ihr Schtetl verlassen haben, auch dann nicht, nachdem sie den Atlantischen Ozean überquert hatten. Für sie war das Rathaus voller Kosaken, wie früher in Rußland oder Polen. Sie kriegten einfach nie diesen dummen Gedanken aus dem Kopf, daß die Leute im Rathaus nicht auch Menschen waren. Und diese Dummheit tat ihnen nicht gut, glaubt mir. Denn sie bedeutete, sie konnten nichts tun, um ihre Probleme zu überwinden. Alles war genauso schlecht wie immer, was für einen Sinn hatte es also, auch nur den kleinen Finger zu rühren ...«

Und in genau zwei Sekunden waren Mom und ich wieder bei unserem alten politischen Streit.

Dabei blieben wir die nächste halbe Stunde, und dann wurde es für Roger und mich Zeit zu gehen. An der Tür umarmte Mom uns beide, aber ich sah, daß sie nicht mit dem Herzen dabei war, ein trauriger, gedankenverlorener Blick lag auf ihrem Gesicht. Ich fragte sie, was ihr fehlte, und augenblicklich zauberte sie ein Lächeln hervor und sagte: »Was sollte mir fehlen? Ist alles gut.«

Dann verstand ich, was es war. Mom wollte wieder ins Wohnzimmer, zurück zu ihrem alten Fotoalbum. Sie hatte keine Lust mehr, sich über Morde den Kopf zu zerbrechen. Sie wollte den Rest des Abends mit Papa allein sein.

Sieben

Montag morgen war ich eine Stunde früher als gewöhnlich auf den Beinen. Wenn's in unserem Büro wirklich viel zu tun gibt – zum Beispiel, wenn ein schwerer Fall auftaucht, während wir gerade mit vielen einfacheren beschäftigt sind –, scheint der Tag einfach zu kurz zu sein.

Ich kippte den Kaffee runter, verschlang ein Doughnut und überflog gleichzeitig den *Republican American*. Die Schlagzeilen beschäftigten sich ausschließlich mit Harry Stubbins' Festnahme und McBrides Pressekonferenz. Die Titelgeschichte stammte von Joe Horniman, aber ich las nur den ersten Absatz.

Ich blätterte weiter zum Leitartikel und war nicht überrascht zu lesen, daß sein Verfasser Schock und Bestürzung ausdrückte angesichts der Zyniker, die McBride beschuldigten, sich aus rein politischem Opportunismus des Pulaski-Mordes anzunehmen. Unser lokales Blatt ist ebenso konservativ wie Calvin Coolidge, wenn auch weitaus redseliger, und McBrides Parole – keine-Nachsicht-mit-dem-Verbrechen – hat schon immer seine wachsamsten Instinkte geweckt. Die Zeitung hatte ihn während seiner letzten vier Kampagnen unterstützt, und erst neulich noch war Doris Dryden als »gefühlsduselige Liberale« denunziert worden, deren Wahl einer offenen Einladung an die Mafia, unsere Stadt zu übernehmen, gleichkäme.

Ich war um Viertel nach acht im Büro und lief im Aufzug Roger in die Arme. Mabel Gibson, die immer vor allen anderen da war, egal, wie früh wir kamen, beugte sich vor und sprach mit ihrer leisen, vertraulichen Stimme. »Sie ist schon weiß Gott wie lange da. Sie möchte euch beide sofort sprechen.«

Wir gingen zu ihr rein und fanden Ann an ihrem Schreibtisch hinter einem Chaos von Papieren. Es sah aus, als lägen sie überall verstreut, ohne bestimmte Ordnung, aber ich wußte, daß das eine optische Täuschung war. In ihrem Kopf war jeder kleine Stapel etikettiert und sortiert; würde ich irgendeinen Fall nennen, sie wäre augenblicklich in der Lage, alle relevanten Dokumente herauszufinden. Auf ihrem Tagesplan für heute standen drei Gerichtstermine, und sie würde zu jedem einzelnen vollendet vorbereitet erscheinen.

»Okay, laßt hören, was ihr angestellt habt«, sagte Ann. »Und beeilt euch, weil du und ich, Dave, in einer halben Stunde einen Termin mit McBride wegen der Kautionsanhörung haben.«

»Du willst, daß ich mit zum Gericht komme?« Ich war überrascht; normalerweise wollte sie das nicht.

»Ja«, sagte sie. »Ich will mir sofort anschließend McBride vorknöpfen und ihm die Hölle heiß machen, wieso er uns den Exmann vorenthält. Ich habe große Lust, dieser Schlange die Zähne zu ziehen, wenn Schlangen denn Zähne haben, und deine Aufgabe ist es, mir warnende Zeichen zu geben, wenn ich die Beherrschung verlieren sollte.«

Wir wußten beide ganz genau, daß warnende Zeichen nicht nötig sein würden. Seit vier Jahren arbeitete ich jetzt für Ann, und noch kein einziges Mal hatte sie die Beherrschung verloren.

Also berichteten wir ihr in aller Ausführlichkeit von unseren gestrigen Aktivitäten, und dann sagte Roger, er wolle sich mit der *American Association of University Professors* in Verbindung setzen, um etwas über Harry Stubbins' Vergangenheit herauszubekommen. Sie machte ihm ein Kompliment wegen dieser Art des Vorgehens. Er nahm das Kompliment hin, ohne zu sagen, woher die Idee kam.

Ich sagte Roger, er könne an meinem Schreibtisch arbeiten, bis ich später am Vormittag zurückkäme. Außer den Ferngesprächen mit diesen Professorenvereinen mußte er sich mit der Kegelbahn *Sagebrush Alleys* in Verbindung setzen, die Leute da nach dem Bowling Match von Samstag abend befragen, auch die Leute, die zu Ron Pulaskis Team gehörten und die von der Gegenpartei.

Und wenn er das alles erledigt hätte, würde er einen Bericht über einen unserer vier Mandanten fertigstellen müssen. Es handelte sich in diesem Fall um einen Teenager; die Bullen hatten ihn wegen Geschwindigkeitsübertretung angehalten, im Handschuhfach Kokain gefunden und ihn wegen Drogenbesitz festgenommen. Der Junge war ein Punker und schuldig wie wer weiß was, aber wir argumentierten, daß der Beweis wegen illegaler Durchsuchung ungültig sei.

Um die Wahrheit zu sagen, Ann und ich sind uns in diesen Dingen nicht immer einig. Manchmal ertappe ich mich dabei, daß ich so denke, als stünde ich noch auf der anderen Seite des Zauns.

Wir machten uns auf den Weg ins Gericht.

Der Gerichtssaal war so früh am Morgen noch ziemlich leer, und für den Vormittag waren keine explosiven Verhandlungen angesetzt. McBride und Grantley waren schon vor uns da und saßen in der ersten Bankreihe. Grantley sah aus wie ein Yuppie-Unternehmer, wie immer, und McBride trug einen grellen Sportmantel und eine von diesen Krawatten mit der amerikanischen Flagge. Er regte sich über irgend etwas fürchterlich auf und zischte Grantley verhalten etwas zu. Als wir uns näherten, brach er sofort ab. Ich schätze, er sah, wie ich seine Krawatte anstarrte, denn er lachte laut los und zeigte darauf. »Meine patriotische Krawatte, Dave. Was meinen Sie? Hab mir einen ganzen Haufen davon für diese Kampagne machen lassen. Soll ich Ihnen eine schicken? Mach ich gerne, solange Sie mir versprechen, sie bei jeder Gelegenheit zu tragen.«

Er lachte, wahrscheinlich über meinen Gesichtsausdruck. Dann guckte er erneut verdrießlich. »Wollen Sie etwas Schönes hören? Los, Leland, erzähl ihnen von dem Anruf, den du vor wenigen Minuten bekommen hast.«

»Eine junge Frau hat angerufen«, sagte Grantley und sah dabei kreuzunglücklich aus. »Eine koreanische junge Frau – sprach allerdings perfektes Englisch. Stellte sich als Edna Pulaskis Nichte vor.«

»Ja klar, Madeleine Kim«, sagte ich. »Sie hat für uns übersetzt, als ich mit Edna Pulaskis Mutter gesprochen habe.«

»Die alte Dame hatte sie gebeten, mich anzurufen. Sie hatte eine Beschwerde vorzubringen, und selbstverständlich konnte sie sie nicht selbst formulieren. Scheint, daß ihre Tochter, als man sie ins Leichenschauhaus brachte, einige Dinge am Körper trug, und die wurden mitgenommen. Heute morgen, nachdem die Autopsie beendet war, schickten die Leute vom Leichenschauhaus die Sachen an die alte Dame zurück, und nun behauptet sie, daß ein Teil fehlt. Eins von den Schmuckstücken.«

»Welches?«

»Der Ring, den ihre Tochter trug. An der rechten Hand – hatte einen ziemlich großen Stein. Die alte Dame sagt, er habe keinen großen materiellen Wert, es war kein echter Smaragd, aber sie hat ihn vor Jahren ihrer Tochter zum Geburtstag geschenkt, und er bedeutet ihr viel. Sie ist wütend auf die Staatsanwaltschaft, sie gibt uns die Schuld, daß er verlorenging. Ihre Nichte – Großnichte, vermute ich – sagt, die alte Dame wolle uns deswegen vor Gericht bringen.«

»Uns vor Gericht bringen! Wie finde ich das denn?« McBride hob die geballte Faust, um seinen Ärger zu demonstrieren. »Ihre liebe Tochter ist soeben ermordet worden, sie ist noch nicht einmal unter der Erde, wir arbeiten uns die Finger wund, damit der Mörder sein gerechtes Urteil bekommt – und diese alte Hexe macht sich wegen eines wertlosen billigen Rings Sorgen! Was für Leute sind das eigentlich, mein Gott!«

»Haben die von der Leichenhalle eine Liste dieser Sachen aufgestellt, als sie sie der Leiche abgenommen haben?« fragte Ann.

»Nein, es waren so wenig, und außerdem dachten sie, es wäre billiger Talmischmuck«, sagte Grantley. »Trotzdem – sie hätten eine Bestandsaufnahme machen müssen, aber Sie wissen ja, wie es ist – die Leute sind überarbeitet, verpatzen die eine oder andere Sache. Ich kann mich allerdings erinnern, diesen Ring selbst bemerkt zu haben, als ich die Leiche gesehen habe. Er ist bestimmt mit ins Leichenschauhaus gekommen, und irgend jemand dort kann ihn verlegt haben, hat ihn irgendwo fallen lassen, ihn vielleicht gestohlen. Natürlich werden wir das Ganze nachprüfen.«

»Das will ich auch geraten haben!« sagte McBride. »Diese Sache läßt die ganze Rechtsprechung dieser Stadt in einem schlechten Licht erscheinen! Verdammt noch mal, genau das hat uns jetzt noch gefehlt! Jetzt, wo wir vor den Wahlen stehen – ein Mordfall von Bedeutung ...« Er prustete und hustete eine Weile und sah eher wie eins der kleinen Ferkel aus denn wie der große böse Wolf.

Als er sich wieder beruhigt hatte, ging Ann auf ihn zu und lächelte dabei ihr gütigstes Lächeln, ohne ihre Mordgelüste preiszugeben. »Könnten wir nach der Anhörung etwas miteinander plaudern, Marvin?« sagte sie. »Über ein paar Aspekte des Falles, zu denen ich gestern mit Leland nicht mehr gekommen bin?«

»Ich hab einen harten Vormittag vor mir, Ann.« McBrides Stimme klang heiserer als gewöhnlich, und ich sah, daß seine Hand leicht zitterte. Für ihn, wurde mir klar, war neun Uhr vormittags wie mitten in der Nacht. »Rufen Sie meine Sekretärin an, vielleicht ist am späten Nachmittag noch ein Termin frei. Oder morgen.«

»Direkt nach der Anhörung wäre besser«, sagte Ann. »Wird doch nicht lange dauern, oder? Reiner Routinefall, vermute ich. Also werden Sie jede Menge Zeit für das haben, was wir besprechen müssen.«

»Wir haben doch bereits ...«

»Ron Pulaski.« Ann sprach den Namen sanft und klar aus, als spräche sie ihn einem kleinen Kind vor. »Sagt der Ihnen etwas, Marvin?«

Ihre Frage wurde beantwortet durch den Blick auf McBrides Gesicht und auf Grantleys.

»Okay, okay. Ich werde ein paar Minuten für Sie erübrigen, wenn wir hiermit fertig sind. Oben in meinem Büro.«

Ann dankte ihm mit einem süßen Lächeln. In diesem Augenblick wurde Harry Stubbins von einem uniformierten Beamten, der ihn am Arm hielt, hereingeführt. Harrys Wangen und Augen waren genauso intensiv rot wie gestern. Die einzige Verbesserung seiner Erscheinung lag darin, daß jemand ihn ermutigt zu haben schien, den Versuch zu unternehmen, sich das graue Haardickicht am Kinn zu rasieren. Der Versuch war teilweise gelungen. Er sah weniger wie ein Stachelschwein aus und mehr wie eine Ziege.

Ann ging auf Harry zu, schüttelte ihm die Hand, schenkte ihm ein ermutigendes Lächeln.

»Was soll das alles?« Harry blinzelte sie angestrengt an.

»Wir werden unser Bestes versuchen.«

»Holen Sie mich hier raus!« Er befeuchtete sich die Lippen, und in seiner Stimme schwang Verzweiflung. »Sie machen sich keine Vorstellung davon, was das hier ... Das ist die Hölle. Hab viele Beschreibungen der Hölle gelesen. Keine kommt auch nur annähernd an die Wirklichkeit heran.«

Der Richter betrat jetzt den Saal, deshalb drückte Ann Stubbins' Arm und kehrte auf ihren Platz zurück.

Die Anhörung war absolut kein Routinevorgang. McBride wehrte sich mit Händen und Füßen dagegen, den Angeklagten gegen Kaution freizulassen: Er sei kein ehrbares Mitglied der Gesellschaft, ohne sichtbare Mittel, für seinen Lebensunterhalt sorgen zu können, ohne Familie, ohne festen Wohnsitz würde er sehr wahrscheinlich vom Verhandlungsort fliehen, wenn man ihn aus dem Gefängnis freiließe.

Ann setzte dagegen, daß gerade die Bedürftigkeit des Angeklagten sicherstellte, daß er nicht zu fliehen versuchen würde; er habe einfach nicht das Geld, um die Stadt verlassen zu können. Und da der Angeklagte offensichtlich nicht in der Lage sei, irgendeine Kautionssumme aufzubringen, wie gering auch immer, sollte man ihn gegen sein Ehrenwort freilassen – anderenfalls würde sich das Gericht dem Vorwurf aussetzen, den Angeklagten aufgrund seiner Armut und Obdachlosigkeit zu diskriminieren.

Und, fuhr Ann fort, die Staatsanwaltschaft sei dafür bekannt, Arme und Obdachlose zu diskriminieren, und zwar besonders die älteren unter ihnen. Letzten Monat, zum Beispiel, habe man zehntausend Dollar Kaution gefordert für einen alten Mann, dem nichts Schlimmeres vorgeworfen werden konnte als Erregung öffentlichen Ärgernisses.

»Und nur fünf Minuten, nachdem Sie dafür gesorgt hatten, daß er entlassen wurde«, sagte McBride, »ging er auf die Straße und sorgte erneut für öffentliches Ärgernis! Und genau da liegt der Fehler, der heute überall gemacht wird! Der Steuerzahler zahlt treu und brav, damit der Abschaum der Gesellschaft irgend so einen Winkeladvokaten bemühen kann, seinen Fall ...«

»Entschuldigen Sie bitte, Mr. McBride«, sagte Ann und tat empört – man mußte sie schon sehr gut kennen, um zu bemerken, wieviel Spaß ihr die Sache machte. »Wen genau bezeichnen Sie als Winkeladvokaten? Sie nehmen dieses Wort ein wenig zu häufig in den Mund, finde ich. Wenn ich mich nicht irre, habe ich es Sie erst vor wenigen Wochen laut vor Gericht rufen hören. Und zwar direkt im Anschluß an den Freispruch dieses Chicano-Jungen, den Sie wegen Drogenbesitz ins Gefängnis befördern wollten. Und wenn ich mich nicht irre, stellte sich heraus, daß es sich bei dem Besitzer um Ihren Spitzel handelte, der gegen den Jungen ausgesagt hatte ...«

McBrides Stimme, die immer heiser vom Alkohol klang, wurde noch heiserer, als er wütend auffuhr: »Erstens ist in diesem Fall das letzte Wort noch nicht gesprochen! Sie haben uns da einen ganz gemeinen Schachzug geliefert, aber dieser Junge war schuldig wie sonst was, er und mein Spitzel haben gemeinsame Sache gemacht, und Sie können mich beim Wort nehmen, wir werden's ihm schon noch nachweisen!«

»Vorausgesetzt, der Oberste Gerichtshof entscheidet, das Gesetz gegen die doppelte Strafverfolgung wegen ein und derselben Tat ist verfassungswidrig«, sagte Ann.

»Dann werden wir ihn eben wegen einer anderen Sache drankriegen! Ich kenne mich in der Verfassung besser aus als Sie, verdammt noch mal!«

Der Richter mischte sich ein und wies beide an, ihr ungebührliches Verhalten einzustellen. Aber Ann tat es um das Wortduell nicht leid. Sie kannte ihre Richter. Seine Ehren Andrew Phipps, früherer Rechtsbeistand des staatlichen Programms gegen die Armut, von einem nicht wiedergewählten demokratischen Gouverneur zum Richter befördert, der sich über seinen republikanischen Nachfolger mokierte, war nicht der Mann, der McBrides Drohungen auf die leichte Schulter nehmen würde. Stubbins wurde freigelassen, unter der Bedingung, daß er sich im städtischen Obdachlosenasyl einfand.

»O Gott, nicht das Asyl! Schicken Sie mich lieber wieder ins

Gefängnis zurück«, murmelte Stubbins Ann zu, nachdem der Richter den Saal verlassen hatte. »Da muß man vor acht abends rein – an der Tür durchsuchen sie einen! Wenn ich schon wie ein gewöhnlicher Verbrecher behandelt werde, dann bitte da, wo das Essen besser und die Gesellschaft jünger ist.«

Ann blieb freundlich zurückhaltend. Ich rief im Obdachlosenasyl an und gab Stubbins die Adresse, und draußen vor dem Gericht wies ich ihm die Richtung. Um sicherzustellen, daß er auch wirklich hinging, erinnerte ich ihn daran, daß dies nicht der richtige Zeitpunkt war, der Staatsanwaltschaft Widerstand zu leisten.

Wenige Minuten später waren Ann und ich in McBrides vorderem Büro. Um in das innere Allerheiligste zu gelangen, mußte man Spießrutenlaufen, an zahllosen kleinen Speichelleckern vorbei, die auf dem Weg dorthin in ihren Kabuffs an ihren Schreibtischen saßen, und dann fand man sich in einem kleineren Auditorium wieder, wo McBride hinter einem riesigen Schreibtisch thronte. Wie kommt es, daß kleine Männer so gerne an großen Schreibtischen sitzen, wo sie ja durch den Gegensatz noch kleiner wirken?

Grantley war auch dort, saß ein wenig rechts von McBride und hielt einen Notizblock auf den Knien.

McBride nickte und knurrte in unsere Richtung, als wir Platz nahmen. Er war vierundfünfzig, ungefähr mein Alter, aber seine blutunterlaufenen Augen und die kleinen roten Äderchen auf seinen Wangen ließen ihn älter aussehen.

Nachdem er genickt und geknurrt hatte, widmete er sich wieder der Sache, mit der er beschäftigt gewesen war, und zündete sich eine seiner billigen Zigarren an. Bald würde der scheußliche Geruch das Büro füllen, und uns allen würde übel werden, aber das hatte McBride noch nie gekümmert, es fiel ihm noch nicht einmal auf.

»Also«, begann er, »was soll das alles, Ann? Wie war der Name noch, den Sie soeben erwähnten?« McBride runzelte die Stirn und schien schwer nachzudenken. »Ron Pulaski, ist das richtig? Oh, Sie meinen den Exmann der Toten, oder?«

»Genau den meine ich. Der alte Mr. Raymond Chang hat Ihnen von ihm erzählt, war's nicht so? Für den Fall, daß Ihnen der Name nichts sagt, Raymond Chang ist der nette alte Mann, dem die Apotheke weiter unten in der Straße des Opfers gehört. Leland hat gestern morgen mit ihm darüber gesprochen, um welche Zeit er Pulaski in der Gegend gesehen hatte, Samstag um Mitternacht. Und Pulaski selbst war gestern nachmittag hier und hat mit Ihnen gesprochen. Da gibt es also eine Frau, die ermordet wird, und da gibt es ihren Exmann, der sich ungefähr eine halbe Stunde später in der Gegend aufhält, und Sie meinen nicht, daß Sie es dem Angeklagten schuldig sind, seinen Anwalt darüber zu unterrichten?«

McBride ließ ein Grunzen hören. »In einem Punkt täuschen Sie sich. Ich habe zu keinem Zeitpunkt mit Pulaski gesprochen, weder gestern noch sonst irgendwann. Stimmt's, Leland? Allerdings habe ich einen vollständigen Bericht erhalten, danach.«

»Allerdings«, sagte Ann. »Sie sind persönlich für den Fall verantwortlich. Wenn irgendwelche krummen Touren laufen sollten, wenn zum Beispiel ein Zeuge unterschlagen wird, der für die Verteidigung von Bedeutung sein könnte, dann tragen Sie die volle Verantwortung.«

»Das geht jetzt aber zu weit.« Grantley sah von seinen Notizen auf und lächelte etwas verkrampft. »Also – ich kann verstehen, warum Sie und Dave zu der schlimmsten Vermutung kommen. Ich kann verstehen, daß hier Raum gegeben ist für Mißverständnis und Fehlinterpretation. Ich nehme Ihnen Ihre Vermutungen gar nicht übel, glauben Sie mir, bestimmt nicht. Ich würde wahrscheinlich sogar genauso reagieren, wenn ich an Ihrer Stelle wäre. Aber ich versichere Ihnen – ich gebe Ihnen mein Ehrenwort –, Ihr Verdacht ist vollkommen unbegründet.«

»Schön, Ihr Ehrenwort zu haben«, sagte Ann, »aber noch schöner wäre es, wenn Sie uns erklärten, wieso wir diese sachdienliche Information selbst ausgraben mußten?«

»Weil sie eben nicht sachdienlich ist, deshalb. Pulaski hat mich am Nachmittag getroffen, ich habe eine Stunde mit ihm gesprochen, ihn aber schließlich gehen lassen. Ich konnte ihn nicht halten, und zwar aus einem ganz einfachen Grund: Wir sehen uns gezwungen anzunehmen, daß er den Mord nicht begangen hat. Wenn Sie wirklich soviel wissen, dann müssen Sie auch wissen, daß er ein hieb- und stichfestes Alibi hat. Deshalb hat er sich auch mit mir in Verbindung gesetzt. Er wollte gestehen, daß er sich Samstag gegen Mitternacht oder so um die Zeit in der Gegend seiner Exfrau aufgehalten hat, aber er kam direkt von seinem wöchentlichen Bowling. Zehn oder fünfzehn Leute, die ihn gut kannten, waren bei dem Spiel dabei, und wir haben die meisten vernommen, und alle schwören, daß Pulaski vor halb zehn da war und nicht vor Ende des Spiels kurz vor Mitternacht gegangen ist.

Zugegeben, rein physisch wäre es ihm oder jemand anderem möglich gewesen, sie nach Mitternacht umzubringen – wir haben den Autopsiebericht vorliegen, ich werde Ihnen gleich darüber berichten –, aber die Aussage Ihres Mandanten macht das sehr unwahrscheinlich. Ihr Mandant sagt aus, daß eine unbekannte Person um fünf nach halb zwölf Edna Pulaskis Zimmer betreten hat, gerade als er – also Ihr Mandant – das Bewußtsein verlor. So, und diese Person ist bisher noch nicht in Erscheinung getreten, was eine von zwei Möglichkeiten nahelegt. Entweder handelt es sich dabei um den Mörder – in diesem Fall ist der Exmann unschuldig –, oder es handelt sich um eine reine Einbildung in der Phantasie Ihres Mandanten. Es erübrigt sich wohl zu betonen, daß wir die zweite Alternative für wahrscheinlich halten.«

»Und überhaupt«, fügte McBride hinzu, »bestand für uns kein Grund, Ihnen von Pulaski zu erzählen. Wie Leland schon sagte, er ist völlig irrelevant.«

»Vielleicht war der unbekannte Besucher zwar nicht der Mörder«, sagte Ann, »fürchtet aber wegen der Öffentlichkeit, in Erscheinung zu treten.«

»Also ist Pulaski hereingekommen und hat sie umgebracht, nachdem dieser Besucher weg war?« lachte McBride. »Sie bringen da in dem Zimmer um Mitternacht an einem kalten regnerischen Abend fürchterlich viele Leute zusammen! Nun kommen Sie schon, Ann, geben Sie's doch zu, wir haben gute Gründe anzunehmen, daß Pulaski aus dem Schneider ist. Also wirklich,

Sie wissen doch, ich würde Ihnen nichts verbergen. Ich bin gesetzlich dazu verpflichtet, die Verteidigung jederzeit über jeden zweckdienlichen Hinweis, der mir zukommt, auf dem laufenden zu halten. Ich nehme diese Verpflichtung sehr ernst. Das ist meine Art des Vorgehens. Bin ich je anders vorgegangen?«

Die Frage war dermaßen wahnwitzig, daß uns beiden einen Augenblick die Luft wegblieb. Seitdem ich in diesem Job bin, ist es schon ein dutzendmal vorgekommen, daß wir McBride überführt haben, Beweise unterdrückt zu haben, die für unsere Mandanten vorteilhaft hätten sein können. Und jedesmal haben wir ihm das zu verstehen gegeben, und jedesmal war ihm nichts weiter übriggeblieben, als dümmlich zu grinsen und sich zu entschuldigen. Was also zum Teufel wollte er mit dieser Frage bezwecken? Sollte das ein zynischer Witz sein? Oder – und diese Möglichkeit will mir nicht aus dem Kopf – glaubte er tatsächlich an seine Unschuldsbeteuerungen? Gab es so etwas wie geborene Lügner, die an ihre eigenen Lügen glauben?

Eine dumme Frage, dachte ich. Das ist doch die Definition für einen Politiker.

»Natürlich haben Sie nichts heimlich unternommen, Marvin«, sagte Ann. »Und deswegen erwarte ich auch von Ihnen, daß Sie mir vollständig berichten, was Sie heute morgen über das Ergebnis der Autopsie und die Laborberichte erfahren haben. Und Sie kommen überhaupt nicht auf die Idee, auch nur eine einzige Information zu unterschlagen – nicht wahr?

McBride grunzte. »Hast du den Kram für sie, Leland?«

»Natürlich«. Grantley schlug seine Unterlagen auf und las vor.

»›Todeszeit, wie nach Mageninhalt etc. ermittelt: zwischen halb elf und ein Uhr nachts.‹ Also kann Stubbins sie durchaus getötet haben, bevor er das Bewußtsein verlor.

›Fingerabdruckanalyse‹: Es wurden natürlich jede Menge Fingerabdrücke gefunden. Von Edna, von ihrer Mutter, von den Mädchen, die für Edna arbeiteten, die Fingerabdrücke Ihres Mandanten. Etwa zwei Dutzend Abdrücke konnten nicht identifiziert werden, einige davon waren relativ frisch, andere ziemlich schwach und höchstwahrscheinlich nicht mehr zuzuordnen

– vermutlich von Kunden aus früheren Jahren. Wir werden sie alle mit der FBI-Datenbank vergleichen, aber ich fürchte, die meisten werden dort nicht verzeichnet sein.«

»Und was ist mit Ron Pulaski?« fragte ich. »Hat man seine Fingerabdrücke in Ednas Zimmer gefunden?«

»Daran habe ich auch gedacht«, sagte Grantley. »Deshalb hab ich seine Fingerabdrücke abgenommen, als er gestern bei mir im Büro war. Ergebnis negativ.

Und jetzt zu den Testergebnissen aus dem Labor. Augenblick – ja, also, auf den ersten Blick scheinen sie die Geschichte Ihres Mandanten zum Teil zu bestätigen. Die Kaffeetasse wies Spuren einer gewöhnlichen Droge auf, bekannt als Betablocker. Es ist die Herzmedizin der Pulaski, die nahm zu jeder Mahlzeit eine Tablette gegen Angina pectoris ein. Soll den Herzschlag regulieren, aber zu den üblichen Nebenwirkungen gehören Schwindelgefühl, Ohnmacht, bei größeren Dosen Bewußtlosigkeit. Stubbins hatte so viel von dem Zeug in sich, daß es für drei oder vier Dosen gereicht hätte. Mehr als genug, um ihn lahmzulegen.«

»Na also«, sagte Ann.

»Tut mir aufrichtig leid, Ann, aber wenn Sie einen Augenblick drüber nachdenken, ist das in Wirklichkeit ein Punkt für uns, nicht für Sie. Sie haben gestern gefragt, warum Stubbins denn nicht sofort nach dem Mord das Haus verlassen habe, warum er in Ednas Zimmer eingeschlafen und bis zum nächsten Morgen geblieben sei, als die alte Dame ihn dann fand. Tja, dieser Laborbericht beantwortet die Frage, nicht? Edna Pulaski wollte gerade ihre Herzmedizin einnehmen, als Stubbins reinschneite. Sie hatte die Tabletten bereits in ihren Kaffee getan, aber sie hatte ihn noch nicht getrunken. Nach dem Mord trank Stubbins dann den Kaffee – denn er brauchte etwas, um seine Nerven zu beruhigen, nehme ich an –, und die Droge machte ihn fertig. Er hatte einfach Pech.«

Also war der Bericht über Edna Pulaskis Medizin wirklich keine so gute Neuigkeit für unseren Mandanten, dachte ich. Ein weiterer Punkt für Mom.

»Wenn Edna Pulaski vorhatte, ihre Medizin in dem Kaffee zu

sich zu nehmen«, sagte Ann, »wie ist es dann zu erklären, daß sie die dreifache Dosis hineingetan hat?«

McBride meldete sich zu Wort. »Passiert doch jeden Tag, oder? Die Leute sind durcheinander, sie vergessen, wie viele Tabletten sie genommen haben, kenn ich aus eigener Erfahrung.«

»Was ist mit dem Tatwerkzeug, dem Stück Stoff, mit dem sie erdrosselt wurde? Sie sagten, ihre Verletzungen hätten einige Fasern davon aufgewiesen?«

»Die Fasern waren aus Baumwolle«, sagte Grantley, »aber die im Labor können die Farbe nicht bestimmen und auch nicht, von welchem Gegenstand sie stammen.«

»Sie haben diese Fasern mit dem Strick verglichen, den Stubbins als Gürtel trug?«

Grantley räusperte sich leise. »Von dem Strick stammen sie nicht, ehrlich gesagt. Selbstverständlich widerspricht das keineswegs unserer Behauptung, daß er etwas anderes als Waffe benutzt und dann aus dem Fenster geworfen hat.«

»Hatte die Pulaski ein Vorstrafenregister?« fragte ich. »Wurde sie schon einmal verhaftet? Sie hat doch gegen das Gesetz verstoßen, oder?«

»Es ist nicht leicht, Nutten festzunageln«, sagte McBride. »Man braucht Zeugen, und die Freier – ihre Kunden – haben gewöhnlich was dagegen, sich der Öffentlichkeit zu stellen. Aber wir haben mit der Pulaski schon einmal zu tun gehabt. Vor sechs oder sieben Monaten wurde sie bei einer routinemäßigen Razzia verhaftet. Ihr wurde Unzucht vorgeworfen, und sie wurde von einigen unteren Dienstgraden vernommen, und bei der Gelegenheit habe ich auch selbst ein paar Minuten mit ihr gesprochen. Aber ihr Anwalt hat sie auf Kaution freigekriegt, und die Anklage mußte fallengelassen werden, weil der Zeuge seine Meinung geändert hatte und sich weigerte auszusagen. Als ich gestern von dem Mord erfahren habe, konnte ich mich an den Namen nicht erinnern. Erst als ich heute morgen meine Berichte durchgegangen bin, wußte ich wieder, wer sie war.«

Dann erhob er sich und rieb sich die Hände. »Also, wir haben alle viel zu tun, packen wir es an, so schön es auch ist, sich mit

Ihnen beiden zu unterhalten. Alles zwischen uns wieder in Ordnung, Süße?« sagte er und kam um seinen Schreibtisch herum auf Ann zu. »War doch nur ein Mißverständnis, nicht wahr? Nichts für ungut.«

Er faßte sie bei den Schultern und drückte ihr einen dicken lauten Kuß auf die Wange. Sie versuchte, sich zu beherrschen, aber ich hörte sie doch etwas würgen und sah, wie sie die Augen verdrehte – ziemlich angewidert. Diesmal konnte es keinen Zweifel geben – was immer McBride Samstag abend dazu gebracht haben mochte, dem Alkohol abzuschwören, er war ohne Frage wieder rückfällig geworden.

Acht

Als Ann und ich gegen halb zwölf im Büro zurück waren, begrüßte mich Mabel Gibson mit der Nachricht, daß meine Mutter seit einer Stunde versuche, mich zu erreichen. Ich ging in mein Zimmer, schloß die Tür und wählte Moms Nummer.

»Es ist mir gerade eingefallen«, sagte Mom. »Ganz plötzlich machte es in meinem Kopf klick, und ich wußte, was mich gestern abend beunruhigt hatte.«

»Du hast mir gesagt, dich beunruhige nichts.«

»Natürlich. Sollte ich denn wollen, daß du dir Sorgen machst? Du bist ein guter Junge, du glaubst alles, was ich dir sage. Also treffen wir uns heute mittag zum Essen, du wirst mit Sicherheit etwas Erstaunliches zu hören bekommen.«

»In Verbindung mit dem Pulaski-Mord?«

»Hast du denn noch mehr Mordfälle auf dem Tisch? Bring auch Roger mit – am besten irgendwo in der Nähe deines Büros.«

»Wir könnten uns in der Gerichtscafeteria treffen.«

»Nein, das wäre nicht gut. Da gibt es zu viele zu große Ohren. Du kennst doch das kleine chinesische Restaurant zwei Blocks von dir? Wie heißt es noch mal – so ähnlich wie New York City?«

»New Wok City, meinst du das?«

»Genau. Ich wußte, mit dem Namen verbinden sich für mich angenehme Erinnerungen. Könntet ihr beide, du und Roger, in zehn Minuten dort sein, spätestens in fünfzehn? Sonst müssen wir auf einen Tisch warten.«

»Ich schätze, das schaffen wir, Mom. Sag mir nur noch ...«

Aber sie hatte schon aufgelegt. Also ging ich ins Wartezimmer, um Roger zu suchen, und traf ihn dabei an, wie er an unserer Schaltanlage gerade Ferngespräche führte.

»Hast du Hunger, wollen wir schon essen gehen?« fragte ich

ihn. Überflüssige Frage. Wenn man so alt wie Roger ist, hat man immer Hunger, selbst dann, wenn man gerade ein Menu mit fünf Gängen hinter sich hat.

Wir gingen die zwei Blocks zum New Wok City zu Fuß. Es war bitterkalt, und als wir ankamen, brannten und juckten mir Nase und Ohren. Das Restaurant war klein und kahl – ein paar Papierlaternen und an den Wänden ein paar Drachenzeichnungen, die dem Ganzen eine mehr oder weniger chinesische Atmosphäre verliehen. (Bis vor sechs Monaten war es noch ein italienisches Restaurant gewesen, und sechs Monate davor ein ungarisches, und noch immer bedienten hier dieselben Kellner.) Mom saß bereits an einem Tisch. Sie klopfte mit dem Löffel auf die Tischdecke und sah aus, als könne sie sich kaum noch beherrschen.

Aber sie tat es dennoch. Ihr Gespür für Dramatik war stärker als ihre Ungeduld. Sie sagte, wir sollten bestellen, und sie wartete auf ihren Tee, und dann trank sie ein paar Schlucke. Danach bat sie uns, ihr haargenau zu berichten, was wir den Morgen über getan hatten.

Zuerst beschrieb Roger die Ergebnisse seiner Ferngespräche. »Bei der *American Association of University Professors*«, sagte er, »waren sie sehr freundlich und verbindlich. Sie haben einen Harry Stubbins ausgegraben – oder zumindest hat es dort mal einen Harry Stubbins gegeben; bis vor fünf Jahren war er zahlendes Mitglied. Dann haben sie ihn aus den Augen verloren. Er war außerordentlicher Professor für Englisch an der *University of Michigan* in Ann Arbor, und sie haben mir den Namen seines Fachschaftsvorsitzenden gegeben. Er war gerade zu Tisch, ich habe in seinem Büro eine Nachricht für ihn hinterlassen. Außerdem ist es mir gelungen, mit drei oder vier Leuten zu sprechen, die Samstag abend mit Ron Pulaski beim Bowling waren. Soweit bestätigen sie seine Geschichte, aber ich muß noch mit vielen anderen sprechen.«

Danach war ich an der Reihe mit einer minuziösen Wiedergabe meiner morgendlichen Aktivitäten. Kaum war ich damit fertig, als Mom mich scharf fragte, wann ich denn vorhabe, Ron Pulaski die gewisse Frage zu stellen – ob er die Nachricht von

Ednas Tod durch das Radio oder das Fernsehen erhalten habe. Ich hielt meinen Ärger, so gut es ging, im Zaum und antwortete steif, daß ich bisher einfach noch nicht die Zeit gefunden hätte, mich aber sobald wie möglich darum kümmern wollte.

Schließlich rückte Mom mit ihren Überlegungen heraus. »Die ganze Zeit über hatte ich das Gefühl, daß an diesem Mord etwas war, das direkt vor meinen Augen lag, bloß ich konnte es nicht sehen. Bis heute früh, da wußte ich es plötzlich.«

»Und was, Mom?«

»Zwei Dinge, auf die du in den beiden letzten Tagen gestoßen bist. Zwei verschiedene Dinge, aber du solltest sie jetzt zusammenfügen, du solltest sie nebeneinander betrachten, und du wirst erkennen, daß sie nur eins bedeuten können. Zum ersten: Als du in dem Pulaski-Haus mit den Leuten gesprochen hast, da hast du herausgefunden, um was ich dich gebeten hatte, nämlich daß sie es nicht mochte, wenn getrunken wurde. Sie erlaubte es ihren Massage-Mädchen nicht. Sie ertrug es auch nicht, wenn ihre Kunden tranken.

Zum zweiten: Worauf ich dich gestern hingewiesen hab, und du hast mir recht gegeben. Bei dem Essen Samstag abend trank Staatsanwalt McBride keinen Tropfen Alkohol. Nicht einen Tropfen, noch nicht einmal einen Schluck Wein oder Bier. Bloß Wasser.

Ist es also nicht möglich, daß das eine die Erklärung für das andere ist?

Warum hat McBride Samstag abend nichts getrunken? Weil er nach dem Essen eine Verabredung mit Edna Pulaski hatte, und er wollte nicht, daß sein Atem nach Alkohol roch, damit sie ihn nicht aus dem Bett warf.«

Es fiel mir nach diesen Worten nicht leicht, mich wieder zu fassen. »Du willst also behaupten, daß Marvin McBride und Edna Pulaski ...«

»Ein altmodisches kleines Techtelmechtel, wie es das seit einer Million Jahren zwischen Mann und Frau gibt. Warum schockiert dich das so?«

Aber Roger und ich standen noch ganz unter Schockeinwirkung, deshalb lehnte Mom sich zurück und redete weiter. »Fast wurde mir dieser McBride sympathisch. Ein Mann, den es in zwei entgegengesetzte Richtungen zieht, wie beim Tauziehen. In der einen Richtung erwartet ihn der köstliche Wein, alle um ihn herum trinken davon, er fleht ihn förmlich an: ›Trink du mich auch‹. In der anderen Richtung erwartet ihn diese köstliche Frau, sie liegt in ihrer Wohnung auf dem Bett, nackt. Welche Richtung zieht stärker an ihm? Wie bei Onkel Moe, nur daß es bei Moe ums Essen ging, nicht ums Trinken.«

»Ich weiß nicht, wovon du sprichst«, sagte ich. »Wer war Onkel Moe?«

»Der Onkel deines Vaters, dein Großonkel. Er war reich, und man konnte es nicht übersehen, er war ein Mann, der das gute Essen liebte. Dicke saftige Steaks mit so viel Soße darüber, daß sie das Fleisch fast ertränkte. Schokoladen-Eclairs, aus denen die Sahne nur so herausquoll. Sein ganzes Leben lang hat Moe gegessen und gegessen. Die Ärzte sagten, er tue seiner Gesundheit keinen guten Dienst mit dem vielen Essen, aber Moe aß und aß. Und er wurde immer dicker!

Aber außerdem liebte Moe seine Frau, deine Großtante Millie. Sie haben geheiratet, als sie fast noch Kinder waren. Moe war nicht älter als zwanzig, er wog nicht mehr als hundertfünfundachtzig. Und Millie war sogar noch jünger, und sie hat in ihrem ganzen Leben nicht mehr als hundertundzehn gewogen. Sie waren seit vierzig Jahren verheiratet, und Moe wurde mit jedem Tag dicker und dicker, und eines Tages sagte Millie zu ihm: ›Moe, du mußt unbedingt abnehmen!‹ Und Moe sagt: ›Warum? Hörst du etwa auf die Ärzte? Die haben mir gesagt, wenn ich nicht weniger äße, wäre ich in fünf Jahren tot, und jetzt sind die meisten von denen tot.‹

Und Millie sagte: ›Nicht wegen der Ärzte. Deinetwegen, wenn du auf mir liegst, Moe. Du bist mir zu schwer. Dein Gewicht drückt mich nieder, als wenn die Decke von oben auf mich runterfiele, ich kriege keine Luft, ich habe das Gefühl, als würden meine Knochen brechen.Hör gut zu, Moe, entweder du verlierst ein paar Pfunde, sagen wir fünfzig oder hundert, oder du besteigst mich nie mehr!‹

Du kannst dir vielleicht vorstellen, welch ein Schlag das für den guten alten Moe war. Er hoffte, er käme irgendwie ungeschoren davon. Daß zum Beispiel Millie ihn besteigen könnte. Aber das ging nicht. Er war zu rund, sein Bauch ragte zu weit in die Luft, sie hatte das Gefühl, als stiege sie auf eine Welle im Ozean, und sie rutschte immer wieder runter, bevor die beiden zu irgend etwas kamen. Also war Moe schließlich klar, was ihm bevorstand. Entweder kam er ohne die dicken Steaks aus oder ohne Millie. Das eine oder das andere.

Eine fürchterliche Entscheidung, die er da treffen mußte. Hin und her überlegte er und führte einen inneren Kampf mit sich. Wochenlang tat er kein Auge zu, er bekam Ränder unter den Augen, alle bedauerten ihn für das, was er durchmachte.«

»Wie kam das denn heraus?« fragte ich.

»Millie erzählte es natürlich. Auch für sie war es nicht leicht. Sie brauchte Anteilnahme. Eine Frau kann ihren Kummer nicht in sich verschließen, wie ein Mann das kann. Also stieß die ganze Familie einen langen Stoßseufzer der Erleichterung aus, als Moe endlich seine Entscheidung traf. Und – worauf ich hinaus will – genau das hat euer McBride Samstag abend während des Essens durchgemacht. Eine Flasche Wein oder ein paar schöne Stunden im Bett mit Edna Pulaski? Er entschied sich für das Bett.«

Schließlich hatte ich den Schock überwunden, den Mom mir versetzt hatte. »Die Beweisführung scheint mir ein wenig dünn zu sein«, sagte ich. »Kann schon sein, daß McBride tatsächlich eine Affäre mit jemandem hat, würde mich überhaupt nicht erstaunen. Und kann schon sein, daß er deswegen Samstag abend nicht getrunken hat. Aber die Tatsache, daß Edna Pulaski Männer, die tranken, nicht ausstehen konnte, ist vielleicht nichts weiter als purer Zufall.«

»Natürlich. Nehmen wir also ein Drittes hinzu. Was geschieht, kaum daß der Mord entdeckt ist? Was für eine erstaunliche Sache geschieht, wie ein Wunder, du hast es selbst gesagt, Davie? McBride steht plötzlich frühmorgens auf – und dazu noch an einem Sonntagmorgen – und bricht mit einer lebenslangen Gewohnheit und geht zur Arbeit. Er verkündet, er übernehme persönlich die Verantwortung für diesen Mordfall. Und warum?«

»Weil Doris Dryden ihn beschämt und soweit getrieben hat. Sie hat ihn Samstag abend bei dem Essen herausgefordert, den ersten Mordfall zu übernehmen, der sich bieten würde, und er hat die Herausforderung angenommen. Als dann tatsächlich der Mord entdeckt wurde, blieb ihm keine andere Wahl, er mußte eine Show abziehen. Sobald die Wähler entschieden haben, wird er aussteigen und den Fall Grantley überlassen.«

»Wenn das stimmt, ist dann nicht die Show, die er bisher abzieht, ein bißchen zu realistisch? Sonntag morgen war er um neun Uhr in seinem Büro. So früh brauchte er nicht da zu sein. Er hätte mit seiner Erklärung bis Mittag warten können. Und heute morgen auch, um neun Uhr steht er persönlich im Gericht und kämpft gegen die Kaution an. Gestern abend hat er getrunken – Ann Swenson hat es heute morgen an seinem Atem gerochen –, aber trotzdem steht er auf und geht ins Gericht. Für mich sieht das nicht so aus, als sei er beschämt, wenn er die Herausforderung nicht annähme. Für mich sieht das so aus, als liege ihm tatsächlich etwas daran, diesen Fall zu übernehmen. Er will nichts davon verpassen. Er will die Ermittlungen überwachen, jeden Hinweis, jedes Stück an neuer Information. Und wieder frage ich, warum.«

»Weil er irgendwie persönlich mit drinhängt!« rief Roger plötzlich. »Und er hat Angst, es könnten peinliche Tatsachen ans Licht kommen!«

»Was sonst?« sagte Mom mit einem zufriedenen Nicken. Sie wickelte ein paar Nudeln um ihre Stäbchen, schob sie in den Mund und trank hinterher einen Schluck Tee. Dann fuhr sie fort: »Und jetzt laßt mich ein Viertes mit ins Spiel bringen. Wir alle haben McBride gestern abend im Fernsehen gesehen, wie er zu den Reportern sprach. Erinnert ihr euch noch, wie er sagte, in welch einem fürchterlichen Zimmer Edna Pulaski ermordet wurde, und von den grellen Neonschildern in chinesischer Schrift sprach, die durch die Fenster blinken? Das waren seine Worte, mehr oder weniger. Aber wann hat McBride denn jemals die Gelegenheit gehabt, dieses Zimmer zu sehen? Er ist Sonntag morgen nicht dagewesen, wie sein Assistent Grantley. Und selbst wenn Grantley es ihm beschrieben haben sollte, er hätte keine Neonschilder mit chinesischen Zeichen beschreiben können, die durch die Fenster aufblinkten. Denn bei hellem Tageslicht ist das Schild abgestellt, kein Blinken. Mit anderen Worten: Ist es verrückt, sich vorzustellen, McBride kennt dieses Zimmer tatsächlich – weil er mit der Frau, die in dem Zimmer lebte, eine Affäre hatte?

Und wenn man dann noch McBrides Eingeständnis in Betracht zieht, er habe Edna Pulaski getroffen – vor sechs oder sieben Monaten, als man sie verhaftet hatte.«

»Aber er hat sich nur ein paar Minuten mit ihr unterhalten . . .«

»Er hat gesagt, es wären nur ein paar Minuten gewesen. Wie auch immer – wieviel Zeit würde er denn brauchen, um sich für eine Fortsetzung der Bekanntschaft zu entscheiden? Vielleicht hat er sie noch in derselben Nacht angerufen, und das war dann vielleicht der Anfang der Affäre.«

»Mom, Mom, nicht so schnell! Willst du behaupten, daß McBride – Marvin McBride, unser Bezirksstaatsanwalt – diese Frau ermordet hat?«

»Will ich nicht behaupten. Aber ich will dich auf ein paar weitere Dinge hinweisen, die du dir durch den Kopf gehen lassen solltest. Zum Beispiel diese Geschichte, die Edna Pulaski Harry Stubbins erzählt hat – daß sie einen Freund hat, der versuche, sie loszuwerden, was sie wütend auf ihn werden läßt, sie droht, sie werde der ganzen Welt von ihm erzählen. Paßt wunderbar zu McBride, meinst du nicht auch? Und jetzt so kurz vor den Wahlen – für McBride wäre das der denkbar schlechteste Zeitpunkt, wenn sie ihm das antäte. Kannst du dir ein besseres Motiv vorstellen, jemanden umzubringen?

Und hier noch eine Sache, die du berücksichtigen solltest. Wer jemanden mit einem Schlips erwürgen will, muß ihn ganz schön fest zuziehen. Ist bestimmt nicht so leicht, ihn danach wieder aufzuknoten und dem Opfer vom Hals zu nehmen. Warum also hat sich unser Mörder die Mühe gemacht, den Schlips wieder mitzunehmen? Ein Schlips ist ein Schlips, meistens nicht gerade ein persönliches, individuelles Kleidungsstück – dieser allerdings doch! Dieser durfte auf keinen Fall am Mordschauplatz zurückbleiben. Vielleicht, weil's ein rot-weißblauer Schlips mit kleinen amerikanischen Flaggen war und jeder sofort erkennen würde, daß er McBride gehörte?«

»Aber er trug genau den Schlips, als Ann und ich ihn am nächsten Morgen in seinem Büro sprachen. Wenn er ihn am Abend zuvor für einen Mord benutzt hat, hätte er nicht so ausgesehen ...«

»Du hast gesagt, er habe einen ganzen Stoß davon extra für sich machen lassen. Also war der, den er Sonntag trug, nicht der vom Samstag. Den hat er noch in derselben Nacht verschwinden lassen.«

»Mein Gott, Mom, du klagst McBride tatsächlich des Mordes an!«

»Nein, nein, du tust immer den zweiten Schritt vor dem ersten, Davey. Was ich sagen will, ist, es gibt genug Gründe, ein bißchen weiter zu ermitteln, ihn genauer unter die Lupe zu nehmen und das eine oder andere herauszufinden. Zum Beispiel: Wo war er, als der Mord geschah? Das Essen der *Women's League of Voters* war um elf zu Ende – genug Zeit, bis fünf nach halb zwölf bei Edna Pulaski zu sein. Hat er das getan, oder ist er woanders hingegangen – hat er vielleicht ein Alibi? Tu, was ich dir sage, frage ihn das alles, wiederhole vor ihm meine Theorie. Selbst wenn er alles abstreitet, die Art und Weise, wie er alles abstreitet, könnte dir einiges verraten.«

Ich versprach, ihren Vorschlag an Ann weiterzuleiten, und wenige Minuten später war es für Roger und mich Zeit, wieder an unsere Arbeit zu gehen. Ich zahlte die Rechnung, und wir gingen auf die Straße. Moms kleines rotes japanisches Auto parkte direkt vor dem Restaurant. Sie stieg ein, aber bevor sie davonbrausen konnte, war Roger an ihrem Fenster.

»Meine Neugierde bringt mich um. Wofür hat er sich entschieden?«

Mom hob die Augenbrauen. »Wofür hat sich wer entschieden?«

»Dein Onkel Moe. Hat er das gute Essen aufgegeben, oder hat er es aufgegeben, mit seiner Frau zu schlafen?«

Mom strahlte. Sie freut sich immer, wenn ihr Publikum sich für ihre Geschichten interessiert. »Er reduzierte seine Kalorienzufuhr und verlor in einem Monat sechzig Pfund, und er und Millie erlebten wunderbare Nächte zusammen.«

»Freut mich, daß die Geschichte gut ausging«, sagte Roger.

Mom zuckte die Schultern. »Bloß zum Teil. In Moes Alter, bei seinem geschwächten physischen Zustand, waren die Belastung und Anstrengung einfach zu viel für ihn. In der dritten Nacht bekam er einen Schlaganfall und starb.«

Neun

Als wir vom Essen zurück waren, begab Roger sich wieder ans Telefon, und ich ging sofort in Anns Büro und berichtete ihr von meinen verblüffenden Überlegungen, daß McBride mit Edna Pulaski eine Affäre gehabt haben könnte – und daß er möglicherweise der Mörder war. (Zugegeben, das waren Moms Überlegungen, aber in ihrer Bescheidenheit würde sie es niemals zulassen, daß ich dies der Welt offenbare. Roger ist der einzige Mensch, der in das Geheimnis eingeweiht ist.)

Dann wurde mir das seltene Vergnügen zuteil mitzuerleben, wie Anns Mund offenblieb und ihre Augen immer größer wurden. Es muß schon einiges passieren, bis sie diese Reaktion zeigt.

»Also, was meinst du?« sagte ich. »Ist unser Staatsanwalt ein Liebesnest-Mörder?«

Ann schüttelte jetzt den Kopf und gewann ihre kühle Beherrschung zurück. »Die Sache mit dem Liebesnest geht in Ordnung. Aber irgendwie will es mir nicht gelingen, ihn als kaltblütigen Mörder zu sehen. Erstens fehlt ihm der Mumm. Zweitens würde er wahrscheinlich alles vermurksen und am Ende mit zerkratztem Gesicht und lebendem Opfer dastehen. Trotzdem, selbst wenn er den Mord nicht begangen hat, so erklärt deine Theorie doch seinen Eifer, ihn Harry Stubbins in die Schuhe zu schieben. Mach für alles einen alten Trunkenbold verantwortlich, der einen Einbruch beging, um sie zu berauben, und niemand wird in den Einzelheiten ihres Privatlebens herumstochern.«

»Also, was tun wir nun?« fragte ich.

Ann dachte ein paar Sekunden nach und machte ein verbissenes Gesicht. »Was riskieren wir schon, wenn wir die Theorie an dem Mistkerl ausprobieren? Nur um zu sehen, was geschieht.«

Sie rief bei McBride im Büro an und fragte seine Sekretärin, ob wir ihn in einer dringlichen Angelegenheit sprechen könnten. Aber er war nicht zu Hause, er war mit Mr. Brock in der Wahlkampfzentrale unten in der Stadt. Ann legte auf, sah mich einen Augenblick lang an und lächelte dann. »Warum nicht? Tragen wir den Krieg in feindliches Gebiet, wagen wir uns in die Höhle des Löwen – alle Militärexperten empfehlen diese Taktik, nicht?«

Wir holten unsere Mäntel und trafen auf Roger, der vor Neuigkeiten förmlich übersprudelte. »Ich habe gerade mit dem Professor in Michigan gesprochen«, sagte er. »Er war Vorsitzender der englischen Fachschaft, als Harry Stubbins dort lehrte. Hat mir viele interessante vertrauliche Informationen gegeben.«

Und Roger erzählte uns Harry Stubbins traurige Geschichte. Vor dreißig Jahren hatte er in Berkeley die Schule absolviert, ein tüchtiger junger Student aus Kalifornien, ein Experte für Dichtung der Romantik. Er hatte an mehreren kleineren Orten gelehrt und war schließlich als außerordentlicher Professor mit fester Anstellung in Ann Harbor gelandet. Er hatte ein paar Bücher veröffentlicht und mehrere Artikel in wissenschaftlichen Zeitschriften. Er hatte sich außerdem eine Frau und zwei Töchter zugelegt. Das Leben hätte nicht schöner sein können.

Vor sieben Jahren, die Töchter waren im Teenageralter, machte eine vereiste Straße drei Blocks von seinem Haus entfernt all dieser Schönheit ein Ende. Seine Frau kam vom Einkaufen, und die Töchter saßen mit ihr im Auto. Ein Lastwagen mit Bier, der einen langen Hügel herunter ihnen entgegenfuhr, war auf dem Eis ins Schleudern geraten, und innerhalb von fünf Minuten hatte Harry Stubbins seine ganze Familie verloren.

Damals begann er zu trinken. Ja, eigentlich – sein Vorsitzender hat's mir gesagt – sprach Harry schon seit Jahren dem Alkohol zu, aber nie war es ein Problem für ihn gewesen, seinen Durst unter Kontrolle zu halten. Nach dem Tod von Frau und Kindern war es mit dieser Kontrolle vorbei, und zwei Jahre später wurde er von der Universität gefeuert. Es ist nicht leicht, einen fest angestellten Professor zu feuern. Inkompetenz, grobes oder unzüchtiges Verhalten, selbst Fernbleiben vom Unterricht reichen nicht aus. Sein Vorsitzender hat nicht genau erwähnt, was Stubbins sich hat zuschulden kommen lassen, aber es muß jenseits aller Grenzen des Erlaubten gewesen sein.

Danach verkaufte Stubbins sein Haus und verließ Ann Arbor, und der Vorsitzende verlor ihn aus den Augen. Auch sonst scheint niemand in der Fachschaft Verbindung zu ihm gehalten zu haben. Es ging das Gerücht, daß er in die Stadt zurückgekehrt sei, aus der seine Frau stammte – irgendwo in den Bergen im Westen –, aber das Gerücht wurde nie bestätigt.

»Schon gut, das Leben ist nicht fair«, sagte Ann nach einer Weile. »Wenn wir gar nichts in der Hand haben, können wir vielleicht etwas davon vor Gericht anbringen, es drückt auf die Tränendrüse und entlockt den Richtern vielleicht ein wenig Mitleid. Aber unter uns gesagt, mir wären ein paar harte Fakten lieber. Zum Beispiel« – ihr Gesicht hellte sich auf – »ein schöner plausibler Mörder.« Dann nickte sie kurz, rieb sich die Hände und sagte: »Los, Dave, auf in die Höhle des Löwen.«

Ann und ich fuhren in meinem Auto zum Hotel Richelieu, wo McBrides Wahlkampfzentrale stationiert war – das Richelieu machte in Wahlkampfzeiten gute Geschäfte. McBrides Zentrale belegte in der zweiten Etage mehrere Suiten mit Beschlag und mußte ein Vermögen gekostet haben. Eine Suite stand voller Schreibtische, an denen Leute telefonierten oder auf Schreibmaschinen einhämmerten. Die meisten sahen aus, als seien sie in den Sechzigern oder älter.

In der anschließenden Suite ging es weniger hektisch zu, nur eine einzige Sekretärin saß in dem Vorraum. An den Wänden hingen Poster, von denen McBride herabstarrte und mit dem Finger auf den Betrachter zeigte. Über seinem Kopf stand in schwarzen kriegerischen Buchstaben sein Wahlspruch: WÄHLEN SIE MCBRIDE! ER VERTRITT IHRE INTERESSEN!

Die Sekretärin informierte uns, McBride sei in einer Konferenz und nur nach Vereinbarung zu sprechen, aber Ann bestand darauf, daß sie ihm unsere Anwesenheit mitteilte. Wenige Sekunden später forderte sie uns ziemlich mißmutig auf, direkt hineinzugehen.

McBride saß wie immer hinter einem großen Schreibtisch und wirkte klein. Er sprang sofort auf, kaum daß wir den Raum betreten hatten, und kam uns geschäftig entgegen. Ann umarmte er überschwenglich, und mir schüttelte er kraftvoll die Hand.

Ed Brock, Gesicht und Glatze hell geschrubbt wie bei einem dicken Baby, nickte uns eifrig grüßend von seinem Stuhl aus zu. Er stand nicht auf dabei, und das erwartete auch niemand von ihm.

Ann kam sofort zur Sache. »Marvin, in dem Pulaski-Mord hat sich etwas Neues ergeben. Wir dachten, wir sollten es lieber mit Ihnen besprechen, bevor wir entscheiden, wie wir weiter vorgehen.«

Ihr ernster Ton schien ihn nicht im geringsten zu beunruhigen. »Setzen Sie sich, machen Sie es sich gemütlich.« Er lehnte sich wieder in seinen Schreibtischsessel zurück, nahm die schwelende Zigarre aus dem Aschenbecher und winkte uns damit zu. »Schießen Sie los.«

Ann und ich setzten uns. »Ich glaube, wir unterhalten uns besser allein«, sagte sie.

»Warum das? Ed ist mein Doppelgänger, mein zweites Ich – stimmt's, Ed?«

Ed nickte schwerfällig und lächelte, aber sein Blick ließ Anns Gesicht nicht los.

»Trotzdem«, sagte Ann. »Ich erzähle Ihnen jetzt vielleicht Dinge – von denen Sie vielleicht nicht wollen, daß Ihr zweites Ich sie hört. Ich will Ihnen auch gleich sagen, daß das, was wir zu sagen haben, nicht ausschließlich meinen Klienten betrifft. Und der private Charakter dieser Information ...«

»Wie privat kann sie denn schon sein, um Himmels willen?« sagte McBride. »Ich habe keine dunklen Geheimnisse. Okay, ich will's gestehn, ich schnarche, wenn ich auf dem Rücken schlafe. Ansonsten« – er grinste und saugte genüßlich an seiner Zigarre – »sind meine Hände vollkommen unbefleckt. Alles einwandfrei. Ganz und gar koscher, wie unsere jüdischen Freunde sagen.«

Ann blickte unerschütterlich in sein grinsendes Gesicht. »Wenn Ed jemals unter Strafandrohung vorgeladen werden sollte, müßte er dieses Gespräch bezeugen.«

»In meinem ganzen Leben«, sagte Ed, »hat mich noch nie jemand genötigt, auszusagen, wenn ich nicht aussagen wollte. Niemand. Noch nicht einmal meine verstorbene Frau.« Er rückte in seinem Stuhl ein wenig nach vorne. »Was soll das heißen – ›unter Strafandrohung vorgeladen werden‹? In welchem Zusammenhang? Inwiefern könnte meine Aussage in dem Stubbins-Prozeß denn von Nutzen sein?«

»Wenn sich herausstellt«, erwiderte Ann ruhig, »daß Marvin persönlich von dem Fall wußte. Wenn sich zum Beispiel herausstellt, daß er zu der Ermordeten eine intime Beziehung hatte, die für die Umstände ihres Todes von Bedeutung war.«

McBrides Grinsen verschwand. »Worauf zum Teufel wollen Sie hinaus? Ich habe Ihnen alles über meine Beziehung zu der Pulaski erzählt! Ich habe mich vor sechs oder sieben Monaten ein paar Minuten mit ihr unterhalten, als wir sie damals zum Verhör bei uns hatten. Sonst habe ich sie nie gesehen, weder vorher noch nachher.«

Ann seufzte. »Das ist eine Lüge, nicht, Marvin?«

Sein Gesicht wurde noch röter. »Gottverdammt, wenn ein Mann mir ins Gesicht sagen würde, ich sei ein Lügner ...«

»Augenblick mal, Marvin.« Ed Brock redete leise, aber McBride knirschte mit den Zähnen und hielt den Mund. »Ich vermute« – Ed wandte sich an Ann –, »Sie haben Gründe für diese ziemlich provozierenden Andeutungen?«

Ann seufzte noch einmal, und dann legte sie Schritt für Schritt Moms Kette der Beweisfühung dar, die mit der Schlußfolgerung endet, daß McBride mit Edna Pulaski eine Affäre hatte. Daß McBride Edna möglicherweise umgebracht hatte, erwähnte sie noch nicht.

Als sie fertig war, hielt Ed Brock den Kopf gesenkt und bedeckte mit seiner riesigen Hand seine obere Gesichtshälfte; unmöglich, seinen Gesichtsausdruck zu erkennen.

McBride kaute eine Weile an seiner Zigarre herum, und dann legte er sie weg und sah zu uns auf.

»Das ist nicht bewiesen, verdammt noch mal. Damit kämen Sie vor Gericht nicht durch, der Richter würde Sie hochkant rausschmeißen. Und wenn Sie damit zur Presse gingen, wenn

Sie so verrückt wären, diesen Verdacht öffentlich zu äußern, könnte ich sie auf Schadensersatz verklagen bis auf Ihren letzten Penny.«

»Oh, das bezweifle ich«, sagte Ann. »Wenn wir tatsächlich so weit gehen sollten, glaube ich, daß wir mit einigen hieb- und stichfesten Beweisen werden aufwarten können.«

»Gar nichts werden Sie können, weil wir beide niemals zusammen waren. Aber selbst wenn, selbst wenn ich eine Affäre gehabt hätte, meinen Sie nicht, ich würde verdammt aufpassen, keine Spuren zu hinterlassen? Für wie blöd halten Sie mich eigentlich?«

»Wir sind ziemlich gut im Recherchieren, Marvin«, sagte Ann. »Und niemand kann an alles denken. Zum Beispiel, haben Sie Edna immer bei ihr zu Hause getroffen? Haben Sie sie niemals ausgeführt – in ein Restaurant, zum Beispiel, oder ins Kino?«

»Halten Sie mich für vollkommen gehirnamputiert? Selbst wenn ich eine Affäre gehabt hätte – was nicht der Fall ist –, glauben Sie, ich wäre irgendwohin gegangen, wo man uns hätte zusammen sehen können?«

»Wie steht's mit dem Geld?« sagte Ann. »Angenommen, zwischen Ihnen und Edna Pulaski war etwas, hätten Sie ihr dann nicht von Zeit zu Zeit Geld gegeben? Sind Sie ganz sicher, daß Sie nie irgendwelche Schecks mit Ihrem Namen unterzeichnet haben, die Sie ihr ausgestellt haben?«

»Ich müßte völlig den Verstand verloren haben. Wenn ich ihr Geld gegeben hätte, hätte ich bar gezahlt. Und wenn ich ihr Geschenke gemacht hätte, sagen wir Blumen oder Parfum, glauben Sie mir, ich hätte sie immer persönlich überreicht, ich hätte sie doch nicht durch ein Geschäft liefern lassen. Und nichts Ausgefallenes oder Teures. Wenn ich eine Beziehung dieser Art unterhalten würde, hätte das mit Geld nichts zu tun, glauben Sie mir. Die Frauen fühlen sich von mir angezogen, weil sie von mir angezogen werden.« Auf seinem Gesicht erschien ein einfältiges, sich selbst beglückwünschendes Lächeln, das mir leichte Übelkeit verursachte. »Sie wären erstaunt, wie anziehend ich wirken kann, wenn ich möchte.« Das Lächeln wuchs sich zu einem breiten Grinsen aus. »Außerdem würde Ed schon dafür sorgen, daß ich nie etwas mit einer Frau anfange, was mir nachzuweisen wäre. Sobald ich einen Schritt in die falsche Richtung machte, wäre er rechtzeitig da.«

McBride lachte und lehnte sich zurück. Er hätte nicht entspannter aussehen können. Dann zeigte er auf einmal ein regelrecht jungenhaftes Grinsen. Wie ein ungezogener kleiner Junge, der bei einem Streich erwischt worden ist. »Okay, warum nicht? Ganz im Vertrauen, Ann, wenn Sie das jetzt gegen mich verwenden wollen, streite ich jedes Wort ab ...«

»Marvin, ich würde dir nicht raten ...«, begann Ed Brock, aber McBride lachte und fuhr ihm einfach über den Mund.

»Mach dir nicht ständig irgendwelche Sorgen, Ed, du wirst dich damit noch vorzeitig ins Grab bringen!« Brock lehnte sich zurück und schlug wieder die Hand vor die Augen.

McBride wandte sich an Ann. »Okay, ich will Sie aus Ihrem Elend erlösen. Sie haben vollkommen recht mit Edna und mir. Sie haben das sehr genau analysiert, die Frauen sind heutzutage verdammt schlau. Ich habe die Wahrheit gesagt, als ich behauptet habe, ich hätte Edna erst dieses Jahr kennengelernt, als die Polizei sie bei dieser Razzia festgenommen hat. Es lagen genug Beweise vor, die einen Prozeß gegen sie gerechtfertigt hätten, aber ich habe mich eine Zeitlang mit ihr unterhalten und hatte irgendwie das Gefühl, zwischen uns beiden könnte sich vielleicht etwas entwickeln. Sie wissen ja, wie das ist. Es ist dieses gewisse Etwas, wie einen der andere ansieht oder der Klang ihrer Stimme, man kann's nicht genau benennen, aber das Gefühl erweist sich immer als richtig. Und ich dachte mir, das wäre vielleicht etwas Interessantes und Ungewöhnliches, eine gesunde Abwechslung. Hatte noch nie ein orientalisches Mäuschen. Man liest ja eine Menge über diese Geishas ...«

»Geishas sind Japanerinnen«, sagte ich. »Edna Pulaski war Koreanerin.«

»Was auch immer.« McBride machte eine Geste, die meine Haarspalterei wegwischte. »Also habe ich sie ein paar Abende später angerufen, und natürlich hatte sie dasselbe Gefühl gehabt wie ich. Also trafen wir uns regelmäßig. Sie sorgte vorher immer dafür, daß ihre Mädchen aus dem Weg waren, sagte, sie fühle sich nicht gut und müsse den Laden schließen. Denn sie wußte ja, daß ich an meine gesellschaftliche Stellung denken mußte, es durften keine häßlichen Gerüchte aufkommen, das war ich meiner Wählerschaft schuldig. Jedenfalls habe ich sie im letzten halben Jahr einmal die Woche besucht. Mehr habe ich nicht geschafft. Denn abends habe ich immer viele Termine, offizielle Essen, öffentliche Verpflichtungen, Anwaltskammer und Handelskammer – was auch immer, ich muß meinen guten Anzug anziehen und dabei sein. Da ist es nicht gut, die Frau zu oft zu treffen. Sie könnte sonst auf falsche Ideen kommen und das Ganze zu ernst nehmen. Jedenfalls ist das meine Erfahrung.«

»Wieviel Erfahrung haben Sie denn?« warf ich dazwischen.

McBride sah mich freundlich an, ohne beleidigt zu sein. »Nicht allzu viel, Dave. Man wird älter, die Ehe funktioniert nicht mehr besonders, seit Jahren befriedigt die Ehefrau nicht mehr die natürlichsten Wünsche, und schließlich wirft sie einen raus – hm, ich bin ein normaler gesunder Mann, habe nie behauptet, so etwas wie ein Mönch zu sein. Jedenfalls habe ich immer nur eine Affäre zur Zeit!« Er unterstrich das mit einem kräftigen Nicken: für ihn fraglos etwas, das er sich zur Ehre anrechnete. »Mehr wäre gierig, stimmt's? Und wenn ich nicht selbst so vernünftig wäre, es langsam angehen zu lassen, Ed würde schon dafür sorgen.«

»Sekunde mal, Sekunde!« Ann wandte sich scharf an Ed. »Sie wußten, was zwischen Marvin und Edna Pulaski vor sich ging?«

Ed spreizte die Finger. »In gewisser Weise.«

»Was soll das heißen, in gewisser Weise? Entweder Sie haben es gewußt, oder Sie haben es nicht gewußt.«

»In einer Welt der Logik träfe das vielleicht zu«, sagte Ed. »In der Welt der Politik ist das anders. Sagen wir, Marvin hat mir nie ausdrücklich gesagt, was los war, weil ich als sein Wahlkampfmanager ein derart unmoralisches Verhalten sicherlich nie hätte akzeptieren dürfen. Ich hätte ihm geraten, es auf der Stelle einzustellen, und wenn er sich geweigert hätte, wäre mir nichts anderes übriggeblieben, als für seinen Wahlkampf nicht mehr zur Verfügung zu stehen. Deshalb hat er mir nie etwas gesagt. Wenn ich etwas bemerkte, konnte es nicht mehr als eine Vermutung meinerseits sein, und wenn ich ihm dann riet, was er tun sollte – dann war es ein vollkommen abstrakter Rat, passend für eine generell angenommene Situation und nicht für eine tatsächliche existierende.«

»Und es belastet Ihr Gewissen kein bißchen«, sagte Ann, »daß er weiterhin einen Fall bearbeitet hat, in den er persönlich verwickelt war?«

Ed beugte sich vor, und auf seinem Gesicht lag jetzt größere Ernsthaftigkeit. »Meine liebe Ann, was hat mein Gewissen damit zu tun? Sie müssen das alles im Zusammenhang sehen. Es geht um Politik, nicht ums Privatleben. Wenn man es mit Politik zu tun hat, muß man gewählt werden. Das ist die Basis unseres demokratischen Systems. Ob man nun der trickreiche Dick Nixon oder der heilige Franklin Delano Roosevelt ist, man kann weder sich selbst noch seiner Stadt oder seinem Land und sonstwem etwas Gutes tun, wenn einen die Leute nicht wählen. Hehre Ideale sind sinnlos, es sei denn, man ist von Amts wegen befugt, sie durchzusetzen.«

Er setzte sich wieder zurück und spreizte die Finger. »Ich will Marvins Ausrutscher nicht entschuldigen, ich will Ihnen nur gewisse Realitäten vor Augen halten, die wir, die wir es mit Politik zu tun haben, uns die ganze Zeit vor Augen halten müssen. Wir mögen diese Realitäten hassen, aber wir können nicht so tun, als existierten sie nicht. Wenn Marvin zuließe, daß sein Verhältnis mit der Frau öffentlich würde, hätte er gute Aussichten, die kommende Wahl zu verlieren. Ich denke nicht, daß er verlieren sollte. Ich glaube, er ist der bessere Kandidat. Zweifellos bin ich voreingenommen, aber ich glaube es einfach. Deshalb, gemäß dem Prinzip, daß ein Mann, der etwas auf seine Integrität hält, sich für das, an das er glaubt, auch einsetzt, hätte ich mein Gewissen verletzt, nicht wahr, wenn ich nicht geschwiegen hätte.«

»Hervorragend!« McBride klatschte in die Hände. »Hätte es nicht besser formulieren können! Genau das ist auch meine Meinung. Wenn diese Sache mit Edna rauskommen sollte, könnte das Büro der Staatsanwaltschaft leicht in die Hände dieser liberalen feministischen Zicke mit ihrer Mitleidstour geraten. Und dann, was passiert dann mit dieser Stadt? Mein Gott, seit Jahren schon versuchen sie, mich zu fassen – Sie erwarten doch wohl nicht von mir, daß ich mich einfach auf die andere Seite drehe und sie zupacken lasse?«

»Wer sind ›sie‹?« fragte ich.

»Sie, sie! Die kriminellen Elemente, wer sonst! Alle, die seit dem Tag, an dem ich dieses Amt übernommen habe, auf der Lauer liegen. Und nebenbei, ich habe für dieses Amt beträchtliche persönliche und finanzielle Opfer gebracht, ich engagiere mich nämlich für diese Stadt – ich habe das Recht, mich zu verteidigen, verdammt noch mal! Wir sind hier in Amerika, und kein Mensch darf hier diskriminiert werden, aus keinem Grund, weder wegen seiner Rasse noch wegen seines Glaubens, seiner Hautfarbe oder seiner Herkunft oder ...«

Als er merkte, daß er sich ein bißchen vergaloppiert hatte, ließ McBride seinen Vortrag in hastiges Stottern und Prusten auslaufen und putzte sich dann die Nase. Ein Gutes hatte diese Geste; dazu mußte er seine Zigarre ablegen. In seiner Erregung vergaß er sie, also blieb sie im Aschenbecher liegen und ging kurz darauf aus.

»Alles schön und gut«, sagte Ann, »aber ich habe einen Mandanten zu verteidigen, und ich darf nichts übersehen, was meine Position stärkt.«

»Augenblick mal, Ann.« Ed Brock beugte sich wieder vor. »Wenn Marvins Verhältnis mit der Pulaski herauskäme, ich garantiere Ihnen, es wird peinlich für ihn. Was aber ändert es schon an dem Mordfall? Wie denn? Es sei denn, Sie möchten damit andeuten, Marvin hätte etwas damit zu tun ...«

Seine Stimme verlor sich, aber seine Augen blieben auf Ann gerichtet.

Und nun, endlich, kapierte auch McBride. »Mein Gott, Sie wollen behaupten, ich hätte sie umgebracht?« Seine Stimme schwoll an zu einem Brüllen, und sein Gesicht leuchtete röter als das Feuer in seiner Zigarre.

»Ich kann verstehen, daß Sie sich erregen«, sagte Ann. »Aber wenn man die Sache objektiv betrachtet – wozu Sie natürlich nicht in der Lage sind –, gibt es tatsächlich Gründe zu der Annahme. Zum Beispiel, was Edna Pulaski Harry Stubbins erzählt hat – daß sie einen Freund habe, der die Affäre beenden wolle, und daß sie gedroht habe, den Zeitungen davon zu berichten ...«

»Alles Lüge! Niemals habe ich Edna gesagt, ich wolle sie abschieben! Warum sollte ich? Wir kamen gut miteinander aus, einmal die Woche, hätte gar nicht friedlicher sein können. Warum hätte ich das aufgeben sollen? Und selbst wenn ich es gewollt hätte, warum hätte ich riskieren sollen, sie mir so kurz vor der Wahl zur Feindin zu machen? Ich hätte doch ein paar Wochen warten können, bis die Wahl unter Dach und Fach ist. Ihr Klient lügt Ihnen das Blaue vom Himmel herunter! Um Gottes willen, bewerten Sie etwa das Wort eines elenden alten Trunkenboldes höher als meins?

»Es gibt noch ein paar Indizien, die darauf hinweisen«, sagte Ann. Und sie legte ihm Moms Gedanken zu McBrides »patriotischem« Schlips dar.

»Das soll ein Beweis sein?« McBride schrie förmlich. »Ich trage den Schlips gerade! Sehen Sie her, derselbe Schlips, den ich Samstag abend beim Essen getragen habe! Bringen Sie ihn ins Labor, lassen Sie ihn testen, wenn Sie irgendwas dran finden, was mit dem Mord zu tun hat ...«

»Woher wollen wir wissen, ob es derselbe Schlips ist?« sagte Ann. »Sie haben Dutzende davon, das haben Sie uns selbst erzählt.«

»Und in dieser Stadt wimmelt es nur so von Männern, die Schlipse tragen, verdammt noch mal! Jeder von ihnen hätte den Mord begehen können!«

»Aber nur sehr wenige haben ein Motiv und die Gelegenheit ...«

»Welche Gelegenheit?«

»Das Essen Samstag abend war gegen elf zu Ende, und Edna Pulaskis Mörder war nicht vor halb zwölf in ihrem Haus, und Stubbins sagt ...«

»Schon wieder Stubbins! Einen großartigen Zeugen haben Sie da ja!«

»Er hat keinen Grund, den Zeitpunkt zu erfinden, Marvin. Ihm hilft es überhaupt nicht weiter, wenn er sagt, daß der Mörder um fünf nach halb zwölf hereinkam. Aber es paßt wunderbar zu Ihrem ...«

»Hören Sie mal, ich war Samstag abend noch nicht einmal in der Nähe ihres Hauses!«

»Wo waren Sie denn? Sie könnten dieser ganzen Kette von Fragen ein Ende machen, wenn Sie um halb zwölf irgendwo mit irgend jemandem gewesen sind.«

»Nach dem Essen bin ich nach Hause gegangen. Wenn man das ein Zuhause nennen kann. Dieses Ein-Zimmer-Loch im Nordend. Nellie wohnt in dem Haus – natürlich, sie braucht's für das Kind. Jedenfalls, zuerst habe ich Ed bei sich abgesetzt, und danach bin ich mit meinem Wagen direkt nach Hause gefahren und ins Bett gegangen.«

»Können Sie das beweisen?«

»Wie, zum Teufel, soll ich das beweisen? Wer allein zu Bett geht, hat niemanden, der etwas beweisen kann. Von heute an werde ich jede Nacht eine Nutte mit ins Bett nehmen, damit ich jederzeit ein Alibi für alles habe.« Er schüttelte wild den Kopf. »Ann, Dave, um Himmels willen – Ed –, du glaubst doch wohl nicht, daß ich sie umgebracht habe?« McBride streckte die Arme von sich, und in seiner Stimme lag ein echtes Gefühl.

Ann blickte ihn ungerührt an. »Haben Sie sie umgebracht?«

»Nein, verdammt noch mal! Ich habe die Frau nie angefaßt. Ich sage bei Gott die Wahrheit. Ich schwöre, beim Grab meiner Mutter!«

Das reichte. Für einen Augenblick hatte er mich überzeugt, daß er nicht schauspielerte, daß er unschuldig war und sich ehrlich ins Unrecht gesetzt fühlte. Aber dann sah ich wieder klar und mußte über mich selbst lachen. Außer wenn er vielleicht besonders heftig mit den Folgen einer durchzechten Nacht zu kämpfen hatte, kam es eigentlich nie vor, daß McBride nicht schauspielerte.

»Entschuldigen Sie, Marvin«, sagte ich, »aber Ihre Mutter ist am Leben, nicht wahr? Haben Sie mir nicht mal erzählt, daß sie im Süden unseres Staates in einem Altersheim lebt?«

McBride sog an seiner Zigarre, und das jungenhafte Grinsen kehrte zurück. »Sehr schlau, Dave. Sie haben recht, meine gute alte Mutter hat noch ein paar Jährchen vor sich, hoffe ich. Ich habe sozusagen nur eine Redewendung benutzt.«

Er brach abrupt ab, und seine gute Laune verschwand schnell. »Überhaupt, warum beantworte ich eigentlich all diese Fragen, wo ich war und mit wem ich wo war? Warum rede ich überhaupt mit Ihnen? Sie können mir überhaupt nichts nachweisen. Sie versuchen ganz einfach, mich fertigzumachen. Ich weiß Bescheid, wie überflüssig und ineffektiv Ihr Büro ist, deshalb wollen Sie, daß meine Gegnerin die Wahl gewinnt. Ich glaube, es ist höchste Zeit, daß Sie mein Büro verlassen, sonst verlier ich nämlich gleich die Geduld!«

Wir nahmen ihn beim Wort und verließen sein Büro.

Ich fuhr Ann zurück ins Gericht – sie mußte dort in einer anderen Sache vorsprechen –, aber ich stieg auch aus. Ich hatte viel nachzudenken.

McBrides Affäre mit Edna Pulaski gab ihm tatsächlich ein Mordmotiv, dachte ich. Und auch Ed Brock, dessen Interesse, McBrides Ruf vor der Wahl zu schützen, wohl ebenso stark war wie McBrides – und der übrigens allein lebte und am Abend des Mordes kurz nach elf zu Hause abgesetzt worden war.

Aber es ging mir auch durch den Sinn, daß die Affäre zwischen McBride und Edna auch einer anderen Person ein Motiv lieferte. Und zwar McBrides Frau, die, auch wenn sie ihn rausgeworfen hatte, der Frau, mit der er schlief, vielleicht nicht freundlich gesonnen war.

Offensichtlich war es an der Zeit, daß ich mit Mrs. McBride ein paar Worte wechselte. Und da es nach drei war und die Schule zu Ende, würde ich vielleicht auch mit seiner Tochter sprechen können.

Wie üblich kündigte ich meinen Besuch nicht telefonisch an.

Sie wohnten, wie McBride uns gesagt hatte, in demselben Haus, in dem er den größten Teil seines Ehelebens verbracht hatte. Es lag nur wenige Blocks vom Hotel Richelieu entfernt, in einem der besten Stadtviertel. Hier standen viele eindrucksvolle

Villen, einige müssen eine Million oder mehr gekostet haben, aber McBrides Haus gehörte bestimmt nicht dazu. Seins war das kleinste, das ich in der Gegend sah. Es hatte gerade ein Stockwerk und ein klitzekleines Rasenstück an der Vorderseite. Früher, als die Grundstücke noch größer waren, diente es wahrscheinlich als Unterkunft für die Dienstboten.

Ein Mädchen, dunkelhaarig und dünn und etwa sechzehn Jahre alt, öffnete mir. Sie trug kein Make-up, ihr Haar war glanzlos und strähnig, irgendeine Lotion überdeckte unvollkommen ein paar Akneflecken. Hinter ihren dicken Gläsern blickte sie mich verklemmt und ängstlich an.

Ich stellte mich vor und spulte meine übliche Litanei ab, daß die Pflichtverteidigung die gleichen Rechte wie die Polizei habe, wenn es darum ging, Zeugen zu vernehmen. Sie trat schließlich zurück, um mich hereinzulassen. »Ich sag Mommy Bescheid, daß Sie hier sind«, sagte sie und wandte sich um. Ich vermutete, daß sie McBrides Tochter war, aber sie machte keine Anstalten, ihren Namen zu nennen.

Einen Moment später war sie zurück. »Sie möchten hereinkommen.« Sie führte mich ins Wohnzimmer, das mit alten Möbelstücken nur so vollgestopft war. Trödelkram, keine Antiquitäten. McBrides Geld, dachte ich, war für die Adresse und Wohngegend draufgegangen, nicht für Geräumigkeit oder Luxus.

Auf dem Sofa saß eine Frau mittleren Alters, plump, unauffällig gekleidet, dünnes graues Haar, wäßrige blaue Augen. Der erste Eindruck, den sie machte, waren Milde und Verwirrung. Sie stand nicht auf, sondern streckte mir die Hand hin, und als ich sie schüttelte, sagte sie, sie sei Nellie McBride, und dann stellte sie mir ihre Tochter Laurel vor.

»Tut mir leid, daß ich Sie belästigen muß, Mrs. McBride«, sagte ich. »Ich führe im Namen der Pflichtverteidigung die Ermittlung im Mordfall Edna Pulaski durch. Unser Mandant, Harry Stubbins, wird von Ihrem Ex – Ihrem ...«

»Meinem Mann«, sagte Mrs. McBride mit diesem näselnden Ton, der im Süden unseres Staates gesprochen wird. »Wir sind noch nicht geschieden. Das wird auch nie geschehen.« Dann, ohne ihrer Stimme eine spürbare Erregung zu verleihen, fügte sie hinzu: »Das ist auch richtig so. Wenn zwei Menschen sich im Namen Gottes vereint haben ...«, und danach verlor sich ihre Stimme. Dann sagte sie: »Ich weiß nicht, warum Sie zu mir kommen. Ich weiß nicht, inwieweit ich Ihnen eine brauchbare Information liefern könnte. Ich habe diese Frau, die man ermordet hat, nie im Leben gesehen.«

»Mrs. McBride ...« Ich blickte zu ihrer Tochter herüber. »Wäre es möglich, unter vier Augen mit Ihnen zu sprechen?«

Ein Schatten legte sich auf ihr Gesicht. »Ja, sicher. Laurel, Schätzchen, wie wär's, wenn du raufgehst und vor dem Essen deine Hausaufgaben machst?«

Laurel zögerte, als wolle sie sich den Anweisungen ihrer Mutter widersetzen. Aber ihr Zögern dauerte nicht länger als den Bruchteil einer Sekunde. Dann ging sie zur Wohnzimmertür.

»Kann ich noch eine Frage stellen, bevor Laurel geht?« sagte ich. »Letzten Samstag abend – waren Sie beide hier zusammen im Haus?«

Laurels Kinn bewegte sich in die Richtung ihrer Mutter. Ihre Augen blinzelten durch die Brillengläser, als warte sie auf Anweisung.

Mit ruhiger Stimme, noch immer ohne jegliche Erregung, sagte Mrs. McBride: »Ich war zu Hause, den ganzen Samstag. Ich hatte Kopfschmerzen, habe ich öfter, und bin deshalb früh zu Bett gegangen. Hab mir meine Ovomaltine gemacht und eine Schlaftablette genommen, das mach ich immer, wenn die Kopfschmerzen richtig stark sind. Hab's mit nach oben genommen und bin sofort eingeschlafen.«

»Und Laurel war die ganze Zeit bei Ihnen?«

Laurel machte den Mund auf, sagte aber noch nichts. Wieder ein schneller Blick zu ihrer Mutter herüber, und ich sah, daß Mrs. McBride ein schwaches Nicken andeutete. Dann sprach Laurel, mit sehr leiser Stimme, die sozusagen die gedämpfte Version des näselnden Tons ihrer Mutter war. »Ich war Samstag abend nicht zu Hause. Ich meine, ich bin erst spät nach Hause gekommen. Ich spiele in dem Schulstück mit – in dem Musical, *Peter Pan*. Ich habe keine besonders große Rolle, ich bin nur einer der Indianer. Aber ich muß die ganze Zeit während der Proben dabei sein.«

»Und du hattest Samstag abend Probe?«

»Es ist sehr spät geworden. Ich war erst nach eins zu Hause. Mommy schlief schon, ich habe in ihr Zimmer geschaut, aber ich habe sie nicht aufgeweckt.«

»Auf welche Schule gehst du?«

»Laurel geht auf die General Wagner High«, sagte Mrs. McBride. »Das ist die öffentliche High-School hier in der Gegend. Sie interessiert sich sehr für Drama und Schauspielerei und so, und sie machen da wirklich gute Sachen. Laurel singt wunderschön ...«

»Mommy!« In der Stimme des Mädchens lag der reinste Schmerz. Ich verstand ihre Gefühle, deshalb wechselte ich das Thema. »Sie und Laurel leben ganz allein in diesem Haus, Mrs. McBride? Keine Hilfe, die hier mitwohnt?«

»Wir haben eine Putzhilfe, die zweimal die Woche kommt. Ansonsten machen wir alles allein. Ich bin jahrelang ohne weitere Hilfe ausgekommen, ich schätze, ich weiß noch, wie's geht.« Eine Pause, und dann ein ausdrucksloser nachgeschobener Gedanke. »Das Haus schien zuerst groß und leer, als Marvin auszog. Aber ich denke, wir haben uns mittlerweile daran gewöhnt.«

»Seit wann lebt er nicht mehr hier?«

»Seit fast einem Jahr. Erntedankfest wird's ein Jahr.«

»Da Sie nicht geschieden sind, hat er noch Sachen hier? Kleidungsstücke, persönliche Dinge?«

»Nichts hat er mehr hier. Ich habe ihm gesagt, er soll seinen ganzen Kram mitnehmen. Noch nicht einmal einen Knopf hat er hiergelassen.«

Ihre Stimme schwankte und wankte nicht, aber jetzt sah ich zum erstenmal einen Anflug von Erregung in ihrem Gesicht.

Ich wandte mich an Laurel. »Wenn du deinen Vater triffst, gehst du dann in seine Wohnung?«

»Laurel trifft ihren Vater nicht.« Mrs. McBrides Stimme hätte nicht ruhiger und sicherer sein können.

»Ich will Daddy nicht sehen«, sagte Laurel zittrig. »Er wollte nicht mehr bei uns leben. Wir waren ihm egal. Also ist er mir egal ...« Sie brach plötzlich ab und ging zur Tür. »Ich mache jetzt meine Hausaufgaben!«

Sie schoß aus dem Zimmer. Sie hatte sich nicht einmal mit einem Nicken von mir verabschiedet.

Mrs. McBride stieß einen kleinen Seufzer aus. »Armes kleines Baby – daß Marvin uns verlassen hat, tut ihr sehr weh. Sie ist in einem Alter, in dem man sehr zu beeindrucken ist. Sie sehen ja selbst, wie schüchtern und zurückhaltend sie ist. Sie hat überhaupt keine sozialen Kontakte, das arme Kind. Ich sage ihr immer, in ihrem Alter müßte sie ein halbes Dutzend Jungen haben, die sie anrufen, die sie abholen wollen. Im Augenblick sieht's ganz so aus, als würde sie nie einen Freund finden.«

»Machen Sie ihren Vater dafür verantwortlich, Mrs. McBride?«

Sie blickte mir fest ins Gesicht. »Verstehen Sie mich richtig – ich sage nichts gegen ihn. Dazu würden Sie mich nie bringen. Eine Frau zeigt sich loyal ihrem Mann gegenüber, auch wenn die beiden nicht zusammenleben. Man wäscht seine schmutzige Wäsche nicht vor den Leuten. So jedenfalls bin ich erzogen.«

»Wußten Sie von seiner Affäre mit Edna Pulaski?«

Für eine Weile sagte sie nichts, aber ihre Augen fixierten mich die ganze Zeit. Schließlich sagte sie: »Ich glaube, ich wußte, daß er jemanden hatte. Marvin ist nicht der Typ, der längere Zeit ohne jemanden bleibt. Allerdings wußte ich nicht, wer es war – bis vor einer Woche.«

»Was geschah vor einer Woche?«

»Eine Freundin von mir – eine Frau aus meiner Kirchengemeinde – hat gesehen, wie er eines Abends in dieses Haus gegangen ist. Dieses Haus auf der South Arizona. Sie fuhr mit ihrem Mann vorbei, und sie haben Marvin durch die Vordertür in diesen Massagesalon – so nennt man diese Häuser doch, oder? – gehen gesehen. Vorne war ein Schild, darauf stand der Name der Frau. Meine Freundin hat's mir am nächsten Tag erzählt.«

»Waren Sie nicht neugierig, mehr über die Frau aus diesem Haus herauszufinden? Haben Sie sie angerufen, sie vielleicht sogar besucht?«

»Ich hab's mir aus dem Kopf geschlagen. Marvins Leben geht nur noch ihn etwas an.«

»Wußten Sie, daß Edna Pulaski Koreanerin war?«

»Ich dachte mir schon, daß sie irgendwas Orientalisches war. Trotz des Namens. Weil die Gegend voll von denen ist.«

»Und wie sahen Sie diese Affäre? Waren Sie verärgert? Waren Sie eifersüchtig oder wütend auf ihn?«

Ihre Stimme wurde etwas lauter und schärfer. »Habe ich Ihnen nicht gesagt – ich werde nichts Schlechtes über Marvin sagen. Ich werde nichts gegen meinen Mann sagen.«

»Lieben Sie ihn noch, Mrs. McBride?«

Zum erstenmal zuckte eine Art Lächeln um ihren dünnen blassen Mund. »Es war Liebe auf den ersten Blick. Wir waren zusammen in der High-School. Marvin war der klügste, der tüchtigste Junge in der Klasse. Ich weiß, was Sie denken, aber Sie hätten die anderen sehen sollen. Diese kleine Stadt – Sand und Matsch und Schweine. Er aber war fest entschlossen, weiter aufs College zu gehen und Anwalt zu werden, und da ich das Glück hatte, seine Gunst zu erlangen – ja, ich wollte ihm helfen. Wir haben sofort nach Schulabschluß geheiratet, und ich bin mit ihm auf die Universität gegangen. Nicht als Studentin, Bücherlesen und so war nie was für mich. Ich bin mitgegangen, um den Haushalt für ihn zu machen und darauf zu achten, daß er ernsthaft seine Studien betrieb und nicht unter schlechten Einfluß geriet.«

»Solchen Einfluß gab es?«

»Ich bewahrte ihn davor. Auch, als er Jura studierte, an der Universität von Nord-Michigan. Ist vielleicht nicht die beste, und Marvin schloß nicht als einer der ersten ab, lag eher bei der unteren Mitte. Ich wußte, er würde es nie bis zum Obersten Gerichtshof schaffen oder so, aber er hatte sein juristisches Examen bestanden, das war das wichtigste, und er besaß diese natürliche Fähigkeit, sich vor eine Menschenmenge hinzustellen und lauter und schneller als alle anderen zu sprechen. Mir war klar, daß er eine Chance hatte, in die Politik zu kommen.

Und so ist es dann ja auch gekommen. Sie werden vielleicht sagen, Staatsanwalt in Mesa Grande sein ist nichts Besonderes.

Er ist nicht gerade ein großer Fisch in einem großen Teich. Aber er hat es am zweitbesten getroffen. Er ist ein großer Fisch in einem kleinen Teich – vielleicht sogar in einem mittelgroßen Teich –, und es ist nicht schlecht, die Frau eines solchen Fisches zu sein. Viel besser, das können Sie mir glauben, als wenn ich zu Hause geblieben wäre bei dem Sand und den Schweinen.«

Sie war zu Ende gekommen. Dann sagte sie mit einer ruhigeren, nachdenklicheren Stimme: »Ob ich ihn noch immer liebe?« Sie brach ab und sah mich vollkommen ausdruckslos wieder an. »Ich denke, wir brechen hier lieber ab. Wie ich Ihnen schon sagte – Sie werden aus meinem Mund nicht ein schlechtes Wort über ...«

Zehn

Es war schon nach fünf, als ich zurück im Gericht war. Ann war noch in der Sitzung, und Roger hing immer noch am Telefon und befragte die Mitglieder der *Pulverizin' Plumbers-Bowling-*Mannschaft. Er legte eine Pause ein und berichtete, daß bisher alle – und die meisten hatte er schon befragt – Ron Pulaskis Alibi für die Tatzeit bestätigt hatten. Ich ging in mein Büro und rief Mom an.

Sie klang ein wenig gehetzt. »Mach's kurz«, sagte sie. »Ich habe nachher eine Verabredung zum Essen, und ich muß noch baden und mich zurechtmachen.«

»Mit wem bist du denn verabredet, Mom?«

»Nur mit einem Freund. Wir gehen essen und hinterher ins Kino. In den neuen Film mit Arnold Schwartzenegger. Weißt du, wen ich meine? Diesen riesigen Deutschen, der so viele Muskeln hat, daß man meinen könnte, er kriegt sie im Sonderangebot?«

»Wußte gar nicht, daß du dich für solche Filme interessierst. Mit soviel Gewalt, da wird ständig gekämpft, und die Leute schlagen sich die Köpfe blutig.«

»Ehrlich gesagt«, antwortete Mom, »ich persönlich mag ja die alten Bette-Davies-Filme viel lieber. Wo sie die Böse spielt und jeden reinlegt, allen Frauen die Männer stiehlt, wunderschöne Kleider trägt und am Ende zur Religion findet und sich opfert für den Mann, den sie liebt. Da muß ich mindestens fünf Taschentücher ins Kino mitnehmen. Aber solche Filme gibt's heute nicht mehr. Und mein Freund, der mich heute abend eingeladen hat, ist verrückt nach diesem Schwartzenegger. Er ist jünger als ich, deshalb hat er eben einen moderneren Geschmack.«

»Jünger als du?« Ich konnte meine Verwirrung nicht verbergen.

»Fünf Jahre. Er geht auf die Siebzig zu.« Mom klang vollkommen beiläufig. Unmöglich herauszufinden, ob sie mich auf den Arm nahm.

»Wer ist es denn überhaupt?« sagte ich.

»Irgend so ein Mann. Hab ihn im YMCA getroffen. Wir sehen uns jede Woche beim Schwimmen. Schließlich hat er mich gefragt, ob ich mit ihm ausgehen wollte.«

»Im YMCA? Er ist kein Jude?«

»Wer sagt das? Das YMCA steht jedem offen, der seinen Mitgliedsbeitrag bezahlt. Bin ich Christin? Oder bin ich jung oder ein Mann?« Sie lachte. »Seit wann kümmern dich solche Sachen, ob jemand Jude ist. Als du klein warst, hat es dich nie gekümmert. All die leichten Mädchen, mit denen du aus warst, und wenn ich das erwähnte, was hast du geantwortet? ›Mom, du bist so engstirnig!‹ Und was ist mit den Frauen, die du hier in der Stadt ausführst? Hast du mir schon mal eine vorgestellt, die weiß, wie eine Beschneidung aussieht?«

»Ich war schließlich mit einer Jüdin verheiratet.« Aber ich sprach nicht weiter, mir war nicht nach Streit zumute. Ich wollte nicht über Shirley sprechen. Jedenfalls nicht mit Mom, die sie mochte und das nie verhehlte. »Außerdem, die Frauen, mit denen ich ausgehe, stehen hier nicht zur Debatte. Entscheidend ist ...« Aber ich gab auf. Entscheidend war, egal wie weit ich mich von den alten Werten und Traditionen auch entfernte – von meiner Mutter erwartete ich, daß sie daran festhielt. Wenn ich das aber laut gesagt hätte, hätte sie sarkastisch aufgelacht, und ich hätte wie ein Idiot dagestanden.

»Entschuldige, aber die Zeit fliegt«, sagte Mom. »Hast du vor, mir zu erzählen, was sich in dem Fall getan hat seit heute mittag – oder willst du es mir nicht erzählen?«

Also berichtete ich Mom alle Einzelheiten – Rogers Information über Harry Stubbins, die Bestätigung des Alibis von Ron Pulaski, die Konfrontation, die Ann und ich mit McBride in seiner Wahlkampfzentrale hatten, meine Unterredung mit Mrs. McBride und ihrer Tochter. Ich konnte mir vorstellen, wie Mom nickte und an ihrer Unterlippe zog. Als ich fertig war, sagte sie: »Komisch. Sehr komisch.«

»Was ist komisch?«

»Glaube mir, ich weiß es selbst nicht. Es ist ein kleines Etwas in meinem Kopf, bloß will es nicht heraus.« Sie seufzte. »Ich werde alt, das ist das Problem.«

Das »kleine Etwas« mußte ziemlich störend sein, denn sonst sprach Mom nie davon, daß sie alt wird. Aber einen Augenblick später war diese Stimmung verflogen, und ihre Stimme klang wieder sachlich und energisch. »Genug gejammert über Dinge, gegen die wir doch nichts tun können. Wir wär's, wenn du deine Aufmerksamkeit nun mal darauf richtest, was wir tun können?«

»Und das wäre, Mom?«

»Erstens, du rufst die Schule an, auf die dieses kleine Mädchen, McBrides Tochter, geht. Finde heraus, ob sie Samstag abend tatsächlich bis spät nachts bei den Theaterproben war.«

»Laurel McBride ist sechzehn«, sagte ich. »Du glaubst doch wohl nicht, daß sie ...«

»Ruf die Schule an, dann werde ich wissen, was ich glaube. Zweitens tust du bitte das, was du heute nicht getan hast, du hast nicht mit dem Exmann dieses Pulaski-Mädchens gesprochen, um ihm die Frage zu stellen, um die ich dich gebeten hatte.«

»Ich hab einfach noch keine Zeit gehabt.«

»Keine Zeit.«

Ich hörte Mom einen ganz tiefen Seufzer ausstoßen. »Okay, okay, ich muß jetzt auflegen, aber morgen rufst du mich vielleicht an, wenn du ein paar Antworten mehr hast.«

Ich gab einen nichtssagenden Laut von mir und legte auf. Innerlich jedoch sagte ich mir: Jetzt reicht's aber, ein Mann deines Alters sollte sich von seiner Mutter nicht mehr einschüchtern lassen. Wenn im Laufe der Menschheitsgeschichte ...

Ich blickte auf und sah Roger in der Tür stehen. Ich nahm an, er hatte so ziemlich alles mitgehört, was Mom zu mir gesagt hatte. Am Telefon spricht sie immer so laut sie nur kann; so als könne sie einfach nicht glauben, daß diese Erfindung tatsächlich funktioniert.

»Soll ich mich darum kümmern, Dave?« sagte Roger. »Ich könnte morgen früh als erstes bei Ron Pulaski vorbeigehen ...«

»Warum?«

»Um ihn zu fragen. Ob er im Radio oder im Fernsehen von dem Mord erfahren hat.«

»Was ist der Unterschied?«

»Hm, weiß ich nicht. Ich habe gehört, wie deine Mutter sagte, es sei wichtig . . .«

»Ich entscheide, was wichtig ist an dieser Ermittlung, okay? Übrigens, wer trägt die Verantwortung?«

Er wurde rot und eilte aus der Tür.

Elf

Am nächsten Morgen, Dienstag, machte ich mich um kurz vor neun auf den Weg ins Büro. Ich hatte leichte Kopfschmerzen, nach einer heftigen Nacht mit der Frau, die ich hin und wieder traf; sie arbeitete als Assistentin eines Richters, und bei ihrer Ruhe und ihrem besonnenen Auftreten während der Arbeit ahnte niemand, wie wild sie zu später Stunde werden konnte.

Es war ganz schön kalt, und die Heizung in meinem Wagen funktionierte nicht richtig. Ich stellte das Radio an. Countrymusik dröhnte mir entgegen, Instrumente und Sänger hörten sich wie verstopft an, lenkten mich aber immerhin von meiner Gänsehaut ab. Ich bog gerade Richtung Innenstadt ab, sieben oder acht Blocks vom Gericht entfernt, als ich jemanden durch die Windschutzscheibe erblickte und ganz schnell an der nächsten Parkuhr anhielt.

An der Ecke stand unser Mandant Harry Stubbins. Er hielt seinen Hut – oder den erbärmlichen Fetzen Stoff, der einen Hut darstellen sollte – in der Hand und streckte ihn den Passanten entgegen.

Ich stieg aus und ging auf ihn zu. »Was tun Sie hier? Sie sollten doch im Obdachlosenasyl bleiben! Sie haben gehört, wie der Richter ...«

»Mein Guter ...« Die Worte kamen undeutlich, aber mit einem gewissen Nachhall aus seinem Mund. Ich konnte nicht feststellen, ob er betrunken war oder nicht. Vielleicht konnte er den Unterschied selbst nicht mehr feststellen. »... Sie glauben doch wohl nicht, daß man in dem deprimierenden Schuppen den ganzen Tag lang kuscheln darf. Sie schmeißen einen kurz nach dem Frühstück raus und lassen einen erst wieder zum Abendessen rein.«

»Dann ist es gut. Sie haben gefrühstückt?«

»Großzügige Portionen Kaffee, Saft und Pfannkuchen, hergestellt aus feinstem Schuhleder. Eine Art Essen, das einem auf den Rippen bleibt. Ehrlich gesagt, ich frage mich, ob ich es da je wieder runterkriege.«

»Trotzdem sollten Sie nicht auf der Straße betteln. Das ist gegen das Gesetz.«

»Ja tatsächlich?« Seine blutunterlaufenen Augen blickten mich erstaunt an. »Ein merkwürdiges Gesetz. Man sollte doch meinen, es sei gern gesehen, wenn jemand fleißig seinem Handwerk nachgeht, sich ehrlich seinen Lebensunterhalt verdient. Mit solchen Gesetzen kann man Menschen in die Kriminalität treiben. Großer Gott, womöglich würde ich noch Börsenmakler werden!« Er lachte dünn und abgehackt. »Aber keine Sorge. Ich mach das hier jetzt schon jahrelang, bisher hat mich noch niemand dafür festgenommen. Die Behörden sind hinter den wirklich großen Fischen her. Hinter den Drogenhändlern, Vergewaltigern und Serienmördern, von denen man ständig liest.«

»Trotzdem wollen Sie doch nicht, daß man Sie wieder einsperrt, solange Sie auf Ehrenwort draußen sind. Das würde den Richter in Verlegenheit bringen, und der wiederum könnte irgendwann die Pflichtverteidigung verantwortlich machen. Hier sind ein paar Dollar, damit Sie sich was zu essen kaufen können.«

»Viel zu früh für mich.«

»Ich erwarte, daß Sie sich an unsere Abmachung halten, bis es soweit ist. Inzwischen setze ich Sie an einem schönen warmen Plätzchen ab.«

Er seufzte tief. »So'n Platz gibt's nicht für alte Wracks wie mich. Sonst habe ich mich immer ins Kino geschlichen bei solchem Wetter. Aber die Kinos machen erst um zwei Uhr nachmittags auf.«

Da, wo ich Sie hinbringen will, brauchen Sie sich nicht einzuschleichen. Es ist kostenlos und frei zugänglich für die Öffentlichkeit. Nun kommen Sie schon, steigen Sie ein.«

Er kletterte ins Auto. Ich gestehe, ich wurde nervös, als er sich setzte; ich hatte gerade die Schonbezüge reinigen lassen.

Aber wie ein guter Samariter überwand ich meine Ekelgefühle, und wir fuhren los in Richtung Westen.

Unterwegs sagte ich: »Wir kommen mit Ihrem Fall ganz gut weiter. Ann wird Ihnen bald Neues berichten können.«

»O ja, vielen Dank.« Er verkroch sich in den Sitz, als hätte er vor, dort seinen Winterschlaf zu halten. »Mein alter Vater hat immer zu mir gesagt: ›Sieh zu, daß du einen guten Anwalt hast, alles andere kommt dann von selbst.‹«

»Ihr alter Vater? Wo war das? Wo überhaupt sind Sie aufgewachsen?«

Ein rundes blutunterlaufenes Auge blickte mich aus dem Haufen Lumpen, in den er eingewickelt war, an. »Dachte, wir hätten das klargestellt. Die dunkle Vergangenheit bleibt unangetastet. Sie stecken Ihre Nase nicht in meine Geschichte, ich stecke meine nicht in Ihre.«

Ich zögerte, dann entschied ich, daß wirklich nichts zu verlieren war. »Sie müßten sich da, wo wir jetzt hinfahren, eigentlich wie zu Hause fühlen. Wir fahren in die Stadtbibliothek.«

Er sagte nichts. Das blutunterlaufene Auge fixierte mich noch immer.

»Schließlich ist Literatur doch Ihr Feld, nicht wahr, Professor Stubbins?«

Einen Augenblick noch glänzte das Auge, und dann fiel es zu und verschwand. Nach einer Weile drang aus den Tiefen der Kleiderfetzen ein Geräusch. Ein leises wimmerndes Geräusch.

»Was habe ich Ihnen getan?« Das Geräusch verwandelte sich schließlich in Worte.

»Habe ich Sie verletzt? Warum haben Sie sie mir gestohlen?«

»Was habe ich Ihnen gestohlen?«

»Meine Privatsphäre. Das geheiligte Recht auf Privatsphäre. Geschützt durch die Verfassung. Warum haben Sie sie mir gestohlen?«

»Wir stehlen Ihnen nichts. Wir versuchen zu verhindern, daß man Ihnen alles wegnimmt. Und deshalb müssen wir wissen, wer Sie sind, wenn wir Ihnen helfen wollen.«

Darauf erwiderte er nichts. Das wimmernde Geräusch war wieder zu hören.

»Wollen Sie's wirklich so haben?« sagte ich. »Ihre Privatsphäre – das ist weiter nichts, als sich in Selbstmitleid ergehen!«

»Selbstmitleid!« Er spuckte das Wort förmlich aus, und zur gleichen Zeit schoß sein Kopf aus den Stoffetzen hervor. Seine Augen glänzten und schienen wirklich etwas zu fixieren. »Haben Sie eine Ahnung, wie müde wir es sind, dieses Wort zu hören?«

»Wir?«

»›Selbstmitleid‹ – das Allzweck-Betäubungsmittel. Nicht für uns, für euch. Sicheres Mittel gegen das Mitempfinden fremder Schmerzen.«

»Wir wollen Ihnen helfen, Ihre Schmerzen loszuwerden!«

»Wer hat Sie darum gebeten?« Seine Stimme wurde lauter. »Was wissen Sie schon davon? Haben Sie jemals alles verloren?«

Er zeigte mir ein verzerrtes Gesicht, das mir entgegenloderte.

»Ja«, sagte ich. Ich redete weiter, versuchte zu erklären, was ich meinte, aber auf einmal fehlten mir die Worte. Ich erinnerte mich an jene ersten Monate, nachdem Shirley gestorben war. Ich erinnerte mich daran, wie ich allein in der Wohnung saß, Nacht für Nacht. Vielleicht, wenn ich meinen Kummer im Alkohol ertränkt hätte ... Vielleicht, wenn ich nicht von einer jüdischen Mutter erzogen worden wäre, die den Alkohol verachtete ... Wer war ich, einem anderen Menschen Noten zu erteilen für die Art, wie er mit seiner Verzweiflung umging?

»Okay, okay, tut mir leid«, sagte ich schnell, und zum Glück hatten wir jetzt die Bibliothek erreicht, und ich konnte den alten Mann aus meinem Auto ziehen und zum Eingang bringen.

Ich war noch immer ein wenig zittrig, als ich im Büro ankam. Sogar Roger fragte mich, ob alles in Ordnung sei. Ich ignorierte die Frage und sagte ihm, er solle Laurel McBrides High-School anrufen und sich nach ihrer Probe Samstag abend erkundigen. Er blickte mich verwundert an. »Sie ist sechzehn! Du glaubst doch wohl nicht ...«

Er sagte mehr oder weniger genau das, was ich gestern zu Mom am Telefon gesagt hatte. Also behandelte ich ihn genauso, wie Mom mich behandelt hatte. »Ruf die Schule an, und dann werde ich wissen, was ich glaube.«

Dann unterbrach uns ein Telefonanruf von Ann.

»Doris Dryden hat mich eben angerufen«, sagte sie. »Sie hat ein paar Informationen für uns. Sie möchte mich sofort sprechen.«

»Sie konnte es dir nicht am Telefon sagen?«

»Ihre Information ist zu ›sensibel‹, sagt sie. Das war das Wort, das sie benutzt hat. ›Telefone können abgehört werden‹, hat sie gesagt. Ich besuche sie in ihrer Wahlkampfzentrale, und ich hätte es gerne, wenn du mitkämst.«

Dryden führte ihren Wahlkampf von der eigenen Wohnung aus, in einem schönen kleinen Gebäudekomplex in Stadtnähe.

In den letzten Jahren hat Mesa Grande die Eigentumswohnung entdeckt. Ein halbes Dutzend neuer Apartmenthäuser sind entstanden; die meisten aus rotem Backstein, und man kauft die Panoramafenster, die eingebaute Klimaanlage, gärtnerisch gestaltete Auffahrten und Parkplätze und herrliche Ausblicke auf die Berge, wenn man die teure Seite des Gebäudes erwischt hat. Den Gerüchten zufolge haben diese Wohnungen gepfefferte Preise, zumindest nach Mesa-Grande-Standards.

Dryden mußte es ziemlich gut gehen, dachte ich, während Ann und ich bei ihr vorfuhren. Nachdem wir den Wagen abgestellt hatten, trafen wir auf einen weiteren Luxus, den sich nur wenige Apartmenthäuser in Mesa Grande leisten: einen Portier. Er war groß, schwarz und sah mit seinen Goldpaspeln und Epauletten sehr würdevoll aus. Er warf uns einen schrägen Blick zu, als er uns fragte, wen wir zu sprechen wünschten. Dann rief er Doris Dryden von seiner Anlage in der Eingangshalle aus an, und sein schräger Blick entspannte sich ein wenig, nachdem sie ihm gesagt hatte, er möge uns hinaufschicken.

In ihrem Wohnzimmer hatten sich schon ein halbes Dutzend Leute versammelt, sie saßen auf Metall-Klappstühlen an provisorischen Schreibtischen und hämmerten auf Schreibmaschinen ein oder brüllten in Telefone. Was immer Doris normalerweise an den Wänden hängen hatte – Reproduktionen abstrakter Kunst, dem Stil ihrer Möbel nach zu urteilen –, jetzt war alles verdeckt von Wahlplakaten. Sie zeigten ihr Gesicht in verschiedenen Größen, mit unterschiedlichem Gesichtsausdruck: Ernsthaftigkeit, Glück, eiserne Entschlossenheit, warmes Mitgefühl. Alle Gesichter illustrierten ihren Wahlspruch: WÄHLEN SIE DRYDEN: KOMPETENZ UND SOZIALE VERANTWORTUNG.

Sie blickte einem ihrer Mitarbeiter über die Schulter, einem Milchbubi vom College, der mir nicht älter als vierzehn zu sein schien. (Überhaupt schienen ihre Wahlkampfhelfer im Schnitt ein Drittel jünger zu sein als McBrides.) Sie sah Ann und mich, tätschelte dem Jungen ermutigend die Schulter und winkte uns, ihr zu folgen. Wir gingen in ein kleines Zimmer mit einem Schreibtisch, ein paar Stühlen und drei Telefonen. Dem Bettsofa nach zu urteilen, das gegen eine Wand geschoben war, mußte dies eine Art Gästezimmer gewesen sein, bevor sie ein Büro daraus gemacht hatte.

Sie schloß die Tür hinter sich, so daß der Lärm etwas gedämpft wurde, wies uns dann einen Platz an und ließ sich mit einem langen erschöpften Seufzer hinter dem Schreibtisch nieder. »Was für ein Affenhaus! Es geht nicht immer so hektisch zu, aber wir mußten wegen McBrides Pressekonferenz jede Menge Telefonate führen. Das muß man dem alten Schwindler lassen, nicht? Wenn es darum geht, Recht zu sprechen, ist er ein vollkommener Versager, aber wenn die Öffentlichkeit beschwindelt werden soll, ist er so gut wie P. T. Barnum und Ronald Reagan zusammen. Bisher hat er zur Aufklärung dieses Mordfalls nicht mehr beigetragen als groß getönt, und trotzdem hat er bereits die halbe Welt davon überzeugt, daß er einen großen Sieg über mich errungen hat.«

»Meinen Sie nicht«, fragte Ann, »daß die Leute, die sich von seinen großen Tönen beeindrucken lassen, ihn sowieso gewählt hätten?«

»Vielleicht haben Sie recht. Trotzdem, es ist beunruhigend.« Sie seufzte. »Es ist ein fantastisches Spiel, aber manchmal erschöpft es einen bis zum Umfallen, das muß ich zugeben. An dem Abend nach dem Essen war ich um Viertel nach elf zu Hause – was gewöhnlich nicht spät für mich ist –, und ich hab den Stecker aus dem Telefon gezogen und bin aufs Bett gefallen, hab mich noch nicht einmal ausgezogen und bin erst um zehn am nächsten Morgen wach geworden. Wer hätte gedacht, daß der kleine Scheißer mich so viel Energie kosten würde!«

Sie schüttelte den Seufzer ab und lachte wieder. »Kennen Sie die neueste McBride-Story? Letzten Monat, in diesem Betrugsfall, in den die städtische Beschaffungsstelle mitverwickelt war, da hat er die unerhörte Entscheidung getroffen, selbst einen der Zeugen zu verhören, statt alles Grantley zu überlassen. Er las sich die Niederschrift der eidlichen Aussage dieses Menschen am Abend zuvor durch – es handelte sich um einen Buchhalter bei der Bekleidungsfirma, die die Stadt betrog – und fing an, ihn mit wütenden Fragen zu bombardieren, ballte dabei die Faust und zeigte mit dem Finger auf ihn, Sie wissen ja, wie McBride sich aufführen kann, wenn er unter der Illusion leidet, er wäre Perry Mason. Aber irgend etwas lief offensichtlich falsch. Der Zeuge antwortete ständig so was wie ›Ich weiß nicht‹ und ›Das gehört wirklich nicht zu meinem Aufgabenbereich‹ und ›Ich habe noch nie von jemandem mit dem Namen gehört.‹ Bis Grantley plötzlich merkte, daß McBride – und man möge sich das nur vorstellen! – den falschen Zeugen verhörte! Die Aussage, die er gelesen hatte, gehörte zu einem völlig anderen Fall, und die Fragen, mit denen er diesen betrügerischen Buchhalter quälte, zielten alle auf den Konsum von Marihuana ab. Grantley schnappte sich McBride, bevor die anderen im Gericht merkten, wo der Fehler lag, und er mußte ihn regelrecht auf seinen Platz niederdrücken. Dann bat er um Vertagung und erklärte unserem unerschrockenen und verwirrten Staatsanwalt die Angelegenheit – und der wurde dermaßen nervös, daß er alles weitere Grantley überließ und eilig verschwand, um sich einen wohlverdienten Martini zu genehmigen. Der Vorfall wurde selbstverständlich totgeschwiegen.« Dryden lachte, aber schließlich wurde sie ernst und sagte: »Okay, Spaß beiseite, ich komme jetzt wohl mal besser dazu, Ihnen zu sagen, warum ich Sie heute morgen hergebeten habe.«

»Es geht um den Mordfall, nicht?«

»Genau. Was ich Ihnen gleich sagen werde, wird für Sie eine Überraschung ersten Grades sein. Vielleicht werden Sie es nicht glauben, aber ich habe Beweise, daß es die reine Wahrheit ist.«

»Was für eine Überraschung?« fragte Ann.

»Wissen Sie, warum McBride so sehr darauf aus ist, Ihrem Mandanten die Schuld zuzuschieben? Weil er das Interesse der Öffentlichkeit so schnell wie möglich von diesem Fall ablenken möchte – weil er Angst davor hat, was herauskommen könnte. Nämlich daß er, McBride persönlich, seit sechs Monaten eine Affäre mit Frau Pulaski hat.«

Ich brauchte kein Zeichen von Ann, daß ich auf diese Mitteilung hin mein ganz normales Gesicht beibehalten sollte.

»Sie sagen, Sie haben Beweise?«

»Unstrittige Beweise.«

»Welche?«

»Ein Foto. Einen herrlich ehrlichen Schnappschuß, auf dem McBride auf Edna Pulaskis Bett ausgestreckt daliegt, in tiefem Schlummer und nackt wie am Tag seiner Geburt.«

»Und Edna liegt neben ihm?«

»Hm, nein, er ist allein. Aber das Bett ist mit Sicherheit ihres – hier, ich zeig's Ihnen.« Sie griff in die obere Schublade und nahm einen braunen Briefumschlag heraus. Daraus holte sie ein kleines Foto und reichte es über den Schreibtisch hinweg Ann. »Sehen Sie hier die ungewöhnlichen Schnitzereien am Kopfende des Bettes – ineinander verschlungene Drachen? Sehen Sie die gemalte Landschaft an der Wand über dem Bett – eine orientalische Landschaft, meinen Sie nicht? Wird nicht schwer zu beweisen sein, wo dieses Foto aufgenommen wurde.«

Alles, was sie erwähnte, stimmte. Das Bett war sicherlich Edna Pulaskis Bett – ich erkannte es sofort –, und mitten drauf lag McBride, mit geschlossenen Augen und einem engelsgleichen Lächeln im Gesicht. *Stilleben mit Politiker*.

»Wie sind Sie an das Foto gekommen?«

Dryden lachte. »Tut mir leid, Ann, das ist ein Betriebsgeheimnis. Nicht nur Reporter müssen ihre Quellen geheimhalten. Behalten Sie es als Souvenir. Ich habe jede Menge Abzüge. Und bevor Sie heute gehen, will ich Ihnen das Negativ geben – auch davon habe ich Kopien –, und Sie können es von Experten untersuchen lassen, sicherstellen lassen, daß es nicht gefälscht ist, niemand hat daran herumgedoktert.«

Wieder eine lange Pause. Was dann von Dryden kam, hörte sich wie ein leises Wiehern an. »Überwältigen Sie mich nicht mit Ihrer Aufregung und Ihrem Enthusiasmus, um Himmels willen!«

»In Ordnung«, sagte Ann nach einer Weile. »Ich werde das Negativ mitnehmen. Wenn sich gesetzlich vertretbare Umstände ergeben sollten, es während Harry Stubbins' Prozeß einzusetzen, werde ich gerne ...«

»Augenblick mal, jetzt mal langsam!« Dryden lächelte nicht mehr. »Bis zu diesem Prozeß kann es Monate dauern. Es wird mir überhaupt nichts nützen, wenn Sie mit dem Foto dann erst rausrücken. Der Witz liegt gerade darin, diese Information so bald wie möglich an die Öffentlichkeit zu bringen – morgen oder spätestens Donnerstag –, jedenfalls vor der Wahl.«

»Na schön, dann machen Sie es jetzt publik. Rufen Sie eine Pressekonferenz ein, zeigen Sie den Medienleuten den Schnappschuß ...«

»Sie verstehen noch immer nicht, oder? Ich kann das auf keinen Fall publik machen. Ich bin die Gegenpartei. Wenn die Öffentlichkeit erfährt, daß das Foto von mir kommt, wird man automatisch den Verdacht haben, es ist gefälscht. Außerdem wird von mir erwartet, daß ich einen sauberen Wahlkampf führe, es gehört zu meinem Programm, daß ich gesagt habe, ich ginge den geraden Weg.«

»Schicken Sie es anonym an die Presse und ans Fernsehen ...«

»Geht auch nicht. Kein Herausgeber, der etwas auf sich hält – noch nicht einmal der Herausgeber unseres Käseblatts –, wird so etwas drucken, ohne genau zu wissen, wo es herkommt. Nein, es gibt nur einen Weg. Der Pflichtverteidigerin vertrauen alle. Ihr guter Ruf, was Ehrlichkeit und Integrität angeht, könnte nicht besser sein. Sie müssen die Pressekonferenz einberufen, Ann, und dieses Foto freigeben.«

»Mit welchem Grund? Bevor sich nicht herausgestellt hat, daß die Verbindung zwischen McBride und Edna Pulaski für meinen Fall von Bedeutung ist – und das kann ich erst zu einem viel späteren Zeitpunkt sicher wissen –, werde ich ganz bestimmt nicht den Ruf eines Mannes verunglimpfen, die Geheimnisse seines Privatlebens aufdecken ...«

»Warum nicht?« Dryden lachte wieder, aber diesmal klang in ihrer Stimme nicht viel Heiterkeit mit. »Wie sehen Sie denn Marvin McBride als Staatsanwalt? Sie sind doch mit mir einer Meinung, nicht wahr, daß der Mann ein Witz ist?«

»Ich habe bestimmt eine Unmenge Vorbehalte ...«

»Genau. Jeder in dieser Stadt, der nur irgendwie bei Verstand ist, teilt diese Vorbehalte. Und jetzt haben Sie die Gelegenheit, die Situation praktisch zu verändern. Hier ist das Negativ, Sie wissen, was Sie damit zu tun haben.«

Dryden griff erneut in den braunen Briefumschlag. Ann hob die Hand und schüttelte den Kopf. »Geben Sie sich keine Mühe, Doris.«

Langsam zog Dryden die Hand wieder heraus. »Das ist Ihre endgültige Antwort?«

Ann erhob sich, und ich stand auch auf. Aber bevor wir uns von ihrem Schreibtisch wegbewegen konnten, erhob sich Dryden ebenfalls.

»Eins möchte ich noch klarstellen.«

Wir warteten geduldig. Ich vermute, wir wußten beide ziemlich gut, was jetzt kommen würde.

»Sie gehen auf mein Angebot nicht ein, und ich glaube, daß Ihnen das noch sehr leid tun wird.«

Ann gelang es, beherrscht zu fragen: »Was genau meinen Sie damit?«

»Was ich meine ist, wenn ich gewählt werde – und Sie können sicher sein, ich werde gewählt –, werde ich als erstes dem Stadtrat empfehlen, Sie zu entlassen und durch einen tüchtigen und verantwortungsbewußten Pflichtverteidiger zu ersetzen.«

»Ich glaube mich zu erinnern«, sagte ich, »daß Sie mal erwähnt haben, in mehreren Reden, was für eine gute Arbeit Ann leistet. Sie haben das vor der Öffentlichkeit gesagt, es ist protokolliert.«

»Also wird die Öffentlichkeit herausfinden, daß ich flexibel bin, daß ich keine Angst habe, meine Fehler einzugestehen, wenn ich mich getäuscht habe. Ich werde offenbaren, daß ich mich in Ann all die Jahre getäuscht habe. Meine genauere Überprüfung der bisherigen Arbeit der Pflichtverteidigung hat mich jetzt zu der Überzeugung kommen lassen, daß die Stadt viel besser dastehen könnte. Und da meine Wählerschaft und ich zu genau dem Zeitpunkt unsere Flitterwochen verleben werden – ich werde der neue Besen sein, der große Reformer, der frische Atem, die Rettungsmannschaft –, wird der Stadtrat meine Empfehlung ernst nehmen.«

»Und es macht Ihnen nichts aus, daß es gelogen ist?«

»Das wird mir verdammt viel weniger ausmachen, als wenn ich diese Wahl verliere. Ich garantiere Ihnen, ich werde alles tun, damit das nicht geschieht.« Sie warf das Kinn hoch. Ich bezweifele, ob selbst McBride mit seinen hohen Ansprüchen ihr einen Mangel an Entschlossenheit vorwerfen könnte.

Nach einem Augenblick sagte Ann betont ruhig: »Eine freundlichere mildere Staatsanwaltschaft. Sagten Sie das nicht vor kurzem?«

»Und das habe ich auch gemeint. Ich bin Idealistin und werde es immer bleiben. Was Sie wurmt, ist die Tatsache, daß ich meine Ideale ernst nehme. Ich gestehe ein, daß diese Ideale auf die Wahl abzielen. Entweder geht es mit dieser Stadt so weiter wie bisher, und die Gerechtigkeit bleibt in den Händen eines faulen betrunkenen Clowns, oder die Menschen bekommen endlich eine ehrliche, tatkräftige, aufgeklärte Staatsanwaltschaft. Dieses Ziel hat Vorrang, Ann, vor Ihnen und jedem anderen, wozu auch ich mich zähle. Freundlichkeit und Milde nach den Wahlen. Also, ich frage Sie noch einmal. Berufen Sie eine Pressekonferenz ein, und geben Sie das Foto frei?«

Sie wartete einen Taktschlag, dann senkte sich ihr hochgerecktes Kinn. Sie lächelte wieder, und ihre Stimme hätte nicht freundlicher klingen können. »Also, war nett, sich mit Ihnen zu unterhalten. Nichts für ungut, hoffe ich. Wir alle kämpfen für das, woran wir glauben, jeder auf seine Weise.«

Wir verließen ihr Gästezimmer-Büro, gingen durch das Wohnzimmer hinaus und versuchten dabei, ihre kleine Armee leuchtender, frisch geschrubbter College-Idealisten nicht anzurempeln.

Auf dem Rückweg ins Gericht gab ich mir Mühe, nicht zuviel zu reden. Ich wußte, wie Ann zumute war. Ihre Budgeterhöhung bedeutete ihr viel, und sie hatte ihre ganze Hoffnung an Drydens Goodwill gehängt, wenn es ihr gelingen sollte, McBride aus dem Amt zu drängen. Zweifellos würde sie über diese Enttäuschung hinwegkommen. Sie war Realistin und Philosophin. Aber selbst das philosophischste Tier darf sich mal seine Wunden lecken.

Ich persönlich verspürte keine Wunden. Was wir gerade über Dryden erfahren hatten, überraschte mich kein bißchen. Sie war schließlich Politikerin. Sie hatte mir nur bestätigt, was ich schon immer wußte – sie sind alle gleich.

Ich beschloß aber, Roger von Drydens kleinem Bestechungs- und Einschüchterungsversuch nichts zu erzählen. Wenn er von ihr sprach, bekam er Sternenaugen. Wo lag der Sinn, sie mit Sturzbächen zu füllen?

Kaum hatten wir die Eingangstür durchschritten, flüsterte uns Mabel Gibson mit heiserer Stimme zu. »Mr. Ed Brock ist am Telefon.«

Ich ging mit Ann in ihr Büro, und sie griff zum Hörer. Sie beschränkte sich auf Ja und Nein und »Geben Sie uns fünfzehn Minuten«, dann legte sie auf und wandte sich mir zu. »Er möchte sich sofort mit uns treffen. Im Marriott-Chinook. Er behauptet, es sei dringend.«

Also ließen wir Roger, der die Stellung halten sollte, allein – er wartete darauf, daß der Schauspiellehrer von der High-School zurückrief – und fuhren in meinem Wagen ins Marriott-Chinook, ein zehnstöckiges Hotel mitten in der Stadt, die einzig ernsthafte Konkurrenz für das Richelieu. Wenn man Spaß und Unterhaltung sucht, geht man ins Richelieu; wenn man sich geschäftlich in der Stadt aufhält, geht man ins Marriott-Chinook. Es hat in jeder mittelgroßen Stadt in Amerika seinen Zwilling, und die gleichen glatten wettergegerbten Geschäftsleute hängen in der Lobby, in der Cafeteria und in den Bars herum. Ed Brock erwartete uns in Zimmer 216, das sich als ganz gewöhnliches Hotelzimmer herausstellte, noch nicht einmal eine Luxussuite. Ed strahlte uns aus einem großen Sessel an und sah mehr denn je wie ein frisch rasierter schelmischer Nikolaus aus. Er stand nicht auf – ein Prozeß, der größere physische Veränderungen erfordert hätte –, aber da er immer auf gute Manieren bedacht war, hielt er uns seine Pranke entgegen und schüttelte uns die Hand. »Schön, Sie zu sehen, Ann, verdammt nett von Ihnen, mitzukommen, Dave.«

Außer Ed befand sich noch eine andere Person im Zimmer, und das war seine Ehren der Herr Bürgermeister von Mesa Grande, Willard A. Butterfield. Er war ein untersetzter kleiner Mann mit einer starken schwarzrandigen Brille und dickem schwarzen Haar – jeder in der Stadt wußte, daß es ein Toupée war, nur hatten wir uns mittlerweile so sehr an den Anblick gewöhnt, daß er uns ohne die falsche Haarpracht unnatürlich vorgekommen wäre. Ihm gehörte der größte Billigladen für Haushaltsgeräte in der ganzen Stadt, *Butterfield's Bargain Basement*, und er betätigte sich erfolgreich als Amateur im Immobiliengeschäft.

Ann sah ihn scharf an, als sie seiner am Tisch in einer Ecke des Zimmers gewahr wurde. Auf dem Tisch lag eine weiße Decke; Teller, Tassen, eine Kanne Kaffee und eine Platte mit drei oder vier Zimtbrötchen standen darauf. »Wie geht es Ihnen, Willard?« sagte Ann. »Ed hat uns nicht vorgewarnt, daß es sich um ein offizielles Treffen auf höchster Ebene handelt.«

»Wer sagt, daß es offiziell ist?« antwortete der Bürgermeister, und seine kiesig knirschende Stimme klang verbissen und böse. »Niemand macht sich irgendwelche Notizen. Alle versprechen, daß dieses Treffen vertraulich bleibt. Wenn jemand hinterher etwas verlauten lassen sollte, werde ich mit der Hand auf der Bibel alles abstreiten.«

»Reg dich nicht auf, Willard«, sagte Ed. »Ann und Dave haben vollkommen verstanden, da bin ich mir sicher. Es handelt sich um ein zwangloses Treffen unter Freunden.«

»Und damit meinen Sie«, sagte Ann, »Menschen, die zufällig ein gemeinsames Geschäft machen?«

Ed lachte und sagte: »Können Sie sich eine bessere Basis für Freundschaft denken?«

Für die nächsten Minuten tauschten wir Höflichkeiten über das wunderschöne Wetter aus, eher wie Frühling als November, nehmen Sie doch ein Zimtbrötchen, lassen Sie mich Ihnen Kaffee eingießen, wir haben nur den koffeinhaltigen, aber wir könnten den Zimmerservice anrufen ... Man kam nie sofort zur Sache, wenn man mit Ed zu tun hatte. Er wäre beleidigt gewesen, glaube ich, wenn wir ihm nicht erlaubt hätten, jeden einzelnen Schritt des Rituals durchzugehen.

Schließlich war er soweit, mit dem rauszurücken, was ihm auf der Seele lag. »Ann – Dave – Sie fragen sich sicherlich schon die ganze Zeit, warum wir alle hier sind.«

»Eigentlich«, sagte Ann, »habe ich mich gefragt, wessen Zimmer das hier ist.«

»Es ist ein Zimmer, das die Stadt sich hält, immer«, sagte der Bürgermeister. »Für vertrauliche Treffen, nicht mehr als drei oder vier Leute.«

»Stimmt das?« sagte Ann. »Ist mir beim Stadtbudget nie aufgefallen.«

»Ist da verzeichnet«, sagte der Bürgermeister und klang etwas gekränkt. »Sie finden es unter ›Verschiedenes‹.«

»Um auf das zurückzukommen, was ich sagen wollte«, warf Ed ein. »Mit einem Wort, die Wahl macht mir Sorgen. Diesen Satz haben noch nicht viele von mir gehört. Ich gehöre für gewöhnlich nicht zu denen, die ruhelos auf und ab gehen und in Schweiß ausbrechen. Es gibt nur wenig, was ich auf dieser Welt noch nicht gesehen habe, und deshalb sind meine Erwartungen niedrig. Es ist eher meine Art, mich zurückzulehnen und zu erwarten, daß die Dinge ein schlechtes Ende nehmen werden, und wenn das nicht geschieht, bin ich bereit, angenehm überrascht zu sein. Aber an dieser besonderen Stelle des Spiels, das muß ich zugeben, ist unsere Situation bedenklich, und ich mache mir Sorgen.«

»Ich kann verstehen, warum Sie sich Sorgen machen«, sagte ich. »Aber was machen Seine Ehren hier? Er steht doch nicht im Wahlkampf.«

»Ich bin hier«, sagte der Bürgermeister, »weil Marvin McBride sowohl ein guter alter Freund ist als auch geschätzter Mitstreiter im Kampf um das Wohl von Mesa Grande, der Stadt, die wir beide lieben.«

In eine ehrliche Sprache übersetzt: Die Kreise der Immobilienmakler, die den Bürgermeister in der Tasche hatten, wollten McBride im Amt sehen, weil sie wußten, er würde keinen großen Ärger machen, wenn Immobiliengeschäfte und illegale Transaktionen sich ein wenig zu nahe rückten.

»Also, Ed, was haben Dave und ich hier verloren?« fragte Ann. »Was haben wir mit Marvins Wahl zu tun? Schickt ihn raus, und laßt ihn Babys küssen, und uns laßt bitte wieder an unsere Arbeit gehen.«

»Genau das erwarten wir von Ihnen«, sagte Ed. »Das Problem ist – und ich will kein Blatt vor den Mund nehmen –, Sie sind es, die uns zu diesen Sorgen veranlaßt haben.«

»Tatsächlich? Das rechne ich mir als Kompliment an. Wie nur ist uns das gelungen?«

»Dieses nicht sehr erfreuliche Treffen mit Ihnen gestern nachmittag. Offen gesagt, ich denke seitdem ständig darüber nach, Sie haben mir eine schlaflose Nacht beschert. Ich hielt es für sinnvoll, mich heute mit Ihnen zu treffen, einfach um klare Verhältnisse zu schaffen. Wir sollten über die Andeutungen sprechen, die Sie über Marvins angebliche Beziehung zu Frau Pulaski gemacht haben ...«

»Es waren eigentlich keine Andeutungen. Ich dachte, ich hätte klar gesagt, was ich meinte. Ich hatte außerdem den Eindruck, daß Marvin eingeräumt hat, es sei zutreffend.«

Eds Lächeln wurde breiter und freundlicher. »Ich bin mir nicht sicher, dasselbe gehört zu haben wie Sie. Die Sprache kann schrecklich zweideutig sein. Es ist so oft eine Frage der Interpretation ... Ja, wie auch immer, was mich beunruhigt, ist folgendes: Wenn Sie zulassen sollten, daß Ihre Version dessen, was gesagt wurde, den falschen Stellen zu Ohren kommt – Stellen, die Marvin gegenüber feindlich gesonnen sind und ein Interesse daran haben könnten, seine Worte ihren heimlichen Absichten entsprechend zu verdrehen ...«

»Welche Stellen haben Sie im Sinn, Ed? Doris Dryden? Joe Horniman? Die Fernsehleute?«

»Unter anderem, unter anderem. Was ich sagen will – ich habe das Gefühl, daß Marvin Ihnen gestern seine Lage nicht wirklich klarmachen konnte. Die Atmosphäre war irgendwie gespannt, alles sehr emotional. Jetzt, wo wir alle Gelegenheit hatten, die Sache zu überschlafen, kann sich die liebliche Vernunft wieder behaupten, hoffe ich. Wir können Ihre Sicht der Dinge verstehen, und Sie können verstehen, und ich bin sicher, wir können uns zur beiderseitigen Zufriedenheit arrangieren. Denn was ist Politik schließlich? Das Spiel des gegenseitigen Gebens und Nehmens, eine Hand wäscht die andere.«

»Augenblick mal, Ed«, warf der Bürgermeister ein. »Ich betrachte meine politische Karriere nicht als eine Art Spiel. Ich betrachte sie als eine bedeutsame Pflicht im Namen meiner Mitbürger.«

»Natürlich, natürlich«, Ed nickte. »Sie sind ein Mann der Integrität, Willard, vollkommen ernsthaft und wahrhaft. Wie ich gerade sagte ...«

»Was sagten Sie denn?« unterbrach ihn Ann. »Wenn Sie uns eine Art Vorschlag unterbreiten wollen, wäre es schön, wenn Sie ihn endlich nennen würden, damit wir alle noch vor dem Ende der Woche nach Hause gehen können.«

Ed lachte. Für ihn war es eine Angelegenheit des Prinzips, über alle Witze zu lachen, auch über die, die auf seine Kosten gingen. Dann wandte er sich an den Bürgermeister: »Sag's ihr, Willard. Das, worüber wir gesprochen haben.«

Der Bürgermeister war recht blaß geworden und mußte sich ein paarmal die Lippen befeuchten, bevor er sprechen konnte. »Ich weiß, daß das Büro der Pflichtverteidigung im nächsten Steuerjahr dem Stadtrat einen Antrag auf Erhöhung seines Budgets vorlegen wird. Sie brauchen einen zusätzlichen Ermittlungsbeamten, mehr Büroraum, vielleicht sogar einen zweiten Untersuchungsrichter. Ich stehe Ihren Bedürfnissen wohlwollend gegenüber, sehr wohlwollend. Ich habe vor, den Stadtrat zu bitten, er möge Ihnen gewähren, was Sie brauchen – und wie Sie wissen, neigt die Mehrheit seiner Mitglieder dazu, sich meinen Ansichten über das Wohl der Stadt anzuschließen. Sie können selbst Ihre Kandidatenliste aufstellen – innerhalb vernünftiger Grenzen selbstverständlich –, vorausgesetzt, der Staatsanwalt erhebt keine Einwände.«

»Es wird keine Einwände geben«, sagte Ed, »wenn der gegenwärtige Staatsanwalt im Amt bleibt. Auf der anderen Seite, wenn er die Wahl verliert, dann können Sie nicht von uns erwarten, unseren Einfluß einem neuen Staatsanwalt gegenüber geltend zu machen, nicht wahr? Und außerdem, wenn Sie es nicht für richtig halten, in dieser Frage zu kooperieren, und Marvin so und so gewählt wird ...« Ed zuckte traurig die Schultern. »Ja, wenn Sie demonstrieren, daß Ihnen das Wohl der Stadt nicht am Herzen liegt, welche Haltung Ihnen gegenüber würden Sie dann von einem gewissenhaften Staatsangestellten erwarten?«

Ann sagte eine Weile nichts. Ich war wahrscheinlich der einzige im Zimmer, der die Anzeichen für eine bevorstehende Explosion lesen konnte. Als sie sprach, war ihre Stimme so ruhig wie immer. »Ich will Ihnen nur eins sagen, meine Herren. Wir haben uns noch nicht entschieden, ob wir diese Information, auf die Sie sich beziehen, benutzen werden. Wir haben ihre potentielle Wirksamkeit vor Gericht noch nicht endgültig beurteilt. Aber eins kann ich Ihnen versprechen – unsere Entscheidung wird davon abhängen, was das Beste ist. Und zwar für unseren Mandanten, nicht für die Stadt. Wenn das zur Folge hat, daß gewisse Dinge ans Licht gebracht werden müssen, die für Marvin McBride peinlich werden könnten – oder die anderen Bonzen dieser Stadt –, verspreche ich Ihnen hoch und heilig, wir werden sie ans Licht bringen.«

»Bedenken Sie«, setzte der Bürgermeister an, aber Ann ließ ihn nicht weitersprechen.

»Wenn Sie mich zwingen, mir noch ein weiteres Wort in dieser Sache anzuhören«, sagte Ann, »werde ich den *Republican American* und alle Fernseh- und Radiostationen der Gegend anrufen und für heute nachmittag eine Pressekonferenz einberufen.«

»Na hören Sie mal, Ann«, sagte Ed, »Sie glauben doch wohl nicht im Ernst, Sie könnten Ihre Anspielungen tatsächlich beweisen ...«

»Was kümmert mich das? Ich werde den Medien meine Theorie vorstellen – nur noch eine knappe Woche bis zum Wahltag –, und wir werden sehen, was die Öffentlichkeit damit anfängt. Spontan würde ich sagen, daß der gute Ruf unseres Büros für Integrität viele Wähler davon überzeugen wird, nicht Marvins Sache zu fördern. Und übrigens, ich werde außerdem etwas über versuchte Bestechung und Einschüchterung zu sagen haben ...«

Der Bürgermeister stand auf und schob dabei den Tisch ein wenig zur Seite. »Ich mach hier nicht mehr mit«, sagte er. »Ich war von Anfang an nicht hier. Ich weiß von nichts und von niemandem hier. Ich war zwanzig Meilen weit weg, und meine Frau und meine Kinder werden das beschwören.« Dann stampfte er quer durch das Zimmer und flog praktisch durch die Tür.

In dem langen Schweigen, das nun folgte, starrte Ed gedankenvoll auf die Tür, dann auf den Fußboden und die Decke, und schließlich faßte er noch einmal Ann ins Visier. Er stieß einen kurzen, aber von Herzen kommenden Seufzer aus. »Ich bedauere es sehr, daß unsere Unterredung nicht produktiver sein konnte. Heutzutage verstehen sich so wenig Menschen – selbst die intelligentesten – auf die Kunst der Verhandlung. Konfrontation, Konfrontation, Konfrontation, man scheint an nichts anderem Interesse zu haben. Nun gut. Haben Sie jedenfalls vielen Dank für Ihr Kommen.

Nein, nein, warten Sie nicht auf mich. Ich werde noch ein wenig bleiben, es wäre schade um die herrlichen Zimtbrötchen.«

Er nahm sich eins, als Ann und ich das Zimmer verließen.

Zwölf

Es war fast ein Uhr, als Ann und ich wieder im Büro waren. Mein Magen sagte mir, daß ich noch nicht zu Mittag gegessen hatte, aber ich ignorierte das und verkroch mich hinter meinen Schreibtisch, um über den Fall nachzudenken. Ich kam nicht besonders weit. Mein Telefon klingelte und unterbrach mich. Es war Mom.

»Ich versuche dich seit zwei Stunden zu erreichen«, sagte sie. »Hast du eine lange Mittagspause gemacht?«

»Ich habe überhaupt noch nicht Mittag gemacht.«

»Es ist ein Uhr, und du hast noch nichts zu Mittag gegessen? Du ruinierst deine Verdauung!«

»Wenn du seit zwei Stunden versuchst, mich zu erreichen, dann hast du auch noch nichts zu Mittag gegessen. Bist du gestern abend so spät nach Hause gekommen, daß du erst jetzt wach geworden bist?«

Mom ignorierte diese Einmischung in ihr Privatleben – so wie ich immer ihre Einmischungsversuche ignoriert habe. »In meinem Alter gibt's nichts mehr zu ruinieren«, sagte sie. »Also, der Grund, warum ich dich anrufe – Ich sitze hier für die nächste Stunde rum und habe nichts zu tun, also dachte ich, ich könnte ein wenig meine geistigen Fähigkeiten trainieren. Wenn du mir von den neuesten Entwicklungen erzählst, was du und Roger den ganzen lieben Morgen lang getrieben habt, das wäre vielleicht etwas, an dem ich meine geistigen Fähigkeiten trainieren könnte.«

Ich berichtete ihr von meinen Treffen mit Harry Stubbins und Doris Dryden und Ed Brock (und davon, was Roger über Ron Pulaskis Alibi bisher in Erfahrung gebracht hatte).

»Ich glaube, das ist alles«, schloß ich. »Sagt dir das irgend etwas? Irgendwelche großen neuen Erkenntnisse für uns?«

»Erkenntnisse kommen nur dann, wenn man für sie arbeitet. Wer keine Lust hat zu arbeiten, muß die Konsequenzen tragen.«

»Willst du behaupten, ich wolle nicht arbeiten? Mein Gott, ich habe mir den Kopf zerbrochen ...«

»Wenn dem so ist, dann sag mir bitte, was mit dieser Frage ist, die du dem Exmann der Toten stellen sollst. Wegen der Nachrichten, weißt du noch? Du hast mir noch immer nicht gesagt, was er geantwortet hat.«

Ich ertappte mich dabei, wie ich nervös an meinem Notizbuch herumfummelte. »Ehrlich gesagt, ich hab's heute noch nicht geschafft. Es kam eines nach dem anderen ...«

»Du hast es nicht geschafft?« Ich konnte mir genau vorstellen, wie Mom die Augen schloß und das Gesicht hob, als kommunizierte sie mit Gott.

»Tut mir leid, Mom. Es war ein Versehen.«

»Und jetzt noch ein Versehen! Weißt du, was aus einem Versehen alles entstehen kann? Adam bemerkte nicht, daß Eva gerne Obst aß. Richard Nixon bemerkte nicht, daß er eine Menge Tonbänder besprach, die seine fragwürdigen Geschäfte verrieten. Mein Cousin Oskar bemerkte nicht, daß er den Büstenhalter seiner Freundin in den Wäschekorb seiner Frau warf.«

»Schon gut, schon gut – obwohl Pulaski ein hieb- und stichfestes Alibi hat und obwohl er mit Sicherheit nicht in irgendeiner Beziehung zu diesem Mord steht, werde ich ihn trotzdem anrufen und ihm diese Frage stellen.«

Ich legte auf und fragte mich kurz, warum ich es ihr in diesem Punkt so schwermachte. Schließlich hatte ich all ihre anderen Fragen beantwortet, hatte ich sonst alles getan, um das sie mich gebeten hatte. Brauchte ich es irgendwie, brauchte ich ein kleines Schlachtfeld, auf dem ich mich ihr widersetzte, mich weigerte, ihren Befehlen zu folgen, mich an die Illusion von Unabhängigkeit klammerte?

Dreizehn

Gerade wollte ich zum Telefon greifen und Pulaski anrufen, da klopfte es an meiner Tür. Ich rief: »Herein«, und Roger trat ein.

»Irgendwas Neues über die kleine McBride?« fragte ich.

»Deswegen komme ich«, antwortete er. »Eine Überraschung. Wenigstens für mich. Ich habe den Schauspiellehrer der General-Wagner-High-School ausfindig gemacht. Er sagt, es hat Samstag abend tatsächlich eine Probe von *Peter Pan* stattgefunden, und Laurel McBride war auch da, aber die Probe war viel früher zu Ende, als sie gesagt hat. Sie war gegen elf zu Ende, der Lehrer hält die Kinder nie länger in der Schule. Also wirklich, nie hätte ich geglaubt, daß das Mädchen lügt!«

»Lügen ist ein Talent«, sagte ich, »das gleichermaßen verteilt ist bei allen Altersstufen, Geschlechtern, Rassen und Religionen. Hatte dieser Lehrer eine Ahnung, wo Laurel nach der Probe hingegangen ist?«

»Er vermutete, daß sie nach Hause gegangen ist. Sie hat kein Auto, sie wird für gewöhnlich von einem der anderen Schüler mitgenommen. Als der Lehrer selbst die Schule verließ, waren alle weg. Er hat mir einige Namen genannt von anderen, die auch bei der Probe waren. Ich will versuchen, sie ausfindig zu machen, herausbekommen, ob einer von ihnen Laurel hat weggehen sehen, und wann und mit wem.«

»Klingt gut«, sagte ich. »Hast du schon gegessen?«

»Nein. Ich hab auf den Rückruf des Lehrers gewartet.«

»Dann werde ich etwas für dich mitbestellen. Häng dich ans Telefon, und sieh zu, daß du einen der Schüler erreichst. Mabel!« rief ich ins andere Telefon. »Ruf den Schnellimbiß an, ja, und laß mir zwei Hamburger kommen, halb durch, und zwei Cokes. Nein, warte eine Sekunde, wir haben hier einen Jungen, der noch wächst. Drei Hamburger.«

Mabel Gibson murmelte etwas von Magengeschwüren, die Roger und ich uns selbst verschafften – »sie hat es genauso gemacht, sie hat auch kein anständiges warmes Essen zu sich genommen!« –, rief aber trotzdem den Schnellimbiß an. Und ich begab mich an meinen Schreibtisch, um Dinge aufzuarbeiten, die ich schon vor Tagen hätte erledigen sollen. Schließlich war Harry Stubbins nicht der einzige mutmaßliche Verbrecher, den unser Büro in der Woche zu verteidigen hatte.

Ein paar Hamburger später, so gegen halb drei, kam Roger herein, um mir die neuesten Informationen über Laurel McBride mitzuteilen. Er sah noch verwirrter und verstörter als vorher aus.

»Es ist mir gelungen, einen Mitschüler von Laurel McBride ausfindig zu machen, der Samstag abend mit ihr bei dieser Probe war«, sagte er. »Er sagt, sie würde normalerweise von jemandem mitgenommen – manchmal nimmt er sie mit. Aber als er es ihr Samstag abend anbot, sagte sie nein, sie habe was anderes vor. Sie sagte ihm nicht was, aber sie stand noch vor der Schule, als er wegfuhr. Das war so gegen Viertel nach elf, sagte er. Ah ja, und er sagt auch, das sei früher schon mal passiert – drei- oder viermal in den letzten Monaten hat sie sein Angebot, gegen elf nach Hause gefahren zu werden, abgelehnt, mit der Begründung, sie habe was anderes vor.«

Ich hatte keine Ahnung, was das bedeuten konnte, wenn überhaupt. Aber mir blieb keine Zeit, die Information zu verdauen, denn gerade in dem Augenblick klingelte mein Telefon, und einer meiner Fälle, mit denen ich im Rückstand war, holte mich aus dem Büro. In den Zoo, genau gesagt, wo ich mir eine Giraffe genauer ansehen mußte – aber das ist nun wirklich eine andere Geschichte.

Mir wollte einfach nicht aus dem Kopf gehen, daß ich noch immer nicht Ron Pulaski angerufen und ihm Moms Frage gestellt hatte. Okay, okay, ich würde mich drum kümmern, sobald ich eine freie Minute hätte.

Als ich eine halbe Stunde später wieder zurück war, war außer Mabel Gibson niemand mehr da. Sie sagte mir, daß Ann im Gericht war und daß Roger vor ungefähr einer Viertelstunde gegangen war, ohne zu sagen, wohin. »Er hatte es allerdings ziemlich eilig«, fügte sie hinzu.

Dann klingelte mein Telefon. Es war Roger, mit hoher Stimme; seine Stimme rutschte immer eine halbe Oktave nach oben, wenn er richtig aufgeregt war.

»Dave, du mußt sofort herkommen! Es ist dringend!«

»Wo bist du?«

»Hier unten – Capricorn Street – in Ron Pulaskis Haus.«

Ich sagte, ich käme, so schnell ich könnte, und legte auf, ohne ihn zu fragen, was er dort tue. Mir schwante, was er darauf geantwortet hätte.

Zehn Minuten später fuhr ich an den Bürgersteig heran, wo Roger stand und auf mich wartete. Sein Gesicht war schlammgrau, genau passend zu der Umgebung.

»Komm schnell rein«, sagte er und griff hastig nach meinem Arm, als ich aus dem Auto stieg. »Bevor uns jemand sieht.«

Nach rechts und links blickend zog er mich die Verandastufen hoch und durch die offene Vordertür, die er dann schnell hinter uns schloß. Wir befanden uns in einem kleinen schmalen Wohnzimmer mit altersschwachen Möbeln und einem noch altersschwächeren Teppich.

Neben dem Sofa lag Ron Pulaski, das Gesicht nach oben. Ich sah auf den ersten Blick, daß er tot war. Er trug Jeans und ein ärmelloses gestreiftes Hemd. Seine Beine waren gekrümmt, seine Augen glotzten nach oben zur Decke. Sein dicklippiger Mund stand weit offen, und seine Zunge hing heraus. Seine Hände packten die eigene Kehle, seine roten Haare waren verstrubbelt.

Ich sah mir seinen Hals an. Man hatte ihn erdrosselt, und womit auch immer er erdrosselt worden war, es hatte häßliche rote Striemen hinterlassen, aber auch hier hatte der Mörder es entfernt. Nichts deutete darauf hin, daß Pulaski einen größeren Kampf geliefert hatte. Es sah aus, als sei jemand von hinten auf ihn zugegangen, vielleicht während er auf einem Stuhl saß, habe die Waffe geschwungen und genug Druck ausgeübt, um ihn in wenigen Sekunden bewußtlos zu machen.

»Hast du die Polizei schon verständigt?« fragte ich Roger.

Er schüttelte den Kopf. »Ich hielt es für besser, daß du ihn dir erst mal ansiehst. Es gibt noch ein Zimmer, ein kleines Schlafzimmer, von da aus habe ich telefoniert.«

»Wie bist du in das Haus hineingekommen?« fragte ich.

»Ich habe geklingelt, niemand hat geöffnet. Also hab ich die Klinke gedrückt, die Tür war offen, einen winzigen Spalt. Ich dachte, ich müßte nachsehen, was es damit auf sich hatte.«

»Okay, verständige die Polizei jetzt, ja?« sagte ich.

Er eilte ins Schlafzimmer. Während er fort war, sah ich mich in dem Zimmer um, nahm den Fußboden in Augenschein, suchte nach Dingen, die etwas bedeuten könnten. Ich fand nichts.

Dann kniete ich neben der Leiche nieder und berührte ganz kurz mit dem Finger ein Handgelenk. Es fühlte sich kühl an, aber noch immer ziemlich biegsam. Rigor mortis hatte noch nicht eingesetzt, obwohl das ganz schnell gehen würde. Meine Vermutung war, daß er ein oder zwei Stunden tot war, nicht viel länger. Ich bemerkte einen Geruch, deshalb holte ich noch einmal tief Atem, um mich zu überzeugen. Pulaski stank nach Alkohol.

Hatte er sich vielleicht bewußtlos gesoffen, bevor der Mörder zudrückte? Wenn er bereits mehr oder weniger tot war, dann konnte jeder in der Lage gewesen sein, selbst jemand, der nicht viel Kraft hatte, ihm den letzten Rest zu geben. Roger kam zurück. »Sie werden in zehn Minuten hier sein, vielleicht schon früher.«

»Okay«, sagte ich. »Und jetzt erzähl mir schnell – was hat dich in dieses Haus geführt?«

»Ich ...« Roger hatte den schuldbewußten Blick und das fahrige Benehmen eines Jungen, der im Badezimmer mit dem *Playboy* seines Vaters erwischt worden ist. »Ich war mit meiner Arbeit fertig. Es war erst drei, und ich dachte – über die Frage an Pulaski nach, die deine Mutter dir aufgetragen hatte. Ich dachte, da ich nichts weiter zu tun hatte, ich könnte vielleicht zu ihm fahren und ihn fragen ...« Seine Stimme wurde lauter. »Tut mir leid, Dave. Ich weiß, du hast gesagt, ich solle es lassen. Aber ich dachte, wenn deine Mutter überzeugt ist, daß es wichtig ist ...«

»Schon gut, schon gut«, sagte ich. »Es war richtig. Zu schade nur, daß du zu spät gekommen bist.«

Kaum hatte ich diese Worte ausgesprochen, da spürte ich einen dumpfen unangenehmen Schmerz in der Magengegend. Wenn ich nun Ron Pulaski Moms Frage gestellt hätte, dann läge er vielleicht jetzt nicht mit heraushängender Zunge auf dem Boden. Vielleicht hätte uns der Tote etwas sagen können, und wir wüßten, wer Edna Pulaski ermordet hatte. Und vielleicht würden wir wegen meiner dummen Weigerung – weil ich so sehr darauf aus gewesen war, meine Unabhängigkeit vor Mom zu verteidigen – jetzt niemals die Wahrheit herausfinden.

Ich schüttelte diese Gedanken ab. Jetzt war nicht die Zeit, meiner Schuld nachzusinnen, ich mußte hier raus, bevor die Polizei kam.

»Was tun Sie da? Wo ist Ronnie?«

Im Türrahmen stand Pulaskis Freundin, diese untersetzte kleine Blonde, die sich Brigitte Martine nannte. Sie hielt eine Einkaufstüte unter dem Arm. Ich war mir sicher, die Tür hinter mir zugemacht zu haben. Sie mußte einen Schlüssel haben.

Ich wollte auf sie zugehen, aber plötzlich sah sie die Leiche. Ein Schrei kam aus ihrem Mund, und schon rannte sie durch das Zimmer, und dabei fiel ihr die Einkaufstüte hin, ohne daß sie es merkte. Mehrere Suppendosen und eine Ananas rollten über den Teppich.

»Ronnie! O Gott, Ronnie!«

Sie fiel auf die Knie und streckte die Hand nach ihm aus. Ich trat von hinten auf sie zu und zog sie zurück. »Die Polizei ist unterwegs«, sagte ich. »Sie dürfen nichts anfassen.«

»O Gott, o Gott!« Ihre Schreie hatten sich in Wehklagen gewandelt. Dann sah sie zu uns auf, und ihre Augen weiteten sich. »Tun Sie mir nichts, bitte tun Sie ...«

Ich versuchte sie zu beruhigen, so schnell ich konnte. Die Angst wich aus ihren Augen, als sie uns erkannte, und dann kamen die Tränen. Sie liefen ihr das Gesicht herunter, während sie immer wieder schluchzte: »Ronnie! Ronnie!«

Jetzt, wo sie mich hier gesehen hatte, machte es keinen Sinn mehr, das Haus zu verlassen, dachte ich. Also könnte ich mir genausogut einen Vorsprung vor der Polizei verschaffen.

»Wann haben Sie ihn zuletzt lebend gesehen?« fragte ich sie sehr scharf und autoritär. Das wirkt immer bei Menschen, die in einem Schockzustand sind. Wenn man ihnen das Gefühl vermittelt, man habe das Recht auf Fragen, antworten sie einem automatisch.

»Ich war zwei Stunden weg«, sagte sie. »Er hat mich in den Supermarkt geschickt. Er hat gesagt, ich soll zwei Stunden wegbleiben.«

»Wissen Sie, wen er hier treffen wollte?«

»Ich weiß nicht. Er hat mir nie etwas gesagt. Er hat viel getrunken, er wollte etwas feiern, hat er gesagt. Er fing damit beim Mittagessen an, er hat sich den Tag freigenommen. Er lag auf der Couch, als ich gegangen bin.«

»Hat er jemals über den Tod seiner Exfrau gesprochen? Hat er jemals gesagt, er wisse, wer's war, etwa in der Richtung?«

»Nein, nie. Er war Samstag abend da, auf der Straße vor ihrem Haus. Aber er ist nicht reingegangen, er ist erst reingegangen, als sie schon tot war. Er war bei seinem Bowling, er hat der Polizei alles erzählt.«

»Er ist Sonntag gegen elf zum Büro des Staatsanwalts gegangen, stimmt's? Nachdem er von dem Mord gehört hatte? Hat er im Radio oder im Fernsehen davon gehört?«

»Im Fernsehen, wo sonst? Wir haben überhaupt kein Radio.«

»Und was hat er danach getan?«

»Sobald die Nachrichten vorbei waren, ist er aufgesprungen und hat gesagt, er müsse mit der Polizei reden, mit diesem Anwaltsassistenten, der den Fall bearbeitete. Ich bin nicht mitgegangen. Ich war noch im Bett. Ich schlafe Sonntags aus, ist mein freier Tag.«

»Wo arbeiten Sie?«

»Im Neapolitan Grotto, diesem neuen italienischen Restaurant in der Stadt.«

»Hat er Ihnen gesagt, warum er zur Polizei wollte?«

»Er hat mir nie was gesagt. Ich weiß nur, daß er erst nach zwölf zurück war. Und er sah ziemlich glücklich aus. Er sagte immer dasselbe: ›Ich hab's gesehen, Baby, ich hab's gesehen.‹ So hat er mich immer genannt, er hat mich ›Baby‹ genannt. ›Sollte da eigentlich nicht gewesen sein‹, sagte er. ›Ich hab's ihm gesagt, der kleinen Sau, diesem Assistenten des Staatsanwalts. Die Polizei würde sich freuen, wenn sie wüßte, was ich gesehen hab! Vielleicht sag ich's ihnen, vielleicht auch nicht. Hängt alles von dieser kleinen Sau ab, diesem Assistenten. Wenn er keinen Erfolg hat, weiß ich 'ne andere Stelle, wo ich hingehen kann. Für das, was ich gesehen hab, gibt's viel Geld.«

»Was hat er damit gemeint? Wollte er den Behörden eine Information verkaufen?«

»Ich weiß nicht, ich weiß nicht. Er hat mir nie was gesagt. Ich hab ihn gefragt, was er damit meint, und er hat nur gelacht. ›Das, was ich gesehen hab, kriegt man nicht alle Tage zu sehen!‹ sagte er. Und in den letzten Tagen hat er große Töne gespuckt, wenn er nicht gesungen hat! ›*Philadelphia, here I come!*‹ Das hat er heute hundertmal gesungen. ›*Right back where I started from!*‹ Er konnte überhaupt nicht singen, aber er konnte ja nicht hören, wie sich das anhörte.«

»Auf etwas, was Sie gesagt haben, muß ich noch mal zurückkommen. Wenn die Staatsanwaltschaft nicht den richtigen Erfolg brächte, dann würde er woanders hingehen – war's so?«

»Ja, das hat er gesagt. Woanders hin.«

»Und Sie haben keine Ahnung, was er damit meinte?«

»Wie ich schon sagte, er hat mir nie was gesagt.«

Sie wurde von einer Sirene unterbrochen, so laut, daß sie höchstens einen Block entfernt sein konnte.

Ich ging schnell zu Roger und sagte leise: »Wir sind zusammen hergekommen. Und als erstes haben wir die Polizei gerufen.«

Roger nickte, ohne eine Erklärung zu fordern. Der Junge lernte dazu.

Dann hörten wir, wie die Polizei am Bordstein vorfuhr, und wenige Minuten später stampften auf großen Füßen Uniformierte durch die Tür.

Es war beinahe halb sechs, als Roger und ich wieder im Büro waren. Ann saß an ihrem Schreibtisch, den Nachmittag im Gericht hatte sie hinter sich gebracht. Mabel Gibson packte zusammen, um für heute Schluß zu machen, und stopfte jede Menge Kram – Strickzeug, ein Taschenbuch, ein halbes Sandwich – in die riesige Einkaufstasche, die sie immer mit sich rumschleppte.

Ich ging zu Ann ins Büro und erzählte ihr von dem Pulaski-Mord. Sie runzelte die Stirn und schüttelte den Kopf. Jetzt hatten wir über vieles nachzudenken. In welchem Zusammenhang stand der Tod von Ron Pulaski, wenn überhaupt, mit dem seiner Exfrau, und bestand irgendeine Möglichkeit, ihn zum Wohl unseres Mandanten zu benutzen? Wo war unser Klient zu der Zeit, als Pulaski umgebracht wurde? Würde er für diesen Mord ein Alibi haben?

Zuerst jedoch fand Ann den einen oder anderen Fluch für Leland Grantley, der uns nicht alle Einzelheiten seines Gesprächs mit Ron Pulaski verraten hatten. Ja, sie entschied sich dann sogar, ihm sofort die Meinung zu sagen.

Sie griff zum Telefon, und ich stand direkt hinter ihr und hörte zu. Sie bekam heraus, daß er zu Hause war, und hatte ihn dann einen Augenblick später am Apparat.

»Leland, Sie sind ein aalglatter Widerling«, begann Ann.

Ich hörte ihn ein wenig lachen, aber Ann setzte ihre Linie unbekümmert fort und konfrontierte ihn mit dem, was Ron Pulaskis Freundin uns gesagt hatte. »Und jetzt bitte mal eine klare Antwort von Ihnen. Als Sie Pulaski am Tag nach dem Mord verhörten, hat er Ihnen da gesagt, er habe eine belastende Information, ja oder nein? Hat er Ihnen angeboten, sie Ihnen zu verkaufen, ja oder nein?«

»Ganz so einfach ist es nicht. Ja, in gewisser Hinsicht schon, der Mann machte gewisse Andeutungen ...«

»Die Sie nur zu gerne vergaßen und seinem Verteidiger nicht mitteilten.«

»Meiner Meinung nach gab es nichts mitzuteilen. Pulaski deutete an, er habe eine Geschichte, die er den Behörden erzählen würde, falls sich erweisen sollte, daß es sich für ihn lohnte. Ich sagte ihm, er müsse sich unserem üblichen Verfahren anpassen – uns die Information liefern, und wir würden entscheiden, ob es sich lohnte, dafür zu zahlen. Er wollte sich darauf nicht einlassen, und das überzeugte mich davon, daß er log. Er hatte gar keine Information, versuchte nur, uns um ein paar Dollar zu betrügen. Ich habe ihm unmißverständlich erklärt, daß ich kein Interesse hätte. Ich habe natürlich später mit Marvin darüber gesprochen, und der Grund, warum wir das alles nicht an Sie weitergeleitet haben – ehrlich gesagt, wir glaubten, wir würden damit nur Ihre Zeit verschwenden.«

»Was immer Sie geglaubt haben, es verstößt gegen die Regeln, mir dieses Gespräch zu verschweigen. Und die Art und Weise, wie Sie die Angelegenheit behandelt haben, war außerdem verdammt unverantwortlich. Indem Sie sich geweigert haben, ihn ernst zu nehmen, haben Sie ihn wahrscheinlich dazu gezwungen, dem Mörder sein Vorhaben zu unterbreiten. Und das hat ihn wahrscheinlich das Leben gekostet. Nun gut, etwas Positives ist bei der ganzen Sache doch herausgekommen, wenigstens für uns. Harry Stubbins ist so gut wie aus dem Schneider.«

»Wie kommen Sie denn darauf?«

»Harry ist nicht gerade der Typ ›Erpressungsopfer‹, oder? Er hat nichts und ist insofern für einen Erpresser, der etwas auf sich hält, nicht interessant. Denken Sie mal mit Marvin darüber nach, okay?«

Und bevor sie auflegte, landete sie noch einen letzten Seitenhieb. »Übrigens, Leland, mir ist dieses verrückte Gerücht über ein Betrugsdelikt zu Ohren gekommen, das Sie und Marvin letztes Jahr bearbeitet haben. Das kann doch nicht wahr sein, daß Marvin die falsche Anklageschrift gelesen und den falschen Zeugen verhört hat?«

In Grantleys Stimme lag unüberhörbare Kälte. »Ich weiß nicht, wovon Sie reden. Aber wie auch immer, es kam niemand zu Schaden, wir haben eine Schuldanerkennung erreicht, wenn Sie sich erinnern. Und jetzt muß ich unsere Unterredung leider beenden. Ich arbeite heute nachmittag zu Hause und erwarte jede Minute einen Anruf von meiner Frau aus Rhode Island ...«

Als sie den Hörer auflegte, sah ich, daß Ann das Leben schon wieder viel positiver sah.

Allerdings konnte ich mich ihr da nicht anschließen. Ich hatte erst mal Abbitte zu leisten. Ich ging an meinen Schreibtisch und wählte Moms Nummer und fragte, ob ich nach dem Essen für ein paar Minuten vorbeikommen könnte. Sie sagte ja – was meine Stimmung nicht gerade hob. Selbst die Aussicht auf Moms Kaffee machte mir diesen Gang nicht leichter.

Vierzehn

Die Tür öffnete sich, und Moms großes Willkommenslächeln war mit einem Schlag wie weggeblasen.

»Was ist los? Du bist krank! Komm rein, komm rein, leg dich auf die Couch, ich mach dir eine schöne Tasse Tee. Was hast du, hast du dir diesen Virus eingefangen, der überall grassiert?«

Ich ließ mich von ihr ins Wohnzimmer führen, aber Tee und Couch lehnte ich ab. »Mir fehlt nichts, Mom, nichts Physisches. Ich schäme mich nur, das ist alles.«

Mom nahm die Hand von meiner Stirn und stieß einen tiefen Seufzer der Erleichterung aus. »Das ist alles, du schämst dich? Gott sei Dank! Sich ein wenig schämen hat noch nie jemandem geschadet. Ist gut für dich, wenn du's nicht übertreibst. Also setz dich und rede.«

Aber ich konnte nicht sitzen, ich mußte auf- und abgehen, während ich mir alles von der Seele redete. »Es ist gut möglich, daß meinetwegen ein Mensch tot ist. Vielleicht wäre er noch am Leben, wenn ich nur auf dich gehört hätte, wenn ich eher zu ihm gegangen wäre und ihm die Frage gestellt hätte, die du mir aufgetragen hattest. Ich entschuldige mich bei dir, Mom. Leider nützt ihm meine Entschuldigung nichts mehr.«

Dann schoß es nur so aus mir heraus, und am Schluß sagte ich: »Und jetzt sag mir schon, was für ein sturer Idiot ich bin. Du darfst es. Was immer du sagst, ich hab's verdient.« Und schwer atmend ließ ich mich auf die Couch fallen. Sich selbst züchtigen macht müde.

Mom saß in ihrem Sessel und sah mich an. Ich entdeckte weder Schadenfreude noch Selbstzufriedenheit in ihrem Gesicht. Ich sah nichts als sanfte Besorgnis. »Davey«, sagte sie, »niemand ist deinetwegen gestorben. Dieser Pulaski – ist es nicht offensichtlich, warum er ermordet wurde?«

»Er wußte etwas über den Mord, vermute ich. Er hat etwas gesehen, als er sich Samstag abend vor dem Haus seiner Frau herumtrieb, und er hat versucht, dem Assistenten der Staatsanwaltschaft die Information zu verkaufen. Als Grantley nicht zahlen wollte, ist er zu dem Mörder gegangen. Ich vermute, sie haben einen Handel geschlossen, weil nämlich seine Freundin sagt, er habe von Philadelphia gesungen. Als ich ihn verhört habe, hat er mir erzählt, wie sehr er diese Stadt hasse und schon immer zurück nach East Phillie wollte, um dort sein eigenes Installationsgeschäft zu eröffnen. Ich vermute, er wähnte sich kurz vor dem Erfolg in der Großstadt.«

»Genau. Er hatte es auf Erpressung abgesehen. Das ist ein gefährliches – und für viele tödliches – Geschäft. Bist du dafür verantwortlich, daß dieser Kerl ein unmoralischer Mensch war?«

»Vielleicht, wenn ich ihn ernsthafter verhört hätte ...«

»Vielleicht, vielleicht, das Leben ist voller Vielleichts. Wenn wir uns um alle Sorgen machten, würden wir uns selbst früh ins Grab bringen.«

Mom war aufgestanden und kam zu mir herüber. »Du hast nichts weiter getan, als etwas zu entscheiden, ohne vorher zu deiner Mutter zu laufen.« Jetzt saß sie neben mir auf der Couch und hielt meine Hand. »Warum nicht? Du bist ein erwachsener Mann. Du hast auch früher schon vieles gegen meinen Rat getan, und es ist was Gutes daraus geworden. Wie zum Beispiel, daß du Polizist geworden bist. Ich hab dir geraten, tu's nicht, ich hab dir gesagt, werde Arzt oder Anwalt. Du bist trotzdem Polizist geworden, und Gott sei Dank hast du's getan! Als Arzt oder Anwalt wärst du unglücklich. Und auch nicht so gut in deinem Beruf. Und diesmal ist aus dem, was du getan hast, nicht so was Gutes geworden, wer ist schon vollkommen?« Mom küßte mich auf die Wange. Dann stand sie wieder auf und lief in die Küche. »Jetzt trinkst du aber eine Tasse Tee, und eine Widerrede gibt's nicht.«

Ich hätte lieber Kaffee gehabt, aber jetzt war nicht die Zeit, mit ihr zu streiten. Wenige Minuten später erschien sie mit Tee und Schnecken – Moms schnellerer, billigerer und wirkungsvollerer Ersatz für Psychoanalyse.

Und er wirkte bereits. Langsam, aber sicher fühlte ich mich

wieder besser. Der Tee schmeckte köstlich. Moms Schnecken taten wieder einmal ihre durchschlagende Wirkung.

»Und nun sage mir«, sagte sie, während sie sich neben mich auf die Couch setzte, »du hast noch immer nicht die Antworten auf die beiden Fragen, die ich erwähnte – stimmt's?«

»Du täuschst dich. Ich habe die Antworten.« Ich erzählte ihr, was Roger mir von Laurel McBride und ihrer Theaterprobe erzählt hatte. Und dann erzählte ich ihr, was Pulaskis Freundin mir erzählt hatte, daß er durch das Fernsehen von dem Mord erfahren hatte.

»Was ist, Mom?« brach ich plötzlich ab. »Geht's dir nicht gut?«

Zuerst sah es so aus, als habe sie einen Anfall oder so. Sie bedeckte mit einer Hand die Stirn und fuchtelte mit der anderen in der Luft herum, und sie stieß kleine jaulende Geräusche aus. Aber dann bemerkte ich, daß sie damit Freude und Befriedigung ausdrückte.

»Du hast die Antwort, Mom? Du weißt, wer Edna Pulaski umgebracht hat?«

»Wann hätte ich das gesagt? Also gut, den größten Teil der Antwort weiß ich. Aber ich brauche noch ein kleines Teilchen – ein kleines Teilchen, damit ich das Bild fertigstellen kann.«

»Wie kann ich dir dabei helfen?«

»Kannst du nicht. Niemand kann mir dabei helfen. Ich muß jetzt meinen Verstand ein wenig trainieren, dann arbeitet er vielleicht für mich. Und ein bißchen Beten könnte auch nicht schaden. Liebling, ich muß jetzt sehr unhöflich sein. Ich bitte dich, nach Hause zu gehen.«

Ich verließ sie, aufgeregt und verwirrt und wahnsinnig enttäuscht. Ich fuhr nach Hause und sah mir »L. A. LAW« im Fernsehen an und dachte, wie schön es wäre, wenn es im wirklichen Leben auch so zuginge.

Fünfzehn

Der Mittwoch war einer von jenen Tagen, auf die man noch Jahre später zurückblicken kann und dabei plötzlich feststellt, wie man stöhnt, genauso, als durchlebte man ihn noch einmal.

Er begann mit einer nur milden Katastrophe. Der *Republican American*, den ich bei weichgekochten Eiern und Kaffee las, widmete die obere Hälfte seiner Titelseite dem Mord an Ron Pulaski. Joe Horniman, der Verfasser der Titelgeschichte, war sich nicht zu gut für Wendungen wie »Mordepidemie« und »Serienkiller«, damit die Sache für seine Leser die nötige Würze hatte. Ich sah Joe direkt vor mir, wie er schmunzelnd in seinen Vorrat an Klischees griff, den er im Laufe langjähriger Arbeit in den Weinbergen des Journalismus angelegt hatte.

Die Berichterstattung über den Mord erreichte ihren Höhepunkt in dem Leitartikel, der harte Worte fand für »permissive Richter«, die »bekannte Soziopathen« auf Kaution freiließen, damit sie weitere Mitbürger abschlachteten. Harry Stubbins wurde nicht mit Namen genannt, und der Verfasser war vorsichtig genug zu schreiben, daß seine Bemerkungen nicht beabsichtigten, »Vorurteile gegen bestimmte belastete Personen zu schüren, die selbstverständlich gemäß dem großartigen Prinzip amerikanischer Rechtsprechung solange als unschuldig zu gelten hätten, bis sie von einem ordentlichen Gericht schuldig gesprochen sind«. Es gibt einem ein warmes sicheres Gefühl zu wissen, daß der *Republican American* für amerikanische Gerechtigkeit eintritt.

Ich verbrachte den größten Teil des Vormittags an meinem Schreibtisch – schrieb Berichte und füllte Formulare aus, was sonst? –, und dann ging's noch weiter bergab mit dem Tag. Ann rief Roger und mich zu sich in ihr Büro. Sie hatte grünliche Schatten im Gesicht, die mir sagten, daß etwas Schreckliches bevorstand.

»Hab gerade einen Anruf vom Obdachlosenasyl erhalten«, sagte sie. »Mein Freund, der das Asyl leitet, sagt, unser Mandant hat vor ein paar Stunden einen großen Aufruhr veranstaltet, hat gegrölt und um sich geschlagen – zum Glück wenig erfolgreich –, und nach dem Frühstück ist er weg auf die Straße gelaufen. Seine Mitbewohner sagen, er habe eine Flasche billigen Weines eingeschmuggelt und daraus immer wieder einen Schluck genommen, und je betrunkener er wurde, desto mehr wilde Drohungen hat er ausgestoßen.

»Drohungen gegen wen?« fragte ich.

»Gegen Marvin McBride. ›Unser widerlicher, widerwärtiger und wollüstiger Staatsanwalt‹, so nennt Harry ihn die ganze Zeit. Irgendwie scheint sich die Idee in seinem Kopf festgesetzt zu haben, daß McBride hinter ihm her ist, ihn vorsätzlich hetzt wegen des Mordes an Edna Pulaski und jetzt auch noch versucht, ihm den Mord an Ron Pulaski anzuhängen.«

»Warum glaubt er denn, daß McBride ihm das alles antut?«

»Das wurde nicht so richtig deutlich. Die anderen konnten nur soviel herausbekommen, als daß McBride ihn haßt, weil er McBrides lang verlorener Zwillingsbruder ist, sein genaues Ebenbild, zwei Minuten älter, und daß McBride Angst hat, er könne zurückkommen und sein rechtmäßiges Erbe fordern. Sie sagen, er gröle immer von dem *Mann in der eisernen Maske* und von *Prinz und Bettelknabe*. Und jetzt kommt das, was mich wirklich beunruhigt – bevor er weglief, schrie er: ›Mir bleibt nichts anderes übrig! Muß ihn fassen, bevor er mich faßt!«

Das Ergebnis war, daß Roger und ich unsere Arbeit aufschoben und wir uns auf die Suche nach unserem Klienten machten. Wir hofften, ihn zu finden, bevor er Gelegenheit hatte, etwas so Dummes anzustellen, daß er sich nie wieder davon erholen würde. Leicht würde es nicht sein. Wir konnten nichts weiter tun, als in der Gegend, wo er sich höchstwahrscheinlich rumtreiben würde, von einer Straßenecke zur nächsten zu gehen, von einer Gasse zur nächsten, von einer Bar zur nächsten.

Erschwert wurde alles dadurch, daß Ann sich entschloß – sie hatte lange ihr Gewissen erforscht –, McBride anzurufen und ihn von dem, was vorgefallen war, zu unterrichten. Ich hielt es nicht für sehr wahrscheinlich, daß Stubbins seine Drohungen tatsächlich wahr machte, in McBrides Büro stürmte oder ihn in einem Restaurant überfiele oder wo auch immer; wahrscheinlicher war, daß Stubbins den Tag damit verbrachte, sich trinkend in ein aufgedunsenes Etwas zu verwandeln und dann kraftlos zurück zu seinem Heim zu schleichen. Trotzdem, solange er frei herumlief, schien es nur fair zu sein, daß McBride gewarnt wurde, die Augen offenzuhalten.

Also rief Ann in seinem Büro an, und natürlich war er noch nicht da, denn es war noch nicht Mittag. Sie sprach mit Grantley, der zusagte, die Warnung sofort an McBride weiterzugeben, wenn er käme. In der Zwischenzeit – und ich schätze, wir wußten, daß es unvermeidlich war – glaubte Grantley, die Polizei in Alarmbereitschaft versetzen zu müssen.

»Es ist doch wohl ausgeschlossen«, sagte Grantley, »daß der Mann im Besitz einer tödlichen Waffe sein könnte, oder?«

»Sie meinen eine Schußwaffe?« fragte Ann. »Ich bezweifele, daß er eine besitzt. Und woher sollte er das Geld dafür haben?«

»Ich frage nur deshalb«, sagte Grantley, »Sie wissen von der Versammlung heute abend, nicht?«

»Welche Versammlung?«

»Marvin hält eine große Versammlung ab – im Rahmen seines Wahlkampfs –, heute abend um acht, im Manitou Park, mitten in der Stadt. Ehrlich gesagt, war er gestern überhaupt nicht im Büro, er war zu Hause und hat seine Rede geschrieben. Es wird eine Massenversammlung geben, vermute ich, und wenn Stubbins nicht vorher gefaßt ist ... Na ja, es wäre ja nicht weiter schwer für ihn, sich in der Menge zu verstecken, und wenn Marvin auf dem Podium erscheint – ganz allein, höher als alle anderen –, eine sehr exponierte Position, wenn jemand dann eine Pistole hat.«

»Es würde mich überraschen, wenn Harry Stubbins mit einer Pistole umzugehen wüßte«, sagte Ann. »Und bis heute abend wird er kaum noch in der Lage sein, damit zu zielen.« Aber sie runzelte trotzdem die Stirn. »Sie können wahrscheinlich Marvin nicht überreden, diese Versammlung abzusagen? Ich meine, bis wir Stubbins gefunden haben?

Nein, das können Sie wahrscheinlich nicht. Marvin hat in seinem ganzen Leben keine Gelegenheit versäumt, sich vor einer Menschenmenge lächerlich zu machen. Nun gut, trotzdem vielen Dank, Leland. Hoffen wir das Beste.«

Den ganzen Nachmittag lang suchten Roger und ich nach Stubbins. Roger nahm sich den Nordteil der Stadt vor und ich den Südteil, bis wir uns bei Sonnenuntergang in der Mitte trafen. Kein Zeichen von dem alten Mann, auch wenn wir das eine oder andere Mal mit einem Kneipenwirt oder einem Kneipenhocker sprachen, die behaupteten, »ihn vor kurzem« noch gesehen zu haben.

Um sechs meldeten wir uns telefonisch bei Ann, und sie sagte, wir sollten die Suche aufgeben. Wenn Stubbins auftauchen sollte, dann, so meinte sie, höchstwahrscheinlich auf McBrides Versammlung heute abend. Wir verabredeten uns für halb acht im Manitou-Park, so daß uns eine halbe Stunde blieb, vor Beginn der Veranstaltung die Gegend zu durchkämmen.

Ich fuhr nach Hause, wärmte mir ein TV-Dinner auf – Hühnerfrikassee mit Reis, das am Ende immer halb gar oder matschig war – und rief Mom an, nur um sie auf dem laufenden zu halten und um herauszufinden, ob das letzte Teilchen schon seinen Platz im Bild gefunden hatte.

Nein, hatte es nicht. Sie sagte, ich solle vorsichtig sein. »Mir gefällt der Gedanke nicht, daß du nachts mit einem Mann, der eine Pistole hat, im Park bist«, sagte sie.

»Er hat keine Pistole«, antwortete ich, »und es werden Hunderte von Menschen um mich sein, ganz zu schweigen von einem Dutzend uniformierter Polizisten.«

Aber, ehrlich gesagt, mir gefiel der Gedanke auch nicht besonders.

Der nächste Parkplatz, den ich finden konnte, war drei Blocks vom Manitou-Park entfernt, sehr ungewöhnlich für einen Mittwochabend in Mesa Grande. McBrides Kundgebung schien viele Menschen anzuziehen.

Ich ging, wie abgesprochen, durch die vordere Pforte in den

Park und blickte mich nach Ann und Roger um, aber ich konnte sie in der Menschenmenge zunächst nicht entdecken.

Der Manitou-Park ist der kleinste und älteste Park in Mesa Grande. Er bedeckt eine Fläche von einem Block im Quadrat, mitten in der Innenstadt, und wurde vor über hundert Jahren von General William Henry Harrison Wagner selbst entworfen. Im Zentrum steht seine Statue, er trägt seine Bürgerkriegsuniform und sitzt hoch zu Roß. (Er kämpfte schließlich für den Norden, obwohl er ein ganzes Jahr lang, bis klar war, wer der Gewinner sein würde, Angebote von beiden Seiten bedachte.) Tagsüber ist der Park Spielplatz für die ganz Kleinen – Kinder auf Schaukeln also – und etwas Ältere, die Hufeisenwerfen spielen. Sobald die Sonne untergeht, rücken die Trunkenbolde, die obdachlosen Bankbesetzer, die Käufer und Verkäufer von Drogen nach. Hin und wieder fällt unsere Polizei ein und transportiert die Typen ab, aber die meiste Zeit verlaufen Geschäfte, Vergnügen und schlichtes Überleben ungestört hinter den dichten Hecken, die an dem hohen Eisenzaun des Parks wachsen.

Heute aber, am Mittwoch abend – nur eine knappe Woche vor der Wahl –, hielt die Streitmacht der Demokratie den Manitou-Park besetzt. Drei oder vier Streifenwagen parkten am Bordstein neben den beiden Pforten, und mehrere uniformierte Beamte spazierten die düsteren Wege entlang. Klappstühle füllten den großen freigeräumten Platz vor der General-Wagner-Statue – angeliefert und aufgestellt vermutlich von den Arbeitern des Sanitätsdienstes, die hier ihre Überstunden an den Steuerzahlern verdienten. Seitlich waren Lampen und Scheinwerfer angebracht, die die Menschenmenge und die Rednertribüne beleuchteten. An strategisch günstigen Bäumen waren Lautsprecher befestigt, vermutlich von den Angestellten der städtischen Gas- und Elektrizitätswerke.

Rechts von der Statue befand sich eine Steinplattform, die vor fünf und sechs Jahren gebaut worden war; im Sommer wurden hier regelmäßig donnerstagsabends Jazz-, Pop- und Rockkonzerte veranstaltet, und dann mischte sich Musik mit dem süßlichen Duft von Haschisch in der Abendluft. Jetzt hatte man Girlanden an die Pfosten der Plattform gehängt, Luftballons an die Stühle gebunden, und zwischen zwei Bäumen darüber flatterte ein riesiges Banner mit der Aufschrift: MCBRIDE FOR THE AMERICAN WAY.

Es war erst kurz nach halb acht, und schon hatte sich eine beachtliche Menschenmenge versammelt. Manche trugen Buttons am Revers: MCWIN WITH MCBRIDE! Manche winkten mit Fähnchen: WE'RE STARVIN' FOR MARVIN. Ich sah sogar den einen oder anderen Dissidenten – Buttons mit der Aufschrift: DORIS IS FOR US! und KOMPETENZ UND SOZIALES ENGAGEMENT.

Die meisten aber schienen mehr wegen des Vergnügens gekommen zu sein denn aus politischer Überzeugung. Trotz des großen Polizeiaufgebots entdeckte ich viele Flaschen, die offensichtlich nicht mit Coca-Cola gefüllt waren, und jede Menge verdächtig dünner Zigaretten.

Dann sah ich Ann, und Roger war bei ihr.

»Wir treffen uns in zwanzig Minuten mit Marvin hinter der Bühne«, sagte sie zu mir, als ich ihr entgegenkam. »Bleibt uns also noch etwas Zeit, uns die Leute genauer anzusehen.«

Das taten wir, jeder nahm sich einen anderen Bereich vor, aber ich erblickte niemanden, der Harry Stubbins auch nur im entferntesten ähnlich sah.

Fünf Minuten vor acht trafen wir drei uns wieder. Ann und Roger waren kein bißchen erfolgreicher gewesen als ich. Wir gingen um die erhöhte Plattform herum zu einem kleinen Gebilde aus Stein, das wie eine Art Schuppen aussah. Es war die »Garderobe«, wo sich die Künstler oder Redner aufhielten, bis sie ihren Auftritt hatten.

Ein Uniformierter stand vor der Tür, und innen saßen Ed Brock und Marvin an einem Tisch, Grantley stand hinter ihnen. Marvin hielt einen Stoß Papiere in der Hand, sein Redemanuskript, sicher voller Platitüden über falsche Nachsicht gegenüber Verbrechen und die Geißel der Drogen, die Unsere Jungen Menschen heimsucht. Mir fiel sofort auf, daß er seinen rot-weißblauen Schlips trug, den mit den kleinen amerikanischen Flaggen.

»Dieser alte Säufer glaubt also, mich aus dem Hinterhalt erledigen zu können, was?« sagte Marvin. »Da hat er sich aber gründlich getäuscht!«

Ich versuchte ihm klarzumachen, daß Stubbins dazu kaum die Chance haben würde, weil er höchstwahrscheinlich keine Pistole hätte.

»Trotzdem wirst du nicht übermütig werden, nicht wahr, Marvin?« sagte Ed. »Wenn es Unruhe geben sollte, hoffe ich, daß du ganz schnell verschwindest.«

McBride lachte. »Verschwinden! Ich bin in meinem ganzen Leben noch nie verschwunden, wenn ein Kampf anstand! Ich werde mich hier oben hinstellen und ihn auffordern, auf mich zu schießen. Möchte gerne sehen, wie er das anstellt!«

Er lachte erneut und wandte sich an Ann. »Begreifen Sie nun, was für einen aufrechten, vorbildlichen, ehrlichen Menschen Sie verteidigen, meine Süße? ›Obdachlos‹ – und wir sollen alle in Tränen zerfließen. ›Feige!‹ – das paßt eher, wenn Sie mich fragen. In meiner Jugendzeit nahm man solche Leute fest wegen Vagabundiererei und lochte sie ein, bis sie trocken waren. Heutzutage schicken wir sie zu Psychiatern und beten für sie und halten Reden über sie. In New York City – wußten Sie das? – werden sie in Luxushotels untergebracht!«

Dann hörte McBride für einen Moment auf zu lachen, und seine Stimme klang angespannt. »Gott, wenn es etwas gibt, das ich aus tiefstem Herzen hasse, dann diese alten Säufer!«

Er brummte und sah dann auf seine Uhr. »Also, sieht so aus, als hätten Sie ihn noch nicht ausgegraben, nicht? Was ist mit der Polizei, Leland?«

»Pat Delaney ist der verantwortliche Mann, er ist persönlich hier. Er hat mir zugesagt, daß er uns sofort informiert, wenn Stubbins gefaßt ist.«

»Pat ist persönlich hergekommen, um mir diesen Schweinehund vom Hals zu halten? Ich fühle mich geehrt. Wußte gar nicht, daß Pat so viel für mich übrig hat, daß er einen ganzen Abend dafür opfert, damit ich ganz bleibe.«

McBride lachte, dann sah er wieder auf die Uhr und sprang auf. »Tut mir leid, meine Herren, es ist soweit, das Spiel beginnt, die Mannschaft muß aufs Feld. Los, Ed, es ist fünf nach acht, wir wollen unsere Fans nicht warten lassen.« Er preßte die Hände gegeneinander, und diese Geste sah nach einer unglaublichen Hochstimmung aus. »Plötzlich fühle ich mich hervorragend! Gestern hab ich mich den ganzen Nachmittag verkrochen und an diesem Meisterwerk gearbeitet – glaubt mir, die Leute werden begeistert sein!«

Und er rauschte durch die Tür an uns vorbei, Ed Brock eifrig hinterher, so schnell seine Masse ihn tragen konnte. Wenige Sekunden später hörten wir das Brüllen der Menge.

Eigentlich wollte ich diese Versammlung im Detail beschreiben – die jubelnden Menschen, die Transparente und Flaggen schwangen, die Fernsehkameras auf allen Seiten, die Blitzlichtgewitter. Und vor allem McBrides Rede – seine aufgeblähte Rhetorik, die wilden Versprechungen, von denen niemand erwartete, daß er sie halten würde (am wenigsten er selbst), seine verächtlichen Beschimpfungen »der anderen«. Dieser Auftritt zählte zu seinen besten, denn an diesem Abend war er in Höchstform. Von Minute zu Minute färbte sich sein Gesicht roter, wurden seine Gesten ausholender, seine Stimme heiserer und hektischer. Er war selbst aufgeputschter als die Menge, die er aufzuputschen versuchte.

Doch ich lasse es. Jeder weiß ja, wie solche Versammlungen ablaufen. Das ist in Mesa Grande nicht anders als überall sonst im Lande, nur daß man hier mehr Cowboyhüte in der Menge sieht. Nebenbei bemerkt, nicht auf den Köpfen von Cowboys. Bei uns gibt es nur noch wenige Cowboys. Die Hüte findet man in den schicksten Herrenausstatter-Geschäften, und sie sind nicht billig. Jedenfalls, wie Roger bemerkte – während wir alle dastanden und McBride zusahen, der von Ed Brock und Grantley Rückendeckung bekam: »Es sieht aus wie ein billiger Abklatsch von *Citizen Kane*.«

McBride fing an mit dem barfüßigen Farmersjungen und der großen Universität und wechselte dann dazu über, einen Sprechgesang eigener Erfindung zu deklamieren: »HARD ON CRIME; SOFT ON PEOPLE. Roger sah angewidert zu, aber er konnte den Blick auch nicht abwenden. Wenn man jung ist, läßt man sich noch von Irrsinn faszinieren; man erlebt ihn zum erstenmal.

Während McBrides monströse Veranstaltung weiterlief, sah ich mich nach Stubbins um. Ich konnte ihn noch immer nirgendwo entdecken, aber so dichtgedrängt, wie die Menschen standen, konnte man ihn leicht übersehen.

Und dann war er auf einmal da. Er schien dem Zentrum der Menge zu entsteigen. Wie in einem alten Esther-Williams-Film, einem dieser Wasserballetts, wo Mädchen in der Form einer Blüte herumschwimmen und aus ihrer Mitte Esther entsteigt. Die Ähnlichkeit zwischen Harry Stubbins und Esther Williams hielt sich allerdings in Grenzen. Mit seinen knochigen Armen und dem dürren Hals, seiner teigigen Haut und den roten Augen sah er eher wie ein Gespenst aus, in einem wehenden zerfetzten Mantel statt in einem sauberen weißen Laken.

»Mörder!« rief der Geist mit heiserer krächzender Stimme. »Du bist ein Mörder!«

»Wer ist das, wer ist das?«

McBride, der auf der Tribüne stand und sich an das Mikrophon klammerte, fuhr blitzartig herum und versuchte, die Quelle des Aufruhrs zu lokalisieren. Mit seinem vorgeschobenem Kinn und den vorquellenden Augen sah er noch mehr als sonst wie eine wütende Bulldogge aus.

»Will mich umbringen!« krächzte Stubbins. »Will mich in die Gaskammer schicken! Mörder, Mörder!«

McBrides Kopf verharrte mitten in der Bewegung, als er Stubbins erblickte, und seine Augen weiteten sich noch mehr vor Schock.

Obwohl ich in einiger Entfernung stand und mehrere Menschen zwischen uns waren, trug Stubbins alkoholisierte lallende Stimme doch weit genug, um mich zu erreichen. »Was machst du da oben? Tönst da rum – großer Verbrechensbekämpfer! Jedermann weiß, was du bist! Ein Trinker, Hurenjäger, Betrüger!«

Ich versuchte, mich zu ihm durchzukämpfen, Roger links von mir ebenso. Und ich sah einige Polizisten sich vom Rand der Menge ebenfalls zu ihm durchdrängen, darunter Pat Delaney.

Stubbins ließ einen mageren Arm hochschnellen und zeigte mit dem Finger in McBrides Richtung. »Du bist ich!« schrie er. »Wir sind ein und dieselbe Person! *Hypocrite lecteur, mon semblable, mon frère!*«

Ich bin mir ziemlich sicher, daß McBride nicht ein Wort des Französischen verstand, aber er muß den Sinn grob mitbekommen haben, denn er lief ebenso rot an wie Stubbins und schreckte unwillkürlich einen Schritt zurück. Das schien Stubbins noch wütender zu machen. Sein Krächzen steigerte sich zu einem schrillen Kreischen. »Lauf nicht vor mir weg! Vor deinem lang verlorenen Bruder, den du vor der Welt verstecken willst! Sollte eigentlich da oben neben dir stehen ...«

Inzwischen hatten sich Delaney und ein weiterer Polizist vorgekämpft und Stubbins fast erreicht. Doch sie kamen zu spät. Plötzlich drängte sich Stubbins vor durch die Menge in Richtung Tribüne und rief dabei: »Sie sollen uns zusammen sehen! Sie sollen sehen an diesem Bilde, welches das deine ist, wie gänzlich du dich selbst gemordet hast!«

»Er soll aufhören!« McBrides Stimme klang laut und schrill wie Stubbins'. »Stoppt diesen Irren! Wo ist die Polizei, um Gottes willen?«

Die Menge schien sich vor Stubbins wie Wasser zu teilen, und als nächstes sah ich, daß er für seinen abgewrackten Zustand mit erstaunlich kräftigen und behenden Bewegungen auf die Tribüne kletterte. Und zur gleichen Zeit griff er in die Tasche seines zerfetzten Mantels und versuchte, etwas daraus hervorzuziehen.

»Mein Gott« – ein schweineartiges Quieken von McBride –, »er hat eine Pistole!« Er wich vor Stubbins zurück und hielt sich die Hände vor das Gesicht. »Nicht schießen! Um Himmels willen, nicht schießen!«

Stubbins Hand kam aus der Manteltasche, aber eine Pistole hatte er nicht darin. »Judas!« rief er. »Willst deinen Bruder kreuzigen, nicht? Sollst den aktuellen Kurs bekommen! Hier sind deine dreißig Silbertaler!«

Viele kleine Gegenstände fielen mit klirrendem Geräusch aus Stubbins Hand auf den Boden der Tribüne. Es waren hauptsächlich Münzen, aber auch Knöpfe und Nägel. In dem Augenblick, als sie aufschlugen, hatten Pat Delaney und der uniformierte Beamte endlich die Tribüne erreicht und packten Stubbins am Arm. Seine Energie schien ihn mit einem Schlag zu verlassen, er hing schlaff zwischen ihnen wie ein geplatzter Luftballon. Und McBride stand starr und kniff die Augen zusammen, wie hypnotisiert.

Dann hörte ich Delaneys Stimme. Er hatte sich gebückt und erhob sich jetzt wieder, etwas in der Hand haltend. »Hey, danach haben wir gesucht!« hörte ich ihn sagen. »Diesen Ring hier ...«

Als ich näher kam, sah ich, daß er ihn in der Hand hielt – einen Goldring mit einem großen grünen Stein. Es konnte nur Edna Pulaskis Ring sein, der, der von ihren Habseligkeiten gestohlen war, als man ihre Leiche ins Leichenschauhaus brachte.

Ein Jammern brach aus Stubbins hervor. »Jemand hat ihn mir gegeben – ich habe gestern auf der Straße gebettelt, jemand hat ihn in meine Kappe gelegt – ich schwöre, ich schwöre!«

McBride schüttelte sich, blinzelte und erwachte aus seiner Trance. Seine Stimme war zuerst ein wenig zittrig, aber sie gewann an Kraft, als er sagte: »Nehmen Sie ihn fest!« Er winkte Pat Delaney heran. »Tun sie Ihre Pflicht, Captain! Nehmen Sie diesen Mann fest – stecken Sie ihn hinter Gitter ...«

Leland Grantley, die Hand auf McBrides Arm, sagte leise und eindringlich: »Er ist mit der Auflage, in der Stadt zu bleiben, frei, Marvin, du kannst wirklich nicht ...«

»Schweinehund, er hat gegen die Bedingungen verstoßen! Ungebührliches Verhalten – Gewaltandrohungen – Besitz gestohlenen Eigentums – Verdacht, einen zweiten Mord begangen zu haben! Um Himmels willen, nehmen Sie ihn fest, führen Sie ihn ab, bringen Sie ihn hier weg!«

Ich sah, wie Delaney einen Seufzer ausstieß, dann schleppten sie Stubbins weg, und Ann und Roger und ich folgten. Wir sahen, wie sie ihn in einen Streifenwagen setzten, neben Delaney, und Ann blieb gerade noch Zeit, ihm zu versichern, daß wir ihn gleich im Gefängnis treffen würden. »Verweigern Sie bis dahin jede Aussage!« rief sie ihm nach, als der Polizeiwagen losfuhr.

Hinter uns hörten wir McBrides Stimme. Er hatte sein altes Selbstvertrauen zurückgewonnen, und während er eine bombastische Rede vor der Menge hielt, hätte seine Stimme nicht triumphierender klingen können. »Ja, Gott verdammt, ich bin ein Verbrechensbekämpfer! Ich bin stolz darauf, daß man mich so nennt! Ich bin der verdammt beste Verbrechensbekämpfer, der je diese schöne Stadt regiert hat – und die ehrbaren Menschen von Mesa Grande wissen, es ist die unfehlbare Wahrheit, und deshalb haben sie mich auch viermal hintereinander in meinem Amt bestätigt! Und sie werden mich ein fünftes Mal bestätigen, deshalb warne ich hier an dieser Stelle alle Herumtreiber, Diebe, Junkies, Mörder – ihr habt keine Chance in dieser Stadt! Das ist mein feierliches Gelöbnis an alle Einwohner von Mesa Grande – wählt McBride ins Amt, werft das Ungeziefer raus!«

Ich hörte, wie die Menge vor Begeisterung tobte. Weil sie glaubten, es sei ein Ritter in glänzender Rüstung, oder weil er eine große Show veranstaltete? Es war gleichgültig, er würde ihre Stimmen so oder so bekommen. Und dazu noch eine Menge weiterer Stimmen, dachte ich, als ich sah, wie die Fernsehkameras liefen.

Heutzutage verwischt sich der Unterschied zwischen Unterhaltung und Politik immer mehr.

Wir waren an jenem Abend bis nach zehn im Gefängnis. Wir standen dabei, während Stubbins eingewiesen wurde; Grantley und Pat Delaney waren ebenfalls anwesend.

Danach sprachen wir eine Weile mit Stubbins, auch wenn es nicht einfach war. Er war nicht mehr betrunken, nur noch erschöpft. Wenn wir ihm Fragen stellten, brauchte er lange, um sie zu beantworten, und auch dann brachte er nur einsilbige Antworten heraus.

Wir bekamen nichts weiter aus ihm heraus, als daß er nicht wußte, wer ihm Edna Pulaskis Ring gegeben hatte. Wenn die Leute ihm Sachen in den Hut warfen, blickte er nie auf, um zu sehen, wer es war. »Das möchte man nicht«, sagte er. »Man könnte ihnen plötzlich in die Augen sehen.«

Sechzehn

Kurz bevor ich das Gefängnis gegen halb elf verließ, rief ich Mom an. Ich wußte, sie war noch auf und wartete auf meinen Anruf, denn sie hatte sich wegen meiner Mission im Manitou-Park ja so ängstlich besorgt gezeigt. Außerdem war sie bestimmt neugierig.

Mom sagte, sie habe McBrides Veranstaltung in den Fernsehnachrichten gesehen. »Aber die Kameras sind nicht nahe genug rangegangen, so daß ich nicht sehen konnte, was sich auf der Bühne abgespielt hat. Eine Art Kampf, ja? Und dieser verrückte alte Mann – das war euer Mandant?«

Ich berichtete ihr in allen Einzelheiten, was sich während der Versammlung ereignet hatte. Als ich fertig war, gab es eine lange Pause, und dann sagte sie: »Interessant, nicht wahr?«

Ich kannte diesen ausdruckslosen, neutralen Ton nur zu gut. »Was soll das heißen, Mom? Hast du deinen Verstand trainiert, hast du das letzte Puzzleteilchen gefunden, bist du so weit und kannst den Fall aufklären?«

»Es soll nur heißen, daß ich noch nicht schlafen kann. Wenn du nicht zu müde bist, komm her, ich mache dir einen Kaffee, und wir reden ein bißchen.«

»Das kann nichts anderes heißen, als daß du die Antwort hast, ja?«

»In einer halben Stunde wirst du's wissen«, sagte Mom. »Glaubst du, du könntest Roger auch herbitten? Wenn er auch nicht zu müde ist.«

Nach genau einer halben Stunde, kurz nach elf, öffnete Mom uns beiden die Tür. Sie hatte Kaffee und Schnecken bereits auf dem Küchentisch bereitgestellt und folgte damit ihrem alten Prinzip, daß erst unsere Mägen voll sein müssen, bevor sie unsere Köpfe füllen kann.

Heute abend war ich zu neugierig, um mich an die Regeln zu halten. »Der Kaffee kann warten«, sagte ich. »Erzähl uns, was los ist. Wir sind gespannt wie ein Flitzbogen.«

»Entspannt euch, sonst reißt der Bogen noch.« Mom schenkte unbeirrt Kaffee ein. Dann setzte sie sich in ihren Sessel, nahm ein paar Schlückchen, beugte sich vor und erzählte uns, wer der Mörder war und woher sie das wußte.

Offensichtlich hatte sie recht.

»Aber das Problem ist«, fuhr sie fort, »so könnt ihr das noch nicht beweisen. Zuerst müßt ihr die Lügen beiseite fegen, müßt ihr die Lügner dazu bringen, daß sie die Wahrheit sagen. Hat euer Boss, Ann Swenson, noch den Schnappschuß, den Doris Dryden ihr gegeben hat – das Foto von McBride, wie er im Bett von Frau Pulaski liegt?«

»Ich glaube ja.«

»Gut, gut. Also schlage ich euch folgendes vor. Morgen früh geht ihr als erstes …«

Siebzehn

Sobald ich Donnerstag morgen im Büro war, berichtete ich Ann, was Mom mir am Abend zuvor offenbart hatte.

Zuerst war Ann skeptisch, so wie ich es gewesen war, aber ich sah, daß sie sich mit jedem neuen logischen Stein des Gebäudes, das Mom errichtet hatte, zu einer wahrhaft Gläubigen bekehren ließ. Ann war ebenso wie Mom der Ansicht, daß wir noch nicht genug beisammen hätten, um unsere Theorie einem Gericht vortragen zu können. Deshalb legte ich ihr die Strategie vor, zu der Mom geraten hatte, und Ann war einverstanden.

Der große Moment mußte bis zum frühen Abend hinausgeschoben werden, bis nach der Arbeitszeit, weil sonst unsere Hauptdarsteller für die Schlüsselrollen nicht frei sein würden. Aber wir konnten den Vormittag damit verbringen, alles schon einmal vorzubereiten. Wir mußten dafür sorgen, daß der Raum, den wir wollten, auch frei sein würde; dann mußten wir uns mit Polizeihauptmann Pat Delaney von der Mordkommission kurzschließen; schließlich mußten wir unsere Einladung hinausschicken, und zwar so, daß der Ehrengast uns nicht absagen würde.

Wie vorauszusehen gewesen war, leistete er erst einmal Widerstand. Tatsache ist, daß Marvin McBride abends um sechs gerne nach Hause geht, um sich ernsthaft seiner Trinkerei zu widmen. »Eine informelle Diskussion!« Er johlte Ann durchs Telefon zu. »Was, zum Teufel, heißt das? Was gibt's zu diskutieren? Wir haben Ihren Mandanten genau da, wo wir ihn haben möchten!«

»Es gibt einige Aspekte dieses Falles, die wir Ihnen gerne darlegen möchten, Marvin. Wir würden gerne Ihren Beitrag dazu hören, einige Gedanken mit Ihnen durchspielen und vielleicht mit einem beiderseitig annehmbaren vorläufigen Ergebnis . . .«

»Wir werden unsere Ergebnisse vor einem Gericht darlegen!«

»Aber man weiß nie, wozu ein freundliches und offenes Gespräch führen kann. Vielleicht sogar zu einem schriftlichen Antrag.«

»Wer braucht einen schriftlichen Antrag? Sie wissen, was ich von diesem faulen, überflüssigen alten Säufer halte. Er kann sich hier nicht mehr rauswinden, er wird nicht mit ein paar Jährchen angenehmer Ferien davonkommen. Dieser Bastard kommt auf den elektrischen Stuhl!«

»Sie sind ein harter Mann, Marvin. Lassen Sie es mich mit noch einem letzten Argument versuchen, das vielleicht Ihr Herz ein wenig erweichen wird. Wenn dieser Fall zu einem Prozeß vor Gericht wird, kann ich nicht garantieren, daß ich nicht gezwungen sein werde, gewisse Beweise mit ins Spiel zu bringen – über gewisse intime Beziehungen, die das Mordopfer mit gewissen öffentlichen Personen unterhielt, zum Beispiel ...«

»Das lassen Sie besser sein! Haben wir Sie nicht bereits gewarnt ...«

»Und ich nehme Ihre Warnung sehr ernst. Deshalb schlage ich Ihnen auch vor, daß wir diese kleine harmlose informelle Gesprächssitzung einberufen. Die Pflichtverteidigung wird ihre Karten offen auf den Tisch legen und ist auf Ihre Reaktion gespannt, und vielleicht kann die ganze Angelegenheit schnell geregelt werden, ohne unangenehme Publicity.«

Es folgte ein langes Schweigen. Dann sagte McBride in weniger scharfem Ton: »Sie sagen, Sie würden vielleicht so weit gehen und Ihrem Mandanten raten, sich für schuldig zu erklären?«

»Nun, das ist sicher eine Möglichkeit.«

»Wenn er nicht auf den elektrischen Stuhl kommt, wenn er seinen Hals rettet, dann verschwindet er aber lebenslänglich. Ich gebe mich nicht mit weniger zufrieden als mit ...«

»Wir wollen nicht den zweiten Schritt vor dem ersten tun, Marvin. Wir wollen abwarten, was sich nach unserer Unterredung ergibt.«

Wieder vergingen einige Momente des Schweigens, während deren ich McBride wütend an seiner Zigarre saugend vor mir sah. Dann sagte er: »In Ordnung, ich denke, es schadet nichts, wenn wir uns unterhalten. Kommen Sie um sechs in mein Büro.«

»Tut mir leid, aber das Treffen kann nicht in Ihrem Büro stattfinden.«

»Warum, zum Teufel, nicht? Ich hab hier bei mir viel mehr Platz als Sie.«

»Und ob Sie Platz haben.« Anns Lachen klang ein wenig sarkastisch. »Aber es ist so, daß Mr. Stubbins ebenfalls zugegen sein muß. Und er fühlt sich in Ihrem Büro nicht wohl. Es jagt ihm Angst ein. Und für den Fall, daß wir tatsächlich zu einem schriftlichen Antrag kommen, wird er viel eher kooperationsbereit sein, wenn er keine panische Angst hat.«

»In Ordnung, treffen wir uns in Ihrem Büro.«

»Nein, das geht eben auch nicht. Wie Sie schon zu Recht gesagt haben, wäre hier nicht annähernd genug Platz. Wie wär's, wenn wir uns hier im Keller treffen, in dem Zimmer, wo die Verhöre stattfinden?«

»In dem Loch! Ich verstehe nicht, wieso ...«

»Betrachten Sie es als neutralen Ort, ja? Also, bis um sechs, Marvin. Versuchen Sie, pünktlich zu sein.«

»Ich werde Ed Brock mitbringen.«

»Warum nicht? Wie ich schon gesagt habe, es wird ganz informell sein. Ed hat vielleicht viel zu sagen. Und, o ja, es wäre schön, wenn Sie das Gefängnis anrufen und veranlassen würden, daß unser Mandant auch dorthin gebracht wird.«

Ann legte auf und zeigte ein zufriedenes Lächeln.

Wir hatten genau gewußt, daß McBride darauf bestehen würde, von Ed Rückendeckung zu bekommen. Wie konnte der Statist ohne seinen Bauchredner etwas sagen?

Ehrlich gesagt, es paßte perfekt in unseren Plan.

Achtzehn

Kurz vor sechs betraten Ann und ich den Aufzug. Er hielt zwei Etagen unter uns, und McBride und Ed Brock stiegen dazu. McBride ließ ein Brummen hören, und wir fuhren schweigend in den Keller. Dann begaben wir uns den langen Flur entlang zu dem Raum, in dem sonst die Verhöre stattfanden.

Ann ging voran, ihr folgten McBride und Ed, Roger und ich bildeten das Schlußlicht. Es war ein bißchen so, als schritte ein Verurteilter, flankiert von Wächtern und geführt von einem Geistlichen, der aus der Bibel liest, seiner Hinrichtung entgegen. Vielleicht fiel diese Ähnlichkeit auch McBride auf. Ich sah, wie sich auf seinem Nacken kleine Schweißperlen bildeten.

Der Verhörraum liegt auf halbem Weg zwischen Heizkessel und Getriebe des Fahrstuhls. Für gewöhnlich wird er von den Assistenten der Staatsanwaltschaft und ihren Ermittlungsbeamten benutzt, für vertrauliche Gespräche mit mutmaßlichen Tätern oder Angeklagten, die nicht wichtig genug sind, um die Belle Etage zu verdienen. Die meisten von Anns Klienten fallen in diese Kategorie, wir beide kannten diesen Raum also zur Genüge. Daß McBride jemals hier unten war, bezweifelten wir beide. Die Leute, die zu befragen er sich gnädig herabließ, gehörten nie dieser unteren Kategorie an.

Wir hatten die Tür erreicht. Drei uniformierte Polizisten waren dort postiert. Sie salutierten, und einer von ihnen öffnete uns. McBride schenkte ihnen einen kurzen nervösen Blick. »Was wollen die alle hier?«

»Einer hat unseren Mandanten aus dem Gefängnis geholt«, antwortete Ann, »und die beiden anderen dienen der zusätzlichen Sicherheit.«

»Wer hat entschieden, daß wir zusätzliche Sicherheit brauchen? Das ist mit mir nicht abgesprochen, oder?«

»Sie waren heute nachmittag im Gericht, Marvin ...«

Ann führte uns schnell in den Raum hinein – niedrige Decke, keine Fenster, an den Wänden kein Schmuck, bloß ein Holztisch und einige Holzstühle. Trübes Licht kam von einer Deckenvorrichtung, und wenn man genau hinhörte, konnte man das Belüftungssystem summen hören.

Als erstes sahen wir unseren Klienten Harry Stubbins. Er saß – genauer, er kauerte – auf dem Stuhl direkt neben der Tür. Er sah noch elender aus als auf der Straße; man hatte nicht dafür gesorgt, daß er rasiert oder gewaschen war, seine Kleider waren wie immer zerknittert, seine Augen rot angelaufen, mit dunklen Tränensäcken darunter. Seine Hände, in Handschellen gefesselt, zitterten ein wenig, und es fiel mir nicht schwer herauszufinden, warum. Der arme Kerl brauchte unbedingt einen Drink.

Weiter hinten in dem Raum saß Leland Grantley im grauen Anzug mit Weste und dezenter Krawatte. McBride runzelte die Stirn, als er ihn erblickte. »Was tust du hier, Leland?«

»Ann hat mich hergebeten. Sie sagte – vielleicht würden einige Verhaftungen nötig.«

»Verhaftungen!« McBride blinzelte. »Was für Verhaftungen? Ich bin zuständig für Verhaftungen! Und warum, zum Teufel, hast du mir nicht gesagt, daß du hier sein würdest?«

»Ja, ehrlich gesagt, Ann hat mich gebeten, es für mich zu behalten ...«

»Ann hat dich gebeten? Für wen, zum Teufel, glaubst du, arbeitest du eigentlich?«

»Du hast immer gesagt, Marvin, wir sollten mit der Pflichtverteidigung zusammenarbeiten, weil es keinen guten Eindruck macht, wenn wir ... Also, wenn das falsch von mir war, entschuldige ich mich. Aber wie du mir immer sagst, ich soll die Entscheidungen treffen, die ich für richtig halte. Keine Footballmannschaft kann mit zwei Quarterbacks spielen.«

»Erzähl du mir nichts von Quarterbacks! Du hast gar nicht gewußt, was ein Football ist, bevor du für mich zu arbeiten angefangen hast! Was geht hier vor, verdammt noch mal?« McBride blickte von Ann zu Grantley und von Grantley zu

Ann. »Ich gehe! Dieses Treffen ist aus! Wenn sie hinter meinem Rücken anfangen, sich mit meinem eigenen Assistenten ...«

Er stapfte zur Tür hinaus, genau wie wir es erwartet hatten. Wir hatten uns verschiedene Methoden ausgedacht, um ihn aufzuhalten, aber wie sich zeigte, brauchten wir keine in die Tat umzusetzen. Ed Brock stellte sich erstaunlich flink für seine Körpermasse McBride in den Weg. »Ich würde mir das an deiner Stelle noch mal überlegen, Marvin.«

»Ed, die haben kein Recht dazu! Uniformierte Polizei herzubeordern, ohne mich zu fragen! Bin ich der Staatsanwalt oder irgendein Punk von der Straße ...«

»Hör zu. Bitte, hör mir zu.«

Auge in Auge standen sich die beiden Männer gegenüber. Schließlich senkte McBride den Blick.

»Was um alles in der Welt hast du denn zu verlieren, wenn du Ann anhörst?« sagte Ed lächelnd mit der allerbetörendsten Stimme. »Wir sind doch immer nach dem Prinzip vorgegangen, Verhandeln ist besser als Konfrontation. Wenn Ann uns ihre Überlegungen zu diesem Fall mitteilen möchte – und wenn das vielleicht sogar dazu führt, daß eine teure Schlammschlacht vor Gericht verhindert wird –, also, du meine Güte, Marvin, niemand wird es dir verübeln, wenn du dir zumindest anhörst, was sie zu sagen hat. Jeder wird deine Großzügigkeit und Flexibilität zu schätzen wissen – meinst du nicht auch?«

McBride hob resignierend die Schultern. Er brummte etwas vor sich hin und begab sich zurück zu seinem Stuhl.

»Wie wär's, wenn wir jetzt anfingen«, sagte Ann und ging zu dem Tisch in der Mitte des Raums.

»Sekunde«, sagte McBride und griff in die Innentasche seines Jacketts. »Ich brauche eine Zigarre.«

»Tut mir leid, Marvin«, sagte Ann. »Hier unten herrscht Rauchverbot. So will es das Gesetz.«

McBride sah zu ihr auf, und in seinem Gesicht drückte sich ein plötzlicher Anflug von Panik aus. Dann sank er auf seinen Stuhl.

Da ich der Tür am nächsten war, schloß ich den Raum.

McBride saß auf der anderen Seite des Tisches, Ann gegenüber. Grantley saß ein wenig weiter weg, und Roger und ich standen nahe der Tür und versuchten, so unauffällig wie eben möglich zu sein.

Während Ann redete, wandte McBride kein Auge von ihr. Er hatte zu seiner Zeit jede Menge Zeugen ins Kreuzverhör genommen, aber vermutlich wurde er heute zum erstenmal selbst verhört.

»Ich will Sie nicht langweilen, Marvin«, sagte Ann, »doch um deutlich zu machen, wohin unsere Überlegungen bisher geführt haben, muß ich noch einmal zurückkommen auf Ihr Verhältnis mit der Toten.«

Unmut stand McBride ins Gesicht geschrieben.

»Wie ich bereits zu Protokoll gegeben habe – ausdrücklich für die Öffentlichkeit bestimmt: Ich habe mit der Toten kein Verhältnis gehabt. Ich leugne es, und Sie können es nicht beweisen.«

»Trotzdem«, sagte Ann, »lassen Sie mich die Gründe wiederholen, die mich zunächst zu der Annahme geführt haben, daß ein derartiges Verhältnis bestand, und dazu einige weitere Beobachtungen mitteilen.«

Dann ging Ann Schritt für Schritt noch einmal die Punkte durch, die sie zwei Tage zuvor in McBrides Wahlkampfzentrale vorgetragen hatte – auf die Mom mich hingewiesen und von denen Ann erzählt hatte: McBrides Eingeständnis, daß er vor sechs Monaten Edna Pulaski kennengelernt hatte, als sie festgenommen worden war, die Tatsache, daß er während der Veranstaltung der *League of Women Voters* keinen Tropfen Alkohol zu sich genommen hatte, Edna Pulaskis Abscheu vor Trinkern, McBrides verräterische Bemerkung über die Neonreklame.

Ihr Vortrag rief unter den Zuhörern Unruhe hervor. Stubbins hob plötzlich den Kopf und nuschelte zittrig:

»Wußte ich, wußte ich die ganze Zeit – Lügner und Scheinheiliger!«

Und Leland Grantley starrte McBride offenen Munds mit großen Augen an. Jede einzelne puritanische Faser seines Körpers schien schockiert über das zu sein, was er soeben gehört hatte.

»Marvin – wenn du mit dieser Frau eine Affäre hattest, wie konntest du dann diesen Fall übernehmen? Du hättest dich da raushalten müssen. Du hast mir so oft erzählt, daß absolute Integrität und Unparteilichkeit das Kennzeichen von ...«

»Oh, sei still!« McBride zischte ihn an. »Ich lass' mich doch nicht von einem heuchlerischen Harvard-Arschloch über Integrität belehren!«

Grantley zuckte zusammen, als hätte er einen Schlag ins Gesicht bekommen. Aber McBride richtete sich bereits mit vorgerecktem Kinn an uns alle: »Wie oft muß ich das noch wiederholen – es gibt absolut keine Beweise, daß ich mit dieser Frau ein Verhältnis hatte!«

»Sind Sie sich da ganz sicher?« fragte Ann ruhig. Dann wandte sie sich an mich. »Dave, zeig's ihm!«

Aus der Tasche meiner Jacke holte ich das Foto, das Doris Dryden Ann gegeben hatte – McBride, nackt und schlafend, in Edna Pulaskis Bett –, und hielt es ihm hin.

McBride warf einen Blick darauf, und ich sah, wie er blaß wurde. »Wo, zum Teufel, haben Sie das her? Geben Sie's mir!« Er wollte es mir aus der Hand reißen, aber ich war schneller.

»Seien Sie nicht kindisch, Marvin«, sagte Ann. »Sie können sich doch denken, daß wir Kopien besitzen. Zeig es Ed und Leland, Dave.«

Das tat ich. Ed runzelte die Stirn, und ich wußte, in seinem Kopf setzte sich ein Räderwerk in Gang, auch wenn sein Gesicht ausdruckslos blieb.

»Das Foto ist eine Fälschung!« sagte McBride. »Es ist eine Lüge! Ich will wissen, welcher verdammte Lügner es gemacht hat!«

Ann erzählte es ihm, so wie Mom es Roger und mir am Abend zuvor erklärt hatte ...

»Was mich nicht zur Ruhe kommen ließ«, hatte Mom gesagt, »war die Bemerkung, die Doris Dryden nach dem Frauenvereinsessen dir gegenüber gemacht hat. Du erinnerst dich, du hast sie in der Lobby getroffen, und sie hat dir gesagt, McBrides Frau habe ihn schon vor Jahren aus dem Ehebett geworfen, noch bevor sie ihn später aus dem Haus warf. Ich hab mich, als ich das hörte, gefragt: ›Woher kann sie das wissen, so etwas Intimes, was sich eigentlich nur zwischen Mann und Frau abspielt?‹ Sie hat es sich ausgedacht, entschied ich. Sie mag diesen McBride nicht, sie kandidiert gegen ihn, also erfindet sie Geschichten, die ihn wie einen Idioten dastehen lassen. Wenn das stimmte, dann war Doris Dryden keine besonders nette Person, aber was soll's? Ich vergaß die Sache. Noch war ja kein Mord geschehen, warum also sollte ich ihr Bedeutung beimessen?

Bis du mir von deinem Gespräch mit McBride berichtet hast, Davey, als er dir sagte, seine Frau befriedige schon seit Jahren seine natürlichen Bedürfnisse nicht mehr. Das bestätigte die Geschichte, seine Frau hat ihn tatsächlich vor Jahren aus dem Bett geworfen. Mit anderen Worten, Doris Dryden hat nicht gelogen – was mir wiederum eine ganz wichtige Frage aufdrängt: Wie hat sie das herausgefunden? Nur zwei Menschen konnten etwas derart Privates wissen – McBride und seine Frau. Sie ist der Typ Frau, die es nicht erträgt, daß die Welt über ihr Privatleben Bescheid weiß, und er ist in seinem Stolz verletzt. Glaubst du, einer von beiden würde zu Doris Dryden gehen und ihr beichten?

Und dann hatte ich eine kleine Erleuchtung. Es gibt tatsächlich jemanden, zu dem McBride gehen und beichten könnte. Seine Geliebte – die Frau, mit der er schläft –, Edna Pulaski. Wenn ein Mann so ganz allein im Bett mit einer Frau liegt, dann läßt er zuweilen die Vorsicht fahren, vertrauliche Dinge für sich zu behalten.«

»Aber Mom, das erklärt doch noch nicht, wie Doris Dryden das herausbekommen hat.«

»Edna Pulaski hat es ihr erzählt – welche andere Erklärung kann es geben? Sie ist Geschäftsfrau, diese Pulaski. Ihr Geschäft besteht darin, daß sie mit Männern ins Bett geht. Jeden Profit, den sie daraus schlagen kann, macht sie nur zu gerne. Sie geht einmal die Woche mit einem Politiker ins Bett, er erzählt ihr Intimgeheimnisse von sich selbst, warum also sollte sie nicht seine politische Rivalin davon in Kenntnis setzen und sich so ein wenig Taschengeld nebenher verdienen?«

»Du glaubst, Edna Pulaski hat für Dryden spioniert?«

»Genau das glaube ich. Vielleicht kam sie auf die Idee, als Doris Dryden erklärte, sie trete gegen McBride an. Es war die perfekte Gelegenheit! Edna Pulaski setzte sich in Verbindung mit Dryden, und die beiden schlossen einen Handel ab. Jedenfalls paßte in dem Moment, als ich diese Möglichkeit erwog, auch anderes dazu, was mir recht gab. Zum Beispiel erzählt dir Doris Dryden, sie wisse über McBrides Affäre mit Edna Pulaski Bescheid. Woher kann sie das wissen? McBride war vorsichtig, er hinterließ keine Spuren. Wer also hat Doris Dryden davon erzählt? Dafür kam nur einer der Beteiligten in Frage – und wir sind ziemlich sicher, nicht wahr, wer es nicht war.

Und dieses Foto rundet schließlich und endlich die ganze Sache ab – McBride ausgezogen, in tiefem Schlaf in Edna Pulaskis Bett. Wer hat das Foto gemacht? Hat sich jemand heimlich ins Haus geschlichen, die Aufnahme gemacht und ist wieder weggelaufen? Selbst der größte Idiot würde das nicht glauben. Nur eine Person konnte das Foto machen – Edna Pulaski selbst. Was übrigens auch erklärt, warum sie nicht im Bett neben McBride liegt …«

»Das glaube ich nicht!« unterbrach McBride Ann und schüttelte wild den Kopf. »Das hätte sie mir niemals angetan! Sie war verrückt nach mir!«

Er drehte sich um und sah Ed an, Grantley, Ann – als erwarte er, einer von ihnen müsse ihm versichern, ihm sagen, wie unmöglich das Ganze war. Doch niemand sagte etwas. Niemand sah ihm in die Augen.

Er sank stumm auf seinen Stuhl zurück. Auf seinem Gesicht lag noch ein Grinsen, aber von Anmaßung hatte es jetzt gar nichts mehr, es war eine schreckliche Imitation seiner selbst. Und er sah aus, als wäre er auf einmal in seiner Kleidung geschrumpft. Er war so klein und in sich zusammengekauert wie Harry Stubbins.

»Also, begreifen Sie, wie die Sache liegt, Marvin?« fuhr Ann fort. »Wenn ich den Geschworenen dieses Foto zeige – wenn sie glauben, daß Sie eine Affäre mit Edna Pulaski hatten –, dann kann das ausreichen, um wirklich Zweifel aufkommen zu lassen. In bezug auf den Mord, meine ich. Wie können sie Harry schuldig sprechen, wenn Sie eine so vielversprechende Alternative sind?«

McBride sah nicht auf, und als er sprach, kamen die Worte wie ein Stöhnen aus ihm heraus. »Ich habe Edna nicht ermordet. Ich war an jenem Abend nicht bei ihr. Okay, okay, ich hatte eine Affäre mit ihr, ich habe das schon längst zugegeben, aber ich schwöre, ich habe sie nicht umgebracht.«

»Sie können das nicht beweisen, Marvin. Sie haben für die Mordzeit kein Alibi.«

»Ich war zu Hause in meinem Bett. Das muß ich nicht beweisen. Sie müssen beweisen, daß ich nicht im Bett war.«

»Stimmt für den Fall, daß Sie vor Gericht stehen. Aber nicht, wenn Sie Zeuge der Pflichtverteidigung sind. Ich werde nicht zögern, Sie vorzuladen. Und ich werde keine eindeutigen Beweise gegen Sie vorlegen müssen, ich werde lediglich das Gericht davon überzeugen müssen, daß Sie verdächtig sind, daß Sie ebenso verdächtig sind wie mein Mandant.«

McBride starrte sie an, und ich sah, wie sich auf seinen Lippen ein gemeines Wort formte. Aber er schluckte es runter und stieß einen langen Seufzer aus. »Ich hatte gehofft, es nicht sagen zu müssen. Aber – ich habe ein Alibi für die Mordnacht.«

»Tatsächlich?« Ann lehnte sich in ihrem Stuhl zurück.

»Nachdem ich diese Veranstaltung verlassen und Ed zu Hause abgesetzt hatte, bin ich – also, ich bin nicht nach Hause gefahren. Okay, ich hatte eine Verabredung. Ich hab sie gegen halb zwölf getroffen, und wir haben danach eineinhalb Stunden zusammen verbracht. Und wir waren nicht in der Nähe von Ednas Haus.«

»Wer ist sie?« fragte Ann. »Wird sie das beschwören?«

»Tut mir leid, ich werde nicht sagen, wer sie ist.«

»Wenn Sie möchten, daß wir Ihrem Alibi Glauben schenken ...«

»Ich werde Ihnen nicht sagen, wer sie ist!« McBrides Kinn zitterte, und seine Stimme wurde lauter. »Sie bekommt große Schwierigkeiten, wenn sich je herausstellen sollte, daß sie mich getroffen hat. Ich bin ein Gentleman, um Himmels willen. Ein Gentleman bringt eine Dame nicht in Schwierigkeiten.«

»Wenn es diese Dame überhaupt gibt«, sagte Ann, spöttisch auflachend. »Ehrlich gesagt, glauben Sie denn, Sie könnten irgend jemandem diese Geschichte auftischen? Das Rittertum ist lange vorbei, Marvin, und niemand, der recht bei Sinnen ist, hat in Ihnen jemals Sir Galahad gesehen. Ich verspreche Ihnen, wenn Sie diese geheimnisvolle Dame nicht nennen, werde ich, ohne zu zögern, meine Verteidigung darauf aufbauen.«

»Tun Sie, was Sie nicht lassen können! Keine zehn Pferde werden mich dazu bringen, diesen Namen zu nennen! Keine zehn Pferde!« Und McBride blickte wild um sich, als hörte er die Pferde bereits auf dem Flur mit den Hufen scharren und am Zaumzeug reißen.

Ann sah ihn eine Weile an und lächelte dann. Es war das erste freundliche Lächeln, das sie ihm an diesem Abend schenkte. »Wissen Sie was, Marvin? Ich fange an zu glauben, daß doch noch Hoffnung für Sie besteht. Vielleicht haben Sie es noch nicht verdient, aus der menschlichen Gesellschaft ausgestoßen zu werden. Also, ich werde Sie aus Ihrem Elend erlösen. Wir wissen, mit wem Sie Samstag abend zusammen gewesen sind. Also werde ich es Ihnen sagen ...«

Mom hatte es uns gestern abend alles auseinandergelegt, ordentlich und klar.

»Er war mit seiner Tochter, dieser Laurel, zusammen, wem sonst? Sie sagt ihrer Mutter, sie sei bis ein Uhr morgens bei der Probe gewesen. In Wirklichkeit jedoch ist die Probe um elf Uhr zu Ende. Sie lehnt es außerdem ab, sich von ihrem Freund im Auto nach Hause bringen zu lassen, sie sagt, sie würde abgeholt. Und drei- oder viermal ist dasselbe vorher schon passiert. Wer also kann das sein, dieser Jemand, der sie so spät abends abholt und dessen Namen sie ihrer Mutter nicht sagen will?«

»Warum kann es kein Freund sein?« fragte ich. »Jemand, den ihre Mutter ablehnt?«

»Warum sollte ihre Mutter ihn ablehnen? Ihre Mutter hat dir gesagt, sie wünsche nur zu sehr, daß ihre Tochter ab und zu mit einem Jungen ausginge. Warum diese Geheimnistuerei, wenn sie ihn zum Essen mit nach Hause bringen könnte und ihrer Mutter damit eine Freude bereitet?«

»Dann vielleicht ein älterer Mann? Ein verheirateter Mann vielleicht, der sie nur heimlich treffen kann?«

»Vielleicht. Nur daß er sie so spät am Abend abholt – für einen verheirateten Mann ist es schwerer, nicht leichter, sich mit seinem Flittchen spät abends zu treffen. Zu so später Stunde kann er die Entschuldigung nicht bringen, er müsse Überstunden im Büro machen. Und sieh dir doch das Mädchen an, sieh dir an, wie du sie mir beschrieben hast. Meinst du, sie ist eine Art Vamp, der den Männern den Kopf verdreht? Sie ist mager, sie hat Pickel, sie trägt eine dicke Brille, sie ist meistens völlig durcheinander – wie die meisten Mädchen ihres Alters.

Und noch eins. Dieses Treffen ist immer nur sehr kurz, nicht wahr? Von halb zwölf bis eins, ziemlich kurz für ein ernsthaftes Techtelmechtel.

Trotzdem, es könnte ein heimlicher Freund sein, möglich ist es, aber ich glaube, das andere ist viel wahrscheinlicher. Ein Mann, den sie unbedingt sehen will, und er will sie unbedingt sehen, nur müssen sie es heimlich anstellen, weil die Mutter einen Anfall bekäme, wenn sie es wüßte. Ein Mann, der an dem Abend, als er sie abholte, bis elf Uhr zu tun hatte, und er hat oft bis spät abends zu tun, weil er nämlich so viele soziale Funktionen zu erfüllen hat. Ein Mann, der nicht möchte, daß sie seine Alkoholfahne riecht. Ihr Vater, wer sonst?

Was mögen sie gemacht haben? Vielleicht sind sie in eine Cafeteria gegangen, die rund um die Uhr geöffnet ist, und haben dort Hamburger gegessen. Sie haben sich unterhalten. Sie hat ihm erzählt, was sie erlebt und wie es ihr geht, und er hat ihr von sich erzählt. Ein typisches Vater-Tochter-Gespräch. Aber er will dir das nicht sagen, obwohl es sein Alibi ist, weil er versucht, seine Tochter, sein Baby, zu beschützen. Und das ist eigentlich der wichtigste Hinweis in der Sache. Wenn man McBride des Mordes bezichtigt, und wenn es eine Frau gibt, mit der er an jenem Abend zusammen war und die ihm ein Alibi verschaffen kann – wird er ihren Namen für sich behalten, wenn es sich bloß um eine Freundin handelt? Es muß jemand sein, für den er etwas anderes empfindet, ein Gefühl, das tiefer geht.

Und deshalb verdient er hier einen kleinen Pluspunkt. Er ist kein besonders netter Mann, er ist ein Betrüger und ein Lügner, aber einmal in seinem Leben lügt er, um einem anderen Menschen zu helfen . . .«

»Schon gut, schon gut«, sagte McBride und atmete schwer aus. Er sah sehr müde aus. »Ich habe Laurel getroffen, wir waren bei Denny's, wir haben eine Stunde miteinander geredet. Sie hat einen Hamburger gegessen und ich eine Portion Pommes frites. Gehen Sie hin, und fragen Sie die Kellnerin, sie erinnert sich vielleicht an uns.«

»War es das einzige Mal, daß Laurel sich heimlich mit Ihnen getroffen hat?« fragte Ann so sanft und freundlich wie möglich.

McBride schüttelte den Kopf. »Wir haben uns auch vorher oft getroffen. Immer dann, wenn sie spät abends etwas in der Schule hatte. Was ist daran falsch, um Himmels willen? Ich liebe das Kind – und sie liebt mich, ob Sie's glauben oder nicht! Sie konnte mich nicht öffentlich treffen, weil sie ihrer Mutter nicht weh tun wollte. Und ich wollte ihr auf keinen Fall zumuten, daß ihre Mutter ihr eine Szene machte. Glauben Sie mir, das Weib weiß, wie man eine Szene macht.«

Und dann klang McBrides Stimme plötzlich so ganz anders, als ich sie bisher je hatte klingen hören. Er flehte uns richtig an. »Bitte, das muß doch nicht bekannt werden, oder? Wenn das Weib etwas herausbekommt, heizt sie Laurel die Hölle ein.«

Seine Stimme verlor sich. Er senkte den Kopf.

Ann sagte ruhig: »Diese Zusammenkunft ist streng vertraulich. Ich sehe keinen Grund, warum auch nur irgend etwas von dem, was wir hier besprechen, an Dritte gelangen sollte.«

Danach schwiegen alle einen Augenblick.

Dann räusperte sich Grantley. »Tut mir leid, aber mir scheint, wir sind wieder an unserem Ausgangspunkt angelangt. Da also Marvin den Mord nicht begangen haben kann, gibt es niemanden als . . .«

»Verdammt wahr!« McBride hob den Kopf, und seine Augen glänzten. Sein kurzer Ausrutscher in die Menschlichkeit war vorbei, auf seinem Gesicht strahlte wieder die alte anmaßende Angriffslust. »Ann, Süße, wissen Sie, was Sie soeben erreicht haben? Sie haben mich freigesprochen, und Sie haben Ihren

Mandanten mit mehr Schuld beladen als je zuvor! Vielen Dank!«

Ann wartete geduldig, bis McBride sich beruhigt hatte. Dann erklärte sie ruhig und heiter: »Sie täuschen sich, Marvin. Ich habe bisher nur eine Lügenschicht weggewischt. Eine der vielen Schichten, die uns daran hindern, die Wahrheit darunter zu erkennen.«

»Die Wahrheit«, sagte McBride, »ist, daß dieser Saufbold in das Zimmer dieser Hure eingebrochen ist, daß sie ihn überrascht hat, als er dabei war, ihren Schmuck zu stehlen, und er sie umgebracht hat.«

»Ich bin froh, daß Sie den Schmuck erwähnt haben«, sagte Ann. »Das bringt mich zu der nächsten Lügenschicht, die wir jetzt wegwischen werden. Und mit ein wenig Glück werden wir dann die Wahrheit sehen können.«

Sie wandte sich an Harry Stubbins. »Erzählen Sie uns von dem Ring?«

»Hab ich doch schon.« Stubbins schien vor Ann zurückzuweichen, obwohl sie sich auf ihrem Stuhl hinter dem Tisch nicht bewegt hatte. »Jemand hat ihn in meinen Hut geworfen. Ein netter, mitleidiger Mensch, der mich auf dem elektrischen Stuhl sehen möchte.«

Ann seufzte und machte sich dann daran, die einzelnen Glieder der Beweiskette zu entwirren, die Mom Roger und mir am Abend vorher genannt hatte ...

»Komisch an diesem Ring«, hatte Mom gesagt, »ist nicht, daß Stubbins ihn in seiner Tasche hatte. Komisch ist, daß er ihn nicht hat verschwinden lassen, nachdem er gemerkt hat, daß ihn jemand in seinen Hut geworfen hatte.«

»Ich vermute, er hatte vor, ihn zu verkaufen oder zu verpfänden oder so.«

»Genau, normalerweise tut er das mit den Dingen, die die Leute ihm geben. Aber hier war nichts ›normal‹. Wieso bekam er nicht panische Angst, als er den Ring in seinem Hut fand?«

»Ich glaube, ich kann dir nicht folgen, Mom.«

»Versuch mal, dich in ihn hineinzuversetzen. Er schläft in dem Schlafzimmer dieser Frau ein, er wird wach, und jemand hat sie getötet, und die Polizei nimmt ihn unter Mordverdacht fest. Und was geschieht einige Tage später? Er sieht nach einem harten Tag auf der Straße in seinen Hut, und er findet darin diesen Goldring mit dem grünen Stein, den jemand der Toten gestohlen und den er an ihrem Finger gesehen hat, und zwar an dem Abend, als sie ermordet wurde. Wir wissen, daß er ihn an ihrem Finger gesehen hat, weil er dir während deines ersten Gesprächs mit ihm diesen Ring beschrieben hat, und dazu ihre anderen Schmuckstücke. Und jetzt liegt plötzlich ebendieser Ring in seinem Hut.

Er ist ein alter Säufer, ja, aber er ist zurechnungsfähig. Ich kann nicht glauben, daß er diesen Ring nicht sofort erkannt und sich die eine oder andere Frage gestellt hätte: ›Was sucht er hier in meinem Hut? Wer hat ihn hier reingeworfen? Warum haben sie ihn hier reingeworfen?‹ Und hätte er sich diese Fragen gestellt, ohne sich nicht auch die offensichtlichen Antworten gegeben zu haben? ›Es ist kein Zufall, daß dieser Ring in meinem Hut liegt. Der Mörder hat Edna Pulaski diesen Ring gestohlen, und der Mörder hat diesen Ring in meinen Hut geworfen – nicht zufällig, sondern absichtlich. Denn der Mörder will, daß die Polizei diesen Ring bei mir findet, weil es so aussehen soll, als habe ich die Frau umgebracht. Vielleicht suchen sie schon nach mir.‹

Worauf ich hinaus will, Davey, wenn Stubbins den Ring findet und erkennt, daß jemand den Ring benutzt, um ihm den Mord unterzuschieben, wieso wirft er ihn nicht weg? In den Müll, in den Abfluß, irgendwohin, Hauptsache, es bleibt keine Spur zu ihm selbst? Wieso trägt er diesen Ring den ganzen Tag über und die ganze Nacht bei sich, wenn er weiß, daß der Mörder ihn als Beweisstück gegen ihn verwenden will?«

»Er ist ein alter Saufbold. Er ist verwirrt, vergeßlich. Was für eine Rolle spielt der Grund? Er hat ihn bei sich getragen, er hat ihn nicht weggeworfen, das ist eine Tatsache!«

»Wer könnte dir widersprechen? Er trug ihn bei sich – was für mich bedeutet, er hatte eben keine Angst, die Polizei werde nach ihm suchen, er hatte eben keine Angst, man wolle ihm so den Mord unterschieben. Und warum hatte er keine Angst? Weil er wußte, daß der Mörder den Ring nicht in seinen Hut geworfen hatte, niemand hat ihn dort hineingeworfen. Mit anderen Worten, er selbst hat Edna Pulaski den Ring gestohlen.«

»Augenblick mal, Mom, glaubst du am Ende, daß Stubbins sie tatsächlich umgebracht hat?«

»Natürlich nicht. Ein Mörder ist er nicht. Aber ein Ganeff ist er schon. Weißt du, was ein Ganeff ist?«

»Ein Dieb, oder?«

»Gut, gut. Also hast du die Sprache deiner Vorfahren doch noch nicht ganz vergessen. Er ist ein Dieb und ein wenig ein Lügner. Ein nicht so großer Lügner wie einige andere, die in diesen Fall verwickelt sind, aber mit Sicherheit ein kleiner. Er verliert in Edna Pulaskis Wohnung das Bewußtsein, er wird geweckt durch die Schreie der alten Mutter, sie läuft aus dem Haus, um die Polizei zu alarmieren, er sieht sich ein wenig um, sondiert das Terrain. Und er fragt sich, ist irgend etwas Wertvolles da, das er mitnehmen kann, damit das Ganze nicht umsonst war? Er entdeckt diesen riesengroßen Ring an ihrer Hand. Warum sollte er ihn nicht mitnehmen, vielleicht kann er ihn später für ein paar Dollars verpfänden, und schließlich kann sie sowieso nichts mehr damit anfangen.

Hat es dich nicht erstaunt, Davey, wieso er noch da war, als die Polizei kam? Wie dieser Captain Delaney dir gesagt hat, dauerte es nach dem Telefonanruf noch fünf Minuten, bis der Streifenwagen bei Edna Pulaski vorfuhr. Dazu kommen noch zwei, drei Minuten, als die alte Dame die Treppe runterlief und auf der Straße rumschrie, bis sich jemand fand, der für sie die Polizei alarmierte. Was also hat Stubbins während dieser sieben, acht Minuten getan? Er weiß ganz genau, daß die Polizei jeden Augenblick kommen wird, warum also trödelt er rum? Warum läuft er nicht vorher weg?

Die Antwort ist die: Er versucht, der Toten den Ring vom Finger zu ziehen – was nicht so leicht ist, wenn sie den Ring schon lange trägt. Er braucht dafür viel länger, als er gedacht hat, als er mittlerweile den Ring in Händen hält, sind die Polizeisirenen bereits auf der Straße zu hören. Also wirft er den Ring aus dem Küchenfenster, er wird ihn sich später abholen, danach geht er die Treppe hinunter, zur Vordertür hinaus, und läuft direkt einem Polizisten in die Arme. Und am nächsten Tag, als er wieder frei ist, kommt er zu der Gasse unter Edna Pulaskis Küchenfenster, kriecht da im Dreck rum und hat Glück, der Ring liegt noch dort.

Also, frag ihn danach. Er scheint mir nicht gerade ein Bollwerk der Stärke zu sein. Tu so, als wüßtest du genau, was er getan hat, und ich sage dir voraus, er wird in sich zusammenfallen wie ein Soufflé, wenn jemand die Küchentür zuschlägt. Er wird alles gestehen ...«

Und das tat er auch, natürlich. Ann war kaum mit ihren Ausführungen zu Ende, als Stubbins zu schluchzen begann. Und als man zwischen seinen Blubbertönen auch Worte verstehen konnte, bestätigten diese alles, was Mom vorausgesagt hatte.

»Ich bin kein Dieb«, sagte er immer wieder und machte dazu ruckartige Bewegungen, die, wie ich annahm, Gesten der Würde und des Stolzes sein sollten. »Ich habe in meinem Leben so gut wie nie etwas von jemandem gestohlen. Nur, wenn die Not so sehr drückte, daß ...«

Und so fuhr er eine Weile fort, und wir alle vermieden es, ihn dabei anzusehen. Schließlich fand er keine Worte mehr, und das Blubbern ging wieder unter in leisen, kaum hörbaren Schluchzern.

Und McBride sagte: »Okay, na und? Er kann sie in der Nacht getötet und den Ring am nächsten Morgen gestohlen haben. Nichts davon widerlegt, daß er der Mörder gewesen sein kann.«

»Außer einer Kleinigkeit«, sagte Ann, »die uns verrät, wer der Mörder tatsächlich ist.«

Aus dem nun folgenden Schweigen holte sie heraus, was es herauszuholen gab. Eines Tages sollte ich Ann und Mom zusammenbringen; beide verfügen über ein großes schauspielerisches Talent. Dann fuhr Ann fort, genau wie Mom gestern abend ...

»Seht ihr also jetzt, wie nützlich es ist, die Lügenschichten wegzuwischen? Wenn feststeht, daß Harry Stubbins den Ring von Edna Pulaski gestohlen hat, bevor er aus der Wohnung lief, können wir daraus schließen, wer sie ermordet hat.«

Mom sah von Roger zu mir und wieder zurück, aber unsere Gesichter blieben verständnislos.

»Ihr denkt heute abend nicht besonders scharf«, sagte sie. »Ich hab den Kaffee nicht stark genug gemacht. Also werd ich's euch mit einfachen Worten erklären – da Stubbins den Ring gestohlen hat, bevor die Polizei kam, ist es also leicht zu verstehen, wieso er nicht bei Ednas Sachen war, die man ihrer Mutter aus der Leichenhalle schickte. Er konnte nicht mehr bei ihren Sachen sein, weil die Polizei ihn nicht mit der Leiche zusammen dorthin gebracht hat. Also – wenn das wahr ist –, dann erklärt mir bitte, wieso Grantley, unser Assistent der Staatsanwaltschaft, aussagen konnte, er habe diesen Ring an ihrem Finger gesehen, um neun Uhr morgens, kurz bevor die Leiche abgeholt wurde ...?«

»Nun, Leland?« sagte Ann und schenkte ihm ein besonders sanftes Lächeln. »Irgendeine Erklärung dafür?«

Neunzehn

»Ich werd verrückt«, sagte McBride. Und praktisch zum ersten Mal sah er jetzt nicht mehr auf Ann. Er starrte Grantley an, schien sich gar nicht satt sehen zu können an ihm.

Nach einer Weile stieß Grantley halb verwirrt, halb gereizt ein prustendes Geräusch aus. »Entschuldigen Sie, Ann, soll das ein Witz sein? Das wäre weder komisch noch besonders geschmackvoll.«

»Es ist kein Witz, Leland. Und mit Fragen des guten Geschmacks hat das überhaupt nichts mehr zu tun.«

Grantley sprang auf und pfefferte seine Papiere in seine Aktentasche. »Ich verabschiede mich. Wenn Sie mich brauchen, finden Sie mich zu Hause.«

»Setzen Sie sich«, sagte Ann, bevor Grantley den Tisch verlassen konnte. »Die Polizei draußen vor der Tür hat Anweisung, jeden daran zu hindern, diesen Raum zu verlassen.«

»Zufällig bin ich der Stellvertretende Staatsanwalt ...«

»Die Anweisung gilt insbesondere für Sie.«

»Von wem kommt diese Anweisung? Sie haben kein Recht ...«

»Vom Leiter der Kriminalpolizei, Patrick Delaney«, sagte ich. »Er hat für dieses Wochenende die Aufsicht über die gesamte Abteilung, solange der Chef zum Jagen ist. Ich habe heute nachmittag mit Pat telefoniert, und er hat freudig zugesagt und die Verantwortung übernommen.«

Grantley sah plötzlich sehr blaß aus. Er sank auf seinen Stuhl zurück.

Ann redete weiter, an uns alle gewandt: »Läßt man sich einmal darauf ein, die Möglichkeit, daß Grantley hinter diesen Morden steckt, ernsthaft zu betrachten, ist es erstaunlich zu sehen, wie viele vage Details sich plötzlich zu einem scharfen Bild zusammenfügen.«

Dann ging Ann alle Punkte durch, wie Mom am Abend zuvor. Anns Sprache war vielleicht eleganter, aber Logik und Beobachtungsgabe kamen eindeutig von Mom ...

»Erstens.« Mom hob einen Finger; sie unterstreicht gerne mit den Fingern die einzelnen Gesichtspunkte. »Fangen wir an mit der Bemerkung über diesen Ring, die ihm rausgerutscht ist. Grantley hat den Ring an Edna Pulaskis Finger wirklich gesehen, aber er kann ihn unmöglich dort an dem Morgen nach ihrer Ermordung gesehen haben, als er die Leiche in Augenschein nahm, denn zu diesem Zeitpunkt trug sie ihn nicht mehr. Er hat ihn ungefähr acht Stunden zuvor an ihrem Finger gesehen, als er das Zimmer betrat und sie umbrachte. Er bekam die beiden Zeiten durcheinander, er wurde ein wenig unachtsam – ein nur natürlicher Fehler, hat er doch während der letzten sechs Monate viele Stunden mit ihr verbracht, und dieser Ring gehörte einfach zu ihr, es fiel ihm nicht auf, als er fehlte.

Zweitens.« Der nächste Finger streckte sich in die Luft. »Wie konnte es dazu kommen, daß Grantley eine Frau wie Edna Pulaski überhaupt kennenlernte? Ein verknöcherter Kerl wie er, der sich nie gehenließ? Wir kennen die Antwort bereits, er lernte sie auf die gleiche Art und zur gleichen Zeit kennen wie McBride. Vor sechs Monaten machte die Polizei in Ednas Massagesalon eine Razzia, sie wurde zum Verhör vorgeführt, und McBride hat sie am Ende vernommen – aber zuerst, wie er selbst gesagt hat, ›wurde sie von einigen meiner Untergebenen verhört‹. Von welchen Untergebenen? Von wem sonst als vom Stellvertretenden Staatsanwalt?

Bei dieser Gelegenheit also lernte er sie kennen, und sie gab ihm, wie auch McBride, zu verstehen, daß sie die Bekanntschaft gerne fortsetzen würde. Er rief sie an, wie McBride sie anrief, und kurz darauf lag er einmal pro Woche mit ihr im Bett – an einem Abend, wenn McBride nicht mit ihr im Bett lag.«

»Also hatten Grantley und McBride gleichzeitig eine Affäre mit ihr?« fragte ich. »Wußten sie voneinander?«

»Eine Frau sagt einem Mann niemals, daß er der Rivale eines anderen Mannes ist. Wenn du mich fragst, Grantley hat nichts von McBride und McBride hat nichts von Grantley gewußt.

Wenn du ihnen die Wahrheit enthüllst, solltest du dir genau ansehen, wie sie reagieren, ihre Gesichter werden sehr interessant sein.

Und hier haben wir das nächste Beweisstück für Grantleys Affäre mit Edna Pulaski. Drittens.« Sie stieß den nächsten Finger in die Luft. »Doris Dryden hat dir eine Geschichte über McBride erzählt, wie er Zeugen beim Verhör verwechselt hat, wie er dachte, eine vollkommen andere Person in einem vollkommen anderen Fall zu verhören. Also, es ist möglich, daß Doris Dryden diese Geschichte erfunden hat. Nur, als Ann Swenson sie Grantley gegenüber erwähnte, ließ seine Reaktion darauf schließen, daß sie stimmte. Also müssen wir uns fragen, woher wußte Doris Dryden davon?

Wie sie dir schon gesagt hat, wußten nur zwei Leute im Gerichtssaal, was vor sich ging – McBride und Grantley. Aber diese Geschichte, dafür lege ich meine Hand ins Feuer, hat McBride seiner Freundin nicht erzählt – sie ließ ihn zu dumm dastehen –, also war es Grantley, der den Mund aufmachte. Wem gegenüber machte er den Mund auf? Eben der Spionin gegenüber, die Informationen über McBride an Doris Dryden weitergab, versteht sich das nicht von selbst? Edna Pulaski – ist das eine Überraschung? – ging mit Grantley und mit McBride ins Bett, und sie verkaufte die Informationen, die sie sich im Bett holte, an den politischen Gegner.

Womit wir bei Nummer vier wären.« Sie streckte einen weiteren Finger in die Höhe. »Grantley machte die Affäre schließlich nervös. Die Wahl rückte näher, Reporter und Fernsehleute und die Gegenkandidatin Doris Dryden, sie alle schnüffeln nach Informationen, die McBride schaden könnten. Daß sein Stellvertreter ein Techtelmechtel mit einer Prostituierten hat, könnte peinlich werden.

Mit anderen Worten, McBride hat dir die Wahrheit gesagt, als er behauptete, seine Affäre mit Edna Pulaski sei vollkommen in Ordnung, keiner der beiden habe vor, sie zu beenden. Grantley wollte seine Beziehung zu Edna beenden. Grantley hatte sie gemeint, als sie Harry Stubbins erzählte, welche Betrüger die Männer doch wären, wie sie es dem Mann heimzahlen wollte, der sie betrüge, wie sie ihm gedroht habe, die ganze Geschichte der Zeitung zu verkaufen.

Alles keine große Überraschung, wenn wir der Psychologie der beiden Männer ein wenig Aufmerksamkeit schenken. McBride ist der Typ, der lacht, wenn jemand ihm droht, sein Techtelmechtel auffliegen zu lassen. Er sagt: »Na los, tu's doch!« Zwischen ihm und den Wählern besteht eine Liebesaffäre, jedenfalls glaubt er das. Sie werden ihn um so mehr lieben, glaubt er, wenn er sich ihnen gegenüber als Mensch mit einer Schwäche zeigt.

Dieser Grantley hingegen ist ein vollkommen anders gearteter Mensch. Aus dem, was du mir von ihm erzählt hast, geht hervor, daß er so etwas noch nie gemacht hat. Er hat mit Techtelmechteln keine Erfahrung. Er hat nicht das Selbstvertrauen, daß er es irgendwie erfolgreich hinkriegt. Wenn du mich fragst, er hatte vom ersten Tag an Angst, die ganze Geschichte könne ihn wie ein Bumerang treffen. Jedenfalls kommt es so, daß sie ihm sagt, sie werde ihn bloßstellen, und er weiß, er kann die Öffentlichkeit nicht ertragen. Es könnte das Ende seiner Karriere bedeuten, das Ende seiner Ehe – und ohne seine vermögende Frau aus besseren Kreisen kann er es sich vielleicht auch nicht mehr leisten, seinen Lebensstil beizubehalten.

Und außerdem ist er nicht – wie McBride – der Typ, der ruhig dasitzen und abwarten kann, was geschieht, der sich sagt, was immer auch geschehen mag, es wird ihm schon was einfallen, um sich herauszuwinden. Sie droht ihm, sagen wir Samstag morgen, und für Grantley wird es auf der Stelle wichtig, etwas zu unternehmen. Und das einzige, was ihm einfällt, ist, daß er die Frau loswerden muß, bevor sie ihre Drohung wahr macht und allen erzählt, was zwischen ihr und ihm vor sich geht.

Also begibt er sich sofort nach dem Essen zu ihr, er kommt dort gegen fünf vor halb zwölf an. Er sieht, daß das Licht in ihrem Zimmer an ist, er besitzt einen Schlüssel für die Tür unten, er geht hinein und die Treppe hinauf. Sehr leise – denn er weiß ja nicht, daß sie den Mädchen freigegeben hat. Er klopft an und geht in ihr Zimmer. Vielleicht hat er keinen festen Plan, sie zu töten – in seinem Kopf hat er nur so eine vage Vorstellung –, aber dann sieht er etwas, das ihm eine Entscheidung abnimmt.

Im Stuhl neben ihrem Bett sieht er diesen alten Saufbold, diesen Harry Stubbins. Sieht aus, als sei er betrunken, als schliefe er tief und fest, Grantley ist sich sicher, daß dieser Kerl sein Gesicht nicht gesehen hat. Er kommt wie von Gott geschickt, nicht? Genau der Richtige, dem er den Mord an Edna unterschieben kann. Wie nennt man so etwas? Einen Sündenbock? Also, um es kurz zu machen, er nimmt seine Krawatte ab und erdrosselt sie damit.

Und dann – sind wir jetzt bei Nummer fünf? –« Mom ließ ihren Daumen mitspielen, »– fällt ihm ein, daß jeder die Krawatten, die er ständig trägt, kennt. Schlicht, dunkel, uni, als wäre er immer auf dem Weg zu einer Beerdigung. Also bindet er die Krawatte los und nimmt sie mit. Aber ihr braucht euch nicht die Mühe zu machen und nach ihr suchen, er hat sie bereits weggeworfen.

Wir wissen natürlich jetzt noch nicht, ob er diesen Ron Pulaski mit einer anderen seiner dunklen Krawatten erwürgt hat. Was immer er dazu benutzt hat, er mußte es ebenfalls vom Mordschauplatz entfernen, weil jeder Stubbins für den Mörder hielt und es so aussehen sollte, daß der zweite Mord von derselben Person verübt worden war, die auch den ersten auf dem Gewissen hatte.«

»Warum hat er denn Pulaski ermordet? Weißt du das schon?«

»Nummer sechs.« Sie fing mit dem ersten Finger der zweiten Hand an. »Der zweite Mord, diese ganze Geschichte mit dem Exmann Pulaski – das alles macht nur Sinn, wenn Grantley der Mörder war. Warum mußte dieser Pulaski ermordet werden? Weil er etwas gesehen hat. Was also hat er gesehen? Pulaski stand gegen Mitternacht vor dem Haus seiner Exfrau, sagen wir eine halbe Stunde nach dem Mord, und er muß jemanden gesehen haben, der um zwölf Uhr Ednas Haus verließ – jemanden, der eigentlich nicht dahingehörte. Das hat Pulaski zu seiner Freundin gesagt, erinnerst du dich? Nur daß Pulaski nicht klar war, wen er sah, er hat die Person nicht erkannt, die aus Edna Pulaskis Haus kam, er hat nicht begriffen, warum es wichtig war – bis er später hörte, daß Edna ermordet worden war.

Und wie hat er das erfahren? Um elf Uhr, Sonntag morgen,

erfährt er durch die Nachrichten vom Mord an seiner Exfrau. Die Berichterstattung dauert eine Weile – und auf einmal springt er vom Bett auf und läuft aus dem Haus, seiner Freundin sagt er, er habe eine Information für das Büro des Staatsanwalts. Was war geschehen, das eine derartige Reaktion in ihm auslösen konnte? Mir war sofort klar, daß es etwas mit den Nachrichten zu tun haben mußte.

War es etwas, das er gehört, oder etwas, das er gesehen hatte? Das war die wichtige Frage. Deshalb habe ich dich gebeten, diesen Pulaski zu fragen, ob er die Nachricht aus dem Radio oder aus dem Fernsehen hatte. Und als feststand, daß er sie aus dem Fernsehen hatte, konnte ich da noch einen Zweifel haben? Was gab es da im Fernsehen zu sehen? Die Leiche der Frau? Das konnte es nicht sein. Bilder von McBride? Das konnte es auch nicht sein, jeder weiß, wie McBride aussieht, sein Foto ist jeden Tag in der Zeitung zu sehen. Pulaski hätte ihn am Abend vorher erkannt, wenn er es gewesen wäre, der aus Ednas Haus kam.

Was Pulaski im Fernsehen sah, war der Stellvertretende Staatsanwalt Leland Grantley, der darüber berichtete, wie der Mörder auf dem Mordschauplatz angetroffen und von der Polizei verhaftet worden war und so weiter. Und als er ihn auf dem Bildschirm sah, da erkannte Pulaski Grantley wieder. Das war der Mann, den er aus Ednas Haus hatte kommen sehen.

Brauchst du weitere Beweise? Ist es dir nicht als merkwürdig aufgefallen, was Pulaski als nächstes tat? Er plant Erpressung, ja? Er plant, den Mörder zu erpressen. Und was tut er? Er geht zur Polizei! Er läßt dort Bemerkungen fallen, daß er weiß, wer der Mörder ist! Ist der Mann vollkommen meschugge oder was? Angenommen, die Polizei entschließt sich, ihn festzunehmen – er behindert immerhin die Rechtsprechung –, ihn so lange festzuhalten, bis er sagt, was er weiß? Kein Erpresser, der recht bei Verstand ist, nimmt ein solches Risiko auf sich. Also mußte ich mich doch fragen, warum hat Pulaski sich nicht zuerst an den Mörder gewandt?

Und schon bald wußte ich die Antwort. Er hat sich ja zuerst an den Mörder gewandt. Als er zur Staatsanwaltschaft ging, suchte er den Mörder auf. Als die beiden in Grantleys Büro allein waren, hat Pulaski nicht nur Andeutungen gemacht, er hat Grantley direkt gesagt, was er gesehen hatte, und er hat Geld von ihm gefordert. Und Grantley hat ihm wahrscheinlich nicht sofort eine klare Antwort gegeben, hat ein bißchen gesummt und gebrummt und gesagt, er wolle sehen, wieviel Bares er auftreiben könne.

Das erklärt übrigens auch, was Pulaski zu seiner Freundin gesagt hat, als er wieder nach Hause kam. ›Die Polizei würde sich freuen, wenn sie wüßte, was ich gesehen hab! Vielleicht sag ich's ihnen, vielleicht auch nicht. Hängt alles von diesem Staatsanwalt ab.‹ Und damit meinte er nicht, begreifst du, er wolle seine Information der Staatsanwaltschaft verkaufen, wenn der Mörder sie nicht kaufen wollte. Damit meinte er, er wolle seine Information der Polizei verkaufen, wenn der Staatsanwalt – der gleichzeitig auch der Mörder war – sie nicht kaufen wolle.

Was also ging in Grantley vor, nachdem er mit Pulaski gesprochen hatte? Was konnte er anderes denken als: ›Wenn ich mich auf diesen Blutsauger einlasse, wird er mich für den Rest meines Lebens auspressen.‹ Grantley bleibt nur eine Möglichkeit, mit der Situation fertig zu werden. Pulaski muß weg, so wie seine Exfrau. Und diesmal wird es leichter sein als das erstemal. Mord ist – wie jede schlechte Gewohnheit – immer leichter beim zweitenmal.

Also verabredet sich Grantley mit Pulaski, er wird ihn Mittwoch nachmittag zu Hause besuchen, er wird das Schweigegeld mitbringen. Er kommt an, und weil Pulaski sturzbesoffen und mehr oder weniger bewußtlos ist – er feiert seine große Glückssträhne, das Geld, das ihm so plötzlich zuteil wird und ihm ermöglicht, zurück nach Philadelphia zu gehen –, hat Grantley keine großen Probleme, ihn umzubringen.

Nein, nein, sag jetzt noch nichts, bevor du nicht Beweis Nummer sieben kennst – das größte Geheimnis überhaupt. Als Stubbins nach dem Kaffee einschlief, da hat er vorher noch einen ganz kurzen Blick auf jemanden geworfen, einen Mann oder eine Frau, der in das Zimmer kam. Er hat nicht gesehen, wer dieser jemand war, aber er hat gehört, wie Edna Pulaski mit dieser Person gesprochen und laut ihren Namen gesagt hat.«

»Augenblick, Mom, das hat Stubbins uns nicht gesagt. Er hat nie erwähnt, daß sie den Namen des Mörders genannt hat.«

»Das liegt daran, daß er nicht wußte, daß es ein Name war. Vielleicht erinnerst du dich noch, was er sie sagen gehört hat?«

»Sicher. Es war irgend etwas über die Sendungen, die sie immer wieder im Fernsehen zeigen. ›Wiederholung! Diese ständigen Wiederholungen! Es reicht!‹ So ähnlich, nicht?«

»Eine Freude zu sehen, wie gut dein Gedächtnis noch funktioniert, obwohl du älter wirst. Du hast sie wortwörtlich wiedergegeben, die Worte, die Stubbins sie an der Tür zu dieser Person sagen gehört hat. Er hat sie gehört, aber er hat sie nicht verstanden. Es macht keinen Sinn, warum sollte Edna Pulaski in diesem Moment ihre Meinung über Wiederholungen im Fernsehen kundtun? Sie muß einfach etwas anderes gesagt haben.«

»Was hat sie denn gesagt?«

»Sie sprach kein gutes Englisch. Sie hatte einen Akzent, einen asiatischen Akzent. Und was ist der größte Fehler, den Asiaten, also Chinesen und Koreaner und so weiter, machen, wenn sie Englisch zu sprechen versuchen? Sie bringen den Buchstaben L mit dem Buchstaben R durcheinander, die beiden kommen sich immer in die Quere.«

»So wie V und W im Jiddischen?« konnte ich mir nicht verkneifen.

Mom fuhr fort, als hätte ich nichts gesagt: »Wenn im normalen Gespräch jemand L und R durcheinanderbringt, ist es nicht schwierig zu verstehen, was er sagen will. Das liegt eben daran, daß man weiß, worum es in dem Gespräch geht, man erwartet gewisse Wörter und andere eben nicht. Aber was Edna Pulaski zu dem Mann an der Tür gesagt hat, das hat Stubbins gehört, ohne zu wissen, worüber die beiden sprachen. Also ist er auf seine Ohren angewiesen und gibt ihren Worten eine Bedeutung, die zu seinem letzten Gespräch mit ihr paßt. Vor wenigen Minuten hatte sie über Wiederholungen im Fernsehen gesprochen, also denkt Stubbins, der sonst ja keinen Anhaltspunkt hat – und vergiß nicht, daß die Tabletten ihn schon ein wenig dösig gemacht haben –, sie redet noch immer von Fernsehwiederholungen.

Nur tat sie das nicht. Sie sagte etwas ganz anderes, sie sprach Lelands Namen mit asiatischem Akzent aus.* Sie war wütend auf ihn, denn er hatte soeben Schluß mit ihr gemacht. ›Leland!‹ sagte sie. ›Nichts weiter, Leland! Es reicht!‹«

Und Mom lehnte sich mit einem zufriedenen Lächeln zurück ...

Nicht sehr viel anders lächelte Ann jetzt, als sie sich zurücklehnte; sie war mit ihrer Bestandsaufnahme in diesem grauen Kellerraum zu Ende.

Das nachfolgende lange Schweigen wurde schließlich gebrochen. McBride platzte heraus: »Jesus, Leland! Du hast es Edna die ganze Zeit besorgt? Du hast die ganze Zeit in meinem Gebiet gewildert?« Seltsamerweise klang McBride nicht so sehr wütend oder verletzt, vielmehr lag in seiner Stimme eine Mischung von Erstaunen und Bewunderung. »Und ich dachte, du könntest kein Wässerchen trüben! Jee-sus!«

Grantley drehte sich abrupt McBride zu. »Diese Bemerkung verdient keine Antwort. Ich sage nur eins, diese ganze absurde Theorie ist ein einziges Lügengespinst, von Anfang bis Ende. Nicht ein einziges Körnchen Wahrheit, kein wirklicher Beweis. Und jetzt rufen Sie besser Ihre Bluthunde zurück, denn ich habe vor, diesen Raum zu verlassen ...«

Er war wieder aufgestanden, kam aber nur ein paar Schritte weit.

»Eins noch sollten Sie unbedingt wissen, Leland«, sagte ich. »Pat Delaney trägt gerade wirkliche Beweise zusammen. Er läßt gerade seine Leute jeden einzelnen nicht identifizierten Fingerabdruck in Edna Pulaskis Zimmer überprüfen. Er ist auch in Ihrem Haus gewesen – mit einem Durchsuchungsbefehl – und hat Gläser und Aschenbecher und so weiter eingepackt, damit wir ein gutes klares Muster Ihrer Fingerabdrücke haben. Die Experten werden einen Vergleich anstellen, und wenn diese nicht identifizierten Abdrücke sich als Ihre herausstellen sollten ...«

* Anmerkung der Übersetzerin: *Rerun* (Wiederholung) und *Leland* bilden einen Gleichklang im Amerikanischen.

»Das hat gar nichts zu bedeuten«, sagte Grantley schnell. »Ich war Sonntag morgen in dem Zimmer von Frau Pulaski, im Zusammenhang mit der Ermittlung. Selbstverständlich werden Sie meine Fingerabdrücke dort finden.«

»Delaney sagt mir«, antwortete ich, »Sie haben das Zimmer erst betreten, nachdem die Leute vom Labor schon wieder weg waren. Wenn also Ihre Fingerabdrücke dort gefunden werden sollten, fürchte ich, haben Sie sie zu früh hinterlassen – ja eigentlich bevor Sie angeblich von der Existenz dieses Zimmers wußten.

Delaney wird außerdem Ihr Foto Edna Pulaskis Mädchen vorlegen und auch den Leuten in der Nachbarschaft. Ich habe die Erfahrung gemacht, wissen Sie, daß es so etwas wie eine Affäre in absoluter Heimlichkeit nicht gibt. Irgend jemand hat immer was mitbekommen. Jemand hört oder sieht etwas. Sie können ganz sicher sein, Delaney wird diesen Jemand auftreiben. Die Polizei in dieser Stadt macht ihre Arbeit gut, auch wenn manche Fälle, die sie der Staatsanwaltschaft übergeben, dann im Gerichtssaal verbockt werden ...«

»Hey! Sekunde mal!« bellte McBride.

»Worauf Dave hinaus will, Leland«, fuhr Ann fort, »er und ich haben offizielle Polizeibefugnis, deshalb muß ich Ihnen zu meinem großen Bedauern mitteilen, daß Sie festgenommen sind. Dave, willst du ihn, bitte, mit seinen Rechten bekanntmachen?«

»Gerne. Sie haben das Recht, zu schweigen ...«

Aber er schwieg nicht. Erstaunlich, wie viele nicht schweigen. Scheint ihnen wichtiger zu sein, ihre Geschichten zu erzählen, als ihren Hals zu retten.

»Das ist nicht fair«, sagte er. »Ich wollte sie nicht töten. Wenn ich McBride gewesen wäre, hätte ich es nicht tun müssen.«

»Wie, zum Teufel, kommst du auf die Idee?« brüllte McBride.

Grantley wandte sich zu ihm um. »Für dich ist das leicht, nicht wahr, Marvin? Du bist ein Grobian, du bist von Natur aus ein Banause. Diese ganze abgeschmackte Geschichte von dem barfüßigen Farmersjungen! Niemand erwartet von dir etwas anderes. Du kannst es dir sogar leisten, betrunken zu sein, und niemand regt sich auf. Die Leute lächeln und sagen: »Oh, das ist

Marv McBride! Der gute alte Marv, er verträgt das Zeug!‹ In dieser Stadt gibt es nicht einen Menschen, der nicht weiß, daß du's mit allen Frauen treibst. Aber sie vergeben dir. Sie sind deswegen sogar stolz auf dich. ›Der gute alte Marv, beweist es doch nur, daß er ein ganzer Kerl ist!‹ Das bringt dich nicht um eine einzige Stimme.

Unfair! Absolut nicht gerecht! Ich kann mir das alles nicht leisten. Ich bin der Harvard-Mann. Der würdevolle, ernste, junge Anwalt, der Westen trägt und nie ein obzönes Wort in den Mund nimmt, der keinen Sinn für Humor hat. Können Sie sich vorstellen, was es bedeutet, diesem Bild entsprechend leben zu müssen? Können Sie sich vorstellen, wie sehr das einen Menschen zermürbt? Und dann noch so eine Frau wie meine. Immer hält sie mir ihre High-Society-Familie vor, immer demütigt sie mich.

Und dann traf ich Edna. Sie schien mich wirklich zu mögen. Sie fand meine Gegenwart lustig, sie gab mir Wärme, sie lachte, wenn ich einen Witz machte. Sie können sich nicht vorstellen, welche Erleichterung das war, wie herrlich es für mich war, ich fühlte mich wie ein vollkommen neuer Mann ...«

Grantley brach ab, und für einen Moment fürchtete ich, er würde anfangen zu weinen. Ich mag es nicht, wenn Mörder zu weinen anfangen. Mit welchem Recht bringen einen diese Bastarde dazu, Mitleid für sie zu empfinden? Aber bevor die Tränen flossen, hatte Grantley sich schon wieder gefaßt. Er hob das Kinn, und in seiner Stimme klang Stolz mit. »Eins möchte ich ganz klarstellen. Es gehörte niemals zu meinem Plan – das heißt, ursprünglich –, die Schuld an Ednas Tod dem obdachlosen alten Mann in die Schuhe zu schieben. Ich empfinde tiefes Mitleid mit den Obdachlosen, ich habe aufrichtige Ehrfurcht vor ...«

Er wandte sich an Stubbins und faßte ihn scharf ins Auge. »Ich gebe Ihnen mein heiliges Ehrenwort, Mr. Stubbins. Ich kam Samstag abend zu Edna, und – ja, ich hatte die Absicht, mein Problem ... aus dem Weg zu räumen, ein für allemal. Als ich das Zimmer betrat, lagen Sie auf dem Sofa, und sie kümmerte sich um Sie, verhielt sich ziemlich erregt, schien zu fürchten, Sie könnten tot sein. Ich glaube, sie hatte bemerkt, daß Sie aus Versehen ihre Medizin geschluckt hatten, und sie hatte Angst, die Dosis könnte für Sie zu hoch sein. Mein erster Gedanke war, ich müßte den Zweck meines Besuches an jenem Abend aufschieben. Aber dann kam mir der Gedanke – mein entsetzlicher zweiter Gedanke –, daß Sie den idealen Verdächtigen abgeben würden. Was ich betonen möchte, es war nichts weiter als ein plötzlicher Impuls, jetzt schäme ich mich deswegen zutiefst . . .«

Stubbins antwortete nichts. Er blinzelte Grantley nur aus seinen triefenden Augen an. Ich schätze, der ganze Abend wurde einfach zuviel für ihn.

Also wurde Grantley abgeführt, und Stubbins wurde zurück ins Gefängnis gebracht – er konnte offiziell erst nach Erledigung aller Schreibarbeiten freigelassen werden –, und Ann und Roger und ich nahmen McBride wieder mit nach oben in die Wirklichkeit. Auf dem Weg dorthin im Fahrstuhl kicherte McBride in sich hinein und rieb sich die Hände. »Also«, sagte er. »Wir haben's geschafft, nicht wahr? Wir haben diesen Kerl zur Strecke gebracht.«

Er streckte die Hand aus und packte Anns. »Danke – Dank Ihnen allen. Ich war der Quarterback, aber ohne mein Backfield hätte ich es nie geschafft. Seien Sie meiner unsterblichen Dankbarkeit versichert.«

Ed Brock erreichte ihn von hinten und griff seinen Ellbogen, und ich konnte sehen, daß sein Griff fest war. »Wir sind auf unserer Etage angelangt, Marvin, wir haben eine Menge Telefonate zu erledigen. Wir müssen eine Pressekonferenz einberufen – für heute abend –, so schnell wie möglich.«

Der Lift hielt, und Ed geleitete McBride mit festem Griff aus der Tür.

Als sie sich wieder schloß, fuhren wir in unsere Etage. Ann sagte: »Etwas beschäftigt mich dennoch. Es ist irgendwie untergegangen, aber es beschäftigt mich die ganze Zeit, vielleicht kannst du mir weiterhelfen.«

Ich fragte sie, was sie meinte. »Warum hat Edna Pulaski Harry Stubbins mitten in der Nacht zu sich auf einen Kaffee eingeladen? Das war eine großzügige Geste, und eigentlich sieht es nicht so aus, als wäre sie ein großzügiger Mensch gewesen.«

Roger hatte Mom gestern abend dieselbe Frage gestellt, deshalb konnte ich Ann jetzt Moms Antwort geben ...

»Das werden wir nie wirklich wissen«, sagte Mom, »aber vielleicht kann ich eine Vermutung anstellen. Am Tag vor dem Mord oder an dem Abend hat Edna Pulaski ihren Liebhaber angerufen, um ihm mitzuteilen, sie werde die Affäre in der Öffentlichkeit bekanntgeben und sein Leben ruinieren. Nicht gerade schön von ihr. Vielleicht also wurde sie ein wenig von Schuldgefühlen geplagt, und vielleicht wollte sie sich selbst beweisen, daß sie ein so schlechter Mensch im Grunde nicht wahr. Das ist menschlich, oder? Man tut etwas Schäbiges, also tut man gleich darauf etwas Gutes. Noch besser, wenn man daraus ein Opfer machen kann. Wie Edna Pulaski, die Säufer haßte und ihr Opfer darbrachte, indem sie bewußt einen alten Trunkenbold von der Straße holte und auf ihren Stuhl setzte und sich nett mit ihm unterhielt. Solche widersprüchlichen Handlungen machen es möglich, daß man mit seinem Gewissen klarkommt.

Wie Goldberg, der Vermieter, als ich meine Wohnung in der Bronx hatte. Goldberg schickte immer große Truthahnmenüs an die Heilsarmee und wünschte, daß man sein großzügiges Geschenk unter den Obdachlosen verteilte. Das tat er jeweils, kurz bevor er einer armen Familie die Wohnung kündigte ...«

Meine Antwort schien Ann voll und ganz zufriedenzustellen. Sie drückte plötzlich meinen Arm und sagte: »Du erstaunst mich immer wieder, Dave. Dein Verständnis für die Gefühle der Menschen, dein Einfühlungsvermögen, dein Feingefühl – hat fast etwas Weibliches.«

»Das kann ich mir wirklich nicht selbst anrechnen«, sagte ich. »Ich vermute, das habe ich von meiner Mutter.«

Ich senkte den Blick mit der angemessenen Bescheidenheit, und auch, weil ich Roger nicht in die Augen sehen wollte.

Zwanzig

Das vorläufige Wahlergebnis, das der *Republican American* am Wahlmorgen veröffentlichte, McBrides Sieg, ließ die Wahl wie eine überflüssige Veranstaltung aussehen. Er lag so weit an der Spitze, daß den Wählern bereits zu ihrer weisen und guten Entscheidung, dem Rat der Zeitung zu folgen, gratuliert wurde.

Was die Wahl endgültig entschieden hatte, war Leland Grantleys Festnahme, für die McBride – dessen Gesicht auf dem Bildschirm und auf allen Titelseiten ständig präsent war – den alleinigen Verdienst einsteckte. Das Timing war perfekt. Der große Coup war vor der Wahl gelungen, aber nicht zu weit vor der Wahl: es blieb keine Zeit für die Wähler, McBrides momentanen Triumph zu vergessen und sich an seinen langfristigen Ruf zu erinnern.

Dagegen kam die arme Doris Dryden nicht an. Wie sie nach dem Debakel einigen Reportern gegenüber äußerte: »Wenn ich Mr. McBrides Glück hätte, brauchte ich meinen Verstand nicht.«

Noch eine persönliche Anmerkung: Am frühen Morgen, bevor ich zum Gericht fuhr, ging ich zum Wählen in die Grundschule bei mir in der Nähe, die Stelle meines Wahlbezirks.

Ich habe ja schon erklärt, daß ich trotz meiner Überzeugung, daß alle Politiker Lügner und Betrüger sind und daß sie sich durch nichts voneinander unterscheiden, zur Wahl gehe. Ich tue es aus Gewohnheit, denn ich bin in diesem Sinne erzogen. So wie manche Menschen auf Holz klopfen, ohne auch nur eine Minute zu glauben, das könnte Glück bringen.

Aber als ich dann in meiner Wahlkabine stand, da widerfuhr mir etwas sehr Merkwürdiges. Ich sagte auf einmal eene, meene, muh, da es ja gleichgültig war, wer gewählt werden würde, als ich plötzlich diese komische kleine Stimme in mir vernahm, die mir sagte, daß es vielleicht doch nicht gleichgültig wäre. Ja, und vielleicht war es mir ja wirklich wichtig. Auf der einen Seite stand Doris Dryden, dieses skrupellose Ungeheuer, und auf der anderen Seite Marvin McBride, dieser inkompetente Banause – und auf der dritten Seite (in einer Situation wie dieser gibt es auch eine dritte Seite) stand ich, einer Maschine gegenüber und gezwungen, eine Wahl zu treffen.

Es liegt in der menschlichen Natur, sich entscheiden zu müssen, sagte meine kleine Stimme – und mittlerweile, ehrlich, hatte ich keine Zweifel mehr, wessen Stimme es war.

Also dachte ich eine Weile angestrengt nach, als gebe es tatsächlich etwas, worüber ich nachdenken könnte. Ich wog skrupellose Durchschlagskraft gegen hemdsärmelige Wirkungslosigkeit ab, und dann fällte meine Hand die Entscheidung. Zugunsten von McBride, so wahr mir Gott helfe.

Was, zum Teufel, war in mich gefahren? Tat es mir in meinem tiefsten Innern leid, ihn gehen zu sehen, hatte ich Angst, sein Abgang würde eine Lehre in meinem Leben hinterlassen, fand ich seinen Quatsch ergötzlicher als ihren?

Soviel zu dem Bild von mir selbst als vernunftbegabtes menschliches Wesen!

Am Tag der Wahl erschien McBride plötzlich im Büro der Pflichtverteidigung.

Sein offizieller Grund für diesen unerwarteten Besuch: Er war gekommen, um sich noch einmal bei Ann und Roger und mir für die »unschätzbare Hilfe« zu bedanken, die wir ihm bei der Festnahme von Edna Pulaskis Mörder gewesen waren. Sobald er diese Leerformel losgeworden war, kam er auf seine eigentliche Absicht zu sprechen.

McBride war gekommen, um uns allen dreien Jobs anzubieten. »Ich werde einen neuen Stellvertreter brauchen«, sagte er. »Wie Sie ja alle wissen. Einen Ersten Assistenten. Jede Menge Verantwortung. Sie werden mit allen großen Fällen vor Gericht gehen, Ann, für die ich keine Zeit habe. Gegen eine angemessene Bezahlung, versteht sich. Und unter uns gesagt, es übersteigt bei weitem das, was Sie als Pflichtverteidigerin verdienen. Dazu kommt ein anständiges Büro. Mit Blick auf den

Gerichtsplatz. Ihr Schreibtisch wird doppelt so groß sein. Eine eigene Sekretärin. Und wenn's unbedingt die alte Schachtel hier in Ihrem Empfangszimmer sein muß, dann hab ich auch nichts dagegen.

Und was ich für Sie vorgesehen habe, Dave, Sie sollen mein Erster Ermittler werden. Auch für Sie eine dicke Gehaltsverbesserung, und Sie müssen nicht mehr in diesem Loch arbeiten. Sie haben einen richtigen Mitarbeiterstab unter sich, vier oder fünf ausgebildete Detektive. Und du auch, Junge – wie war der Name noch mal? Ralph? Robert? Egal – Dave kann Sie einfach mitbringen, wenn er möchte. Und er kann entscheiden, wieviel er Ihnen zahlt. Nach den Richtlinien, die die Stadt vorsieht. Also, wie sieht's aus, Dave? Sie waren doch mal richtiger Polizist, nicht wahr? Würde es Ihrem Gewissen nicht guttun, wenn Sie wieder auf der richtigen Seite des Gesetzes arbeiteten?«

Zuerst sagte niemand von uns etwas, und dann stellte Ann die Frage, die uns allen auf der Seele brannte. »Und was wird aus dem Pflichtverteidigerbüro?«

McBride zuckte die Schultern. »Die Stadt wird neue Leute ernennen, vermute ich. Und was soll's? Das ist ein Pokerspiel mit einem Cent Einsatz. Eins der Dinge, die ich nach meiner Wahl tun werde, ist, dem Stadtrat das Budget fürs nächste Jahr vorlegen. Und wie ich Ihnen schon sagte, ich bleibe dabei – ich werde drastische Kürzungen bei der Pflichtverteidigung fordern. Keine Gehaltserhöhungen, keine weiteren Assistenten für die Ermittlung, niedrigeres Budget. Aber warum reden wir über diese trockenen finanziellen Details? Zu der Zeit wird ja niemand von Ihnen mehr hier sein. Sie werden Teil meines Teams auf der zweiten Etage sein, in der anständigen Abteilung dieses Gebäudes. Sie werden dort oben beim *Super Bowl* mitspielen statt hier unten im Keller.«

Während er sich über seinen eigenen Humor amüsierte, sahen Ann und Roger und ich einander an. Dann teilten wir einer nach dem anderen McBride mit, daß wir an seinem Angebot nicht interessiert waren. »Ich bin hier unten in meinem Keller glücklich«, sagte Ann. »Ich gebe zu, es ist bescheiden, aber von Zeit zu Zeit läuft ein wirklich schönes Spiel.«

Wenige Sekunden später stampfte McBride aus der Tür. Er sah nicht gerade zufrieden aus. Ich sagte mir, ich hätte doch gegen den alten Kerl stimmen sollen.

Den Wahlabend verbrachte ich zusammen mit Mom, und wir sahen uns die Berichterstattung im Fernsehen an. Roger kam dazu und brachte noch eine Freundin mit. Es war das erstemal seit sechs Monaten, seit dieser unglücklichen Geschichte, die ihm alle Frauen auf ewig verleidet hatte. Damals hatte keiner von uns damit gerechnet, daß »ewig« so lange währen würde; wir hätten uns kaum mehr freuen können über dieses Anzeichen einer Entspannung.

Das Mädchen hieß Beth, und sie studierte Veterinärmedizin an der Universität in der Hauptstadt unseres Bundesstaates, etwa siebzig Meilen von Mesa Grande entfernt. Es war sehr ermutigend, daß sie mitten in der Woche eine eineinhalbstündige Autofahrt auf sich nahm, um Roger zu sehen.

Vom ersten Augenblick an, als sie das Zimmer betreten hatte, umflatterte Mom sie mit unschuldigen, kleinen Fragen, alle mit einer versteckten Bedeutung. Sie fragte das Mädchen nach der Familie (versteckte Bedeutung: womit verdiente ihr Vater sein Geld, waren sie vielleicht Juden?); nach ihren Freunden (versteckte Bedeutung: gab es darunter auch unverheiratete Männer?); nach ihren beruflichen Plänen (versteckte Bedeutung: stehen sie eventuell Heiratsplänen im Weg?). Gleichzeitig bearbeitete Mom sie mit Kuchen, Obst, Süßigkeiten, Kaffee und ihrem besonderen Wahlnacht-Punsch, den sie gebraut hatte. »Hat nur einen Tropfen Alkohol. Schadet selbst einem Baby nicht.«

Beth ertrug das alles ohne Mühe, sie beantwortete gutmütig Moms Fragen, ihre Geduld zeigte keine Ermüdungserscheinungen. Am besten aber war, daß sie von Zeit zu Zeit Roger einen Blick zuwarf, und dann glühten ihre Augen vor Freude. Ich hoffte, der dumme Junge wußte sein Glück zu schätzen.

In Mesa Grande schließen die Wahllokale um sechs, und manchmal dauert es lange, bis alle Stimmen ausgezählt sind. Wir besitzen die üblichen modernen Maschinen, aber es sind Menschen, die sie hinten öffnen, den Apparat innen ablesen und dementsprechende Listen anlegen müssen. Da dies eine Arbeit ist, die von kleinen alten Damen mit zittrigen Fingern und nachlassendem Gedächtnis erledigt wird, kamen erst um halb acht die ersten Hochrechnungen herein.

Es war von Anfang an ziemlich sicher, daß McBride einen überwältigenden Wahlsieg davontragen würde. Kurz vor halb neun nahm uns die Fernsehkamera mit in Doris Drydens Wahlzentrale, einen Ballsaal im Marriott-Chinook, damit alle sehen konnten, wie sie ihre Wahlniederlage kommentierte. Dieser Ballsaal sah aus wie eine Szene in einem Science-fiction-Film, nachdem die Atombombe gefallen ist und nur noch eine Handvoll Menschen übriggeblieben sind.

Doris verdiente wirklich Bewunderung. Sie hätte nicht gelassener und eleganter aussehen können, wie sie da vor den paar schlaffen, pickligen Collegetypen stand, die noch nicht angewidert nach Hause gegangen waren, und verkündete, sie würde die Wahl anerkennen. Einige wenige rituelle Protestrufe ertönten aus der Gruppe – die man selbst beim besten Willen nicht als Menge bezeichnen konnte –, aber sie waren eher halbherzig und verstummten bald wieder, so daß Doris nicht darauf eingehen mußte.

Nachdem sie die Worte gesagt hatte, die man zu solcher Gelegenheit erwartet – wie sie den Menschen zutiefst dankbar sei, die für sie gearbeitet hätten, wie sie alle ihr Äußerstes gegeben hatten, wie sie ihre Kampagne nicht als ein Versagen betrachte, sondern eigentlich als Erfolg, hatte sie doch wichtige Themen aufs Tablett gebracht –, hielt ihr ein Fernsehreporter ein Mikrophon unter die Nase. »Wie sieht Ihre politische Zukunft aus, Mrs. Dryden? Werden Sie in drei Jahren wieder gegen McBride antreten?«

»Tritt denn McBride in drei Jahren wieder an? Die Ankündigung scheint mir entgangen zu sein.«

Der Reporter sah verwirrt aus. »Nun ja, ich meine, gesetzt den Fall, wenn.«

»›Wenn‹ ist eins der wichtigsten Wörter unserer Sprache. Trotzdem werde ich Ihnen meine kurzfristigen Pläne verraten. Ich werde jetzt gleich nach Hause gehen und so lange schlafen, wie ich nur kann. Ich fühle mich, als hätte ich ein ganzes Jahr lang nicht geschlafen. Und morgen früh, vorausgesetzt ich schaffe es, so früh wieder auf den Beinen zu sein, werde ich ins Büro gehen und mich wieder an die Arbeit machen. Ich bin praktizierende Anwältin, wie Sie wissen. Ich habe Partner, Klienten, die auf mich zählen. Die Fälle auf meinem Schreibtisch stapeln sich. Und ich werde sicher vor Gericht bald wieder meinem kürzlichen Gegner, Mr. McBride, gegenüberstehen.

Und dann mußte sie noch folgende Bemerkung loswerden: »Wir werden sehen, wie er sich macht.«

Die Fernsehkamera führte uns zurück ins Studio und dann in McBrides Wahlzentrale, ins Richelieu, wo er seinen Sieg feierte.

Wir sahen den großen Mann vor hundert jubelnden, applaudierenden Fans, die Arme hochgereckt, auf Zehenspitzen wippend und winkend. Hinter ihm stand Ed Brock, groß und strahlend. McBride begann seine Siegesrede damit, daß er sagte, wie unglaublich demütig es ihn mache, daß man ihn, den armen, barfüßigen Farmersjungen, in die fünfte Amtszeit als Staatsanwalt gewählt hatte, was es bisher noch nie gegeben hätte. Er dankte den Menschen, die den Wahlkampf für ihn geführt hatten, beteuerte ihnen, wie stolz er sei, daß sie diese Kampagne so sauber und fair und themenbezogen ausgefochten hatten. Er versicherte seinen Wählern und seinen Nicht-Wählern, daß er sich auch in Zukunft für sie stark machen und allen kriminellen Elementen Einhalt gebieten werde, wo immer sie ihr häßliches Haupt erhöben.

Er legte eine Pause ein und sagte dann: »Und jetzt will ich Ihnen verraten, was ich als erstes vorhabe, wenn ich meine neue Amtszeit antrete.

Ann Swenson und ihre hervorragenden Mitarbeiter von der Pflichtverteidigung haben mir bei der Aufklärung des tragischen Mordfalles, der sich in der letzten Woche des Wahlkampfes zutrug, wertvolle Hilfe geleistet. Ich habe für ihre Fähigkeit, Kompetenz und Hingabe an die Sache eine neue Hochachtung entwickelt. Deshalb möchte ich sie – und alle Einwohner von Mesa Grande – wissen lassen, daß ich vorhabe, mit aller mir zur Verfügung stehenden Macht dafür zu kämpfen, daß das

Büro der Pflichtverteidigung gestärkt wird. Dazu werde ich unseren Stadtrat bitten, einer zehnprozentigen allgemeinen Erhöhung ihres Budgets zuzustimmen. Das entspricht nicht annähernd dem, was sie verdient haben, aber ich hoffe, es ermöglicht ihnen, der Öffentlichkeit noch besser dienen zu können als all die Jahre bisher. Eine starke Pflichtverteidigung, meine Damen und Herren, gehört zu den Bollwerken einer Demokratie.«

Kurz darauf war McBrides Rede zu Ende, sein Fanclub explodierte, und Mom stellte den Fernseher ab.

Mein Gott, dachte ich, das Unmögliche ist geschehen. Zeigt sich ja tatsächlich ein Funken Ehrlichkeit und Dankbarkeit in diesem verlogenen Kraftpaket? Waren Politiker womöglich ebenso kompliziert und unvorhersehbar wie andere Menschen auch?

Es versteht sich von selbst, daß ich diesen Gedanken für mich behielt.

Allerdings hatte ich erwartet, daß Roger vernehmbarer werden würde. Dryden war seine Kandidatin gewesen, sein Ritter in glänzender Rüstung, seine Hoffnung auf ein besseres Morgen. Jetzt, wo sie geschlagen war, bereitete ich mich darauf vor, von ihm ein idealistisches Lamento über die Unwissenheit der armen fehlgeleiteten Wähler zu hören.

Er sagte kein Wort, und dann merkte ich, daß er den ganzen Abend nicht ein einziges Lamento von sich gegeben hatte, auch nicht, als die Ergebnisse seiner Kandidatin immer vernichtender wurden. Jetzt, wo ich darüber nachdachte, schien mir der Grund offensichtlich. Er war zu sehr damit beschäftigt gewesen, Beth anzusehen, dafür zu sorgen, daß ihr Glas gefüllt war, sich auf dem Sofa näher an sie heranzuschieben. Zu den großen Segnungen des Verliebtseins gehörte wohl, schloß ich, daß man darüber die Politik vergißt.

Später am Abend verabschiedeten sich Roger und Beth. Sie wollten tanzen gehen. Mom und ich blieben nebeneinander auf dem Sofa sitzen und tranken noch ein letztes Glas Punsch zusammen.

»Also, wie siehst du die Wahl, Mom?« fragte ich. »Du hast sicherlich für Dryden gestimmt, oder?«

Nach einer Pause sagte Mom: »Ich will dir was sagen, Davey. Es wird dich vielleicht überraschen. Ich habe dafür gestimmt, daß McBride wieder Staatsanwalt wird.«

Einen Augenblick lang konnte ich gar nichts sagen. Dann aber tat ich, als wäre ich schockiert, weil ich wußte, daß sie das von mir erwartete. »Um Himmels willen, warum denn? Du weißt doch genausogut wie ich, daß er, selbst im besten Licht betrachtet, dumm, inkompetent und verlogen ist. Du erzählst mir doch immer, wie wichtig es sei, eine Wahl zu treffen. Du willst doch jetzt nicht sagen, daß es gleichgültig ist, wer gewinnt?«

»Nein, nein, das würde ich niemals sagen. Ich habe eine Wahl getroffen. Ich habe lange darüber nachgedacht. Der Grund, warum ich für ihn gestimmt habe, war Rabbi Schloßberg.«

»Ich kann dir nicht folgen. Wer ist Rabbi ...«

»Er war vor zwanzig Jahren Rabbi in meiner Synagoge in der Bronx. Niemand war mit ihm zufrieden. Er hatte keine Ideen, er tat nie etwas, er schaffte nie etwas, er saß bloß rum. Also stimmten wir ab und feuerten ihn und stellten Rabbi Pearlstein an seinen Platz. Rabbi Pearlstein war ein richtiger Macher. Innerhalb von sechs Monaten haßte ihn die ganze Synagoge, zwanzig Familien traten aus, der Leiter der Religionsschule bekam einen Nervenzusammenbruch, der Kantor, der eine Stimme wie Richard Tucker hatte, kündigte, und Pearlstein ersetzte ihn durch einen Kantor, der eine Stimme wie ein altes Auto hatte, das frühmorgens in der Kälte nicht anspringen will. Und die Krönung des Ganzen war, der Kassenwart schrieb plötzlich zehntausend Dollar in Rot. Und deshalb habe ich McBride gewählt. Weil ich vor zwanzig Jahren einen großen Fehler gemacht habe und ihn nicht wiederholen möchte. Das bin ich Rabbi Schloßberg schuldig.«

»In Ordnung, ich weiß, was du denkst. Eine schöne Wahl ist das, denkst du. Wär aufs gleiche hinausgekommen, wenn ich's gemacht hätte wie du – die Augen schließen und den ersten Knopf drücken, den man zufällig berührt.«

Um meiner Selbstachtung willen muß ich sagen, daß ich mein

schlechtes Gewissen in diesem Augenblick ziemlich heftig spürte. Allerdings nicht so schmerzlich, daß ich auch nur im geringsten versucht war, mit der peinlichen Wahrheit über mein Wahlverhalten herauszuplatzen. Beichten mag gut für die Seele sein, aber gewisse Bravourstücke moralischer Stärke kann man von einem einfachen Menschen nicht erwarten.

Noch ein Ereignis, das mit dem Fall zu tun hat, und dann bin ich fertig:

An dem Morgen nach der Wahl parkte ich mein Auto auf dem Gerichtsparkplatz und ging gerade auf den Eingang zu, als ich bemerkte, wie jemand sich auf dem Bürgersteig an meine Seite schob. »Schöner Tag heute, nicht?« sagte der Jemand mit seiner üblichen heiseren Krächzstimme. »Etwas frisch, aber das ist die Jahreszeit. Ich bin ganz für die Jahreszeiten.«

»Wie geht es Ihnen, Harry?« fragte ich und ging dann ein wenig langsamer, denn er war nach wie vor kaum mehr als ein Bündel aus Lumpen und Knochen und konnte mit anderen nicht gut Schritt halten. »Was tun Sie hier? Das ist doch nicht Ihr Geschäftsrevier.«

»Jetzt schon«, sagte Stubbins. »Hab einen Ortswechsel vorgenommen. Von nun an sind die Rathaustreppe und der nähere Umkreis mein Arbeitsfeld. Viel bessere Klientel als früher. Hab auch den Wohnort gewechselt. Dieser Durchgang an der Arizona Avenue – widerliche, unhygienische Slumgegend!« Stubbins zog ein Gesicht, als röche er etwas Faules. »Bin gerade in ein gemütliches kleines Eckchen gezogen – schön abgeschiedene Sackgasse hinter dem Gericht, schöner Blick auf den Hinterhof.«

»Gibt's einen besonderen Grund für all diese Umstellungen in Ihrem Leben?«

»Bequemlichkeit.« Er grinste mich an, und ich sah eine Reihe gelber Zähne und dazwischen einige Lücken. »Ich habe das Gefühl, es ist beruhigend – sehr beruhigend, für den Notfall –, so nahe bei meinem Anwalt zu wohnen.«

Epilog

Auszug aus Moms Tagebuch

Liebes Tagebuch,
schon komme ich mir komisch vor, und dabei habe ich doch erst zwei Wörter in dich hineingeschrieben.

Als junges Mädchen habe ich nie Tagebuch geführt. (...) Also was soll das jetzt? In meinem Alter, nachdem ich fünfundsiebzig Jahre lang dieser Verrücktheit widerstanden habe? Die Antwort lautet: Seitdem ich in diese kleine Stadt am Rande der Rocky Mountains gezogen bin (...), wo mein Sohn bei Mordfällen und anderen Verbrechen im Dienste der Pflichtverteidigerin ermittelt, helfe ich ihm bei seinen Fällen sogar mehr als früher in New York. (...)

Und manchmal ziehe ich so meine eigenen Schlüsse; dann gehen mir Gedanken durch den Kopf, die ich ihm nicht erzählen kann – es wäre viel zu gefährlich oder zu peinlich. Aber irgendwie muß ich die Gedanken schließlich loswerden, nicht wahr? Jeder trägt doch Dinge mit sich herum, die er jemandem erzählen muß. Deshalb brauche ich Dich, liebes Tagebuch, Dir will ich alles erzählen.

Wie jetzt, wo ich etwas weiß, das Davey niemals erfahren darf, etwas, das mit diesen Mordfällen zu tun hat, in die all diese Politiker verstrickt waren ...

Ich habe tatsächlich die letzten drei Monate dazu gebraucht, die Wahrheit zu begreifen. Aus Fairneß mir selbst gegenüber muß ich sagen, daß ich die ganze Zeit über etwas geahnt habe. Irgend etwas war da noch, irgend etwas, das niemand sonst sah. Schon während ich meine wunderbare Beweisführung entwickelte, spürte ich dieses Jucken, es ließ mich einfach nicht in Ruhe. Aber drei Monate lang unternahm ich nichts dagegen, redete mir selbst ein, es jucke gar nicht. Bis ich mich schließlich vor wenigen Tagen endlich entschloß zu kratzen. Ich sah mir die

Fünf-Uhr-Nachrichten im Fernsehen an, die über den Urteilsspruch in Leland Grantleys Prozeß berichteten. Drei Tage nach der Wahl war die Anklage gegen Grantley erhoben worden, und seit einem Monat steht er nun vor Gericht. Wie McBride es seinen Wählern versprochen hat, übernahm er persönlich die Anklage.

Er hat sie dermaßen verbockt, daß der Richter Grantley noch nicht einmal wegen Mordes verurteilen konnte. Das Urteil lautet auf Totschlag – für beide Morde! –, und obgleich die Geschworenen Grantley für schuldig befanden, plädierten sie auf ein mildes Urteil. (Der Richter schloß sich dem an und schickte ihn für fünf bis zehn Jahre ins Gefängnis, was aus einem mir unerfindlichen Grund bedeutet, daß Grantley nach drei Jahren wieder draußen sein wird). Einige der Geschworenen wurden anschließend im Fernsehen interviewt, und sie erklärten, McBride habe sie nie wirklich davon überzeugen können, daß Grantley der Gedanke, Edna Pulaski zu töten, nicht aus dem Impuls des Augenblicks heraus kam, als er Harry Stubbins nach dem Kaffee ohnmächtig daliegen sah.

An dieser Stelle habe ich den Fernseher abgestellt.

Der Kaffee, sagte ich mir. Mein Gott, die Tabletten im Kaffee! Die ganze Zeit über, bis zu diesem Moment, war es für mich, wie übrigens für alle anderen auch, selbstverständlich gewesen, daß Edna Pulaski die Tabletten selbst in den Kaffee getan hatte. Sie wollte ihre abendliche Herzmedizin nehmen, aber sie kam durcheinander und tat zu viele Tabletten in den Kaffee hinein.

Was für ein Schlemihl ich doch war! Wie hatte ich auch nur eine Minute lang glauben können, diese Erklärung wäre plausibel?

Jetzt wußte ich plötzlich, was daran falsch war. Edna Pulaski mochte meinetwegen vergessen haben, wie viele Tabletten sie in ihren Kaffee getan hatte, aber konnte sie auch vergessen haben, daß sie überhaupt welche hineingetan hatte? Hätte sie die Tasse Harry Stubbins gegeben, wissend, daß sie ihre Herzmedizin enthielt? Und sie konnte auch nicht zwei Tassen miteinander verwechselt haben, weil in der Kanne nur Kaffee für eine Tasse gewesen war.

Und noch etwas Seltsames. Sie sagte Stubbins, sie habe ihm den Kaffee aus der Kanne eingegossen. Gut, Edna Pulaski tat ihre Herztabletten vielleicht in ihre Kaffeetasse – aber in die Kanne? Brühte die Frau ihre Medizin in der Kanne auf? Verzeihung, aber das ist ja wohl ausgeschlossen.

Jetzt sah ich die Antwort vor mir, sie hätte nicht klarer sein können. Jeder, der nur genau hinguckte, konnte sie sehen.

Edna Pulaski geht in die Küche, um für sich und Stubbins Kaffee einzugießen. In der Kanne ist aber nur noch genug Kaffee für eine Tasse, also gibt sie Stubbins die Tasse. Aber was, wenn Stubbins nun nicht zufällig dagewesen wäre? Dann hätte Edna Pulaski bestimmt früher oder später den Kaffee getrunken.

Und was wäre dann passiert? In dem Kaffee ist ihre Herzmedizin aufgelöst – drei- oder viermal mehr als die übliche Dosis.

Wenn jemand ohne Herzfehler, jemand wie Harry Stubbins, eine so hohe Dosis zu sich nimmt, schadet es ihm vielleicht nicht allzu sehr. Aber wenn jemand mit einem Herzfehler, jemand wie Edna Pulaski, eine so hohe Dosis zu sich nimmt, ist sicher vorauszusehen, was mit ihm passiert. Es wird ihn umbringen, daran ist nicht zu rütteln.

Also, liebes Tagebuch, es ist klar, nicht wahr, was es in Wirklichkeit mit diesem Kaffee auf sich hatte? Jemand hat die Tabletten hineingetan, ohne daß Edna Pulaski davon wußte. Und warum? Weil dieser Jemand vorhatte, sie umzubringen. Die Person, die das tat, ist früher in ihrer Wohnung gewesen, hat die Tabletten in die Kanne fallen lassen und ist weggegangen in der Erwartung, daß Edna Pulaski an der Überdosis sterben werde. Nur daß Harry Stubbins dazwischenkam und an ihrer Stelle den Kaffee trank. Und ein wenig später kommt Grantley herein, und was dann geschah, wissen wir ja.

Mit anderen Worten, wir haben es mit zwei Mördern zu tun, die beide Edna Pulaski umbringen wollten. Der erste war nicht erfolgreich. Der zweite hat bessere Arbeit geleistet.

Wer also war der erste Mörder – dieser Beinahe-Mörder –, der die Herzmedizin in die Kaffeekanne fallen ließ? Ich würde zu gerne glauben, daß nur ein Genie die Antwort finden kann, aber viel Genie braucht es wirklich nicht. Es ist alles viel zu offensichtlich. Welche Voraussetzungen muß der Mörder mitbringen?

Es muß jemand sein, der Gelegenheit hatte, den Kaffee zu vergiften – das heißt jemand, den Edna Pulaski an jenem Abend in ihre Wohnung gelassen und dem sie außerdem erlaubt hatte, sich allein in ihrer Küche aufzuhalten.

Es muß jemand sein, der von Edna Pulaskis Herzschwäche wußte und ebenfalls, welche Medizin sie dagegen einnahm. Vor allem aber mußte es jemand sein, der bereit war, das zu tun, was mir von Anfang an aufgefallen war, als Davey mir Ednas Wohnung beschrieb. Sie hat am Samstag abend, wenige Stunden, bevor Stubbins zu ihr kam, zu Abend gegessen, aber als Stubbins dort auftauchte, waren alle Teller und Tassen weggeräumt, kein schmutziges Glas, keine zusammengeknüllte Serviette war mehr zu sehen. Sie besaß keine Geschirrspülmaschine, trotzdem war alles blitzblank und an seinem Platz. Wer hatte das getan? Bestimmt nicht Edna Pulaski. Sie war eine grauenhafte Hausfrau. Alle, die sie kannten, berichteten, wie schlampig sie war. Es ist unwahrscheinlich, daß sie sich plötzlich geändert und die schlechten Gewohnheiten eines ganzen Lebens abgelegt haben sollte.

Wer machte denn sonst immer bei Edna Pulaski sauber? Wer war ihre regelmäßige, unbezahlte Putzfrau, die morgens früh kam und die Hausarbeit für sie erledigte? Ihre Mutter, die alte Dame, Mrs. Kim.

Und ist es nicht logisch anzunehmen, daß eben diese Putzfrau auch am Abend des Mordes kam? Mit anderen Worten, die alte Dame hat gelogen, als sie aussagte, daß sie ihre Tochter Samstag morgen zum letztenmal gesehen habe. In Wahrheit war es Samstag abend. Und warum hat sie gelogen? Dafür kann ich mir nur einen Grund denken. Weil sie Samstag abend die Tabletten in den Kaffee ihrer Tochter getan hat.

Also frage ich mich, welches Motiv hatte sie, und bekomme diese Antwort: Mit den Maßstäben der Mutter gemessen, führte die Tochter ein Leben in Schande. Sie entehrte sich selbst, sie entehrte alle Verwandten, die Ahnen und vielleicht sogar zukünftige Generationen. Für Koreaner, die wie diese alte Dame erzogen sind, bedeutet Familie alles, bedeuten Ahnen alles, bedeutet Ehre alles – das sagte ihre Großnichte über sie.

Immer wieder, über Jahre hinweg, versuchte Mrs. Kim ihre Tochter davon zu überzeugen, ihren Lebenswandel zu ändern. Sie stritten laut darüber. Samstag abend kam Mrs. Kim, um es wieder zu versuchen, und während sie miteinander sprachen, spülte die alte Dame nebenher das Geschirr vom Abendessen. So geht das, wenn man von Natur aus einen Sauberkeitsfimmel hat, man kann die Hände nicht stillhalten. Aber die Tochter hörte nicht auf die Worte ihrer Mutter, sie lachte nur wie immer.

Und dann, vielleicht machte sie gerade das Bad sauber, sieht die alte Mrs. Kim die Herztabletten im Medizinschränkchen. Außerdem bemerkt sie, daß in der Kaffeekanne noch etwas Kaffee übrig ist. Und sie kann sich nicht länger etwas vormachen, ihre Tochter wird sich niemals ändern. Die Ehre der Familie ist auf immer besudelt, es sei denn, sie unternimmt etwas. Diesen Gedanken hat sie nicht zum erstenmal – da bin ich mir ganz sicher –, und jetzt, wo sich ihr die Gelegenheit nicht besser bieten könnte, ringt sie sich endlich dazu durch. Also läßt sie schnell ein paar Tabletten in den Kaffee fallen, und wenige Minuten später wünscht sie ihrer Tochter gute Nacht und verläßt das Haus.

Aber das ist noch nicht das Ende. Das Schlimmste liegt noch vor ihr. Sonntag morgen muß sie wie immer im Haus ihrer Tochter auftauchen, und sie muß Erstaunen vortäuschen und grausiges Entsetzen beim Anblick der Leiche. Kann sein, daß sie die ganze Nacht kein Auge zutut und sich auf diesen Augenblick vorbereitet. Also, sie findet die Leiche, erwürgt und nicht vergiftet, und der Mann, der für den Mord verantwortlich ist, liegt vor ihr im Zimmer, das jedenfalls denkt sie. Liebes Tagebuch, ich will mir lieber nicht vorstellen, was für ein Schock das für sie sein muß!

Nur so ist zu erklären, was die alte Dame zu Davey gesagt hat, als er sie später am Tag verhört hat. Sie sagte nämlich, der Mörder ihrer Tochter habe sie ›der einzigen Freude beraubt, die mir im Leben noch geblieben war‹. Jeder dachte, sie meine damit die Freude, ihre letzten Jahre mit der Tochter verleben zu können.

Aber ihre Tochter bereitete ihr in ihren letzten Lebensjahren keine Freude. Ihre Tochter bereitete der Mutter aufgrund ihres Lebenswandels nichts als Kummer und Tränen. Deshalb ergibt der Satz der alten Dame so gesehen keinen Sinn. Sie muß etwas anderes damit gemeint haben – nämlich, daß der Mörder sie der Freude beraubt hatte, ihrer Tochter persönlich die gerechte Strafe zu verpassen.

Ja, ich weiß, liebes Tagebuch, was ich da sage, ist schrecklich. Eine alte Dame, eine Mutter, die ihr eigenes Kind kaltblütig ermorden will! Wie konnte so etwas geschehen?

In Wahrheit geschieht so etwas ständig. Davey hat es mir schon vor Jahren gesagt, er hat die Statistiken gesehen, aber jeder, der auch nur ein klein wenig von der menschlichen Natur versteht, weiß, daß es stimmen muß: Die meisten Morde geschehen innerhalb der Familie, unter Menschen, die verwandtschaftlich miteinander verbunden sind. Die meisten dieser Mörder sind Ehemänner und Ehefrauen, die sich gegenseitig umbringen, und noch häufiger sind die Mörder Eltern, die ihre Kinder umbringen. Wenn die Kinder nicht ihre Eltern umbringen. Und so überraschend ist es eigentlich auch nicht, wenn man es recht bedenkt. Wenn schon in Sachen Politik die Emotionen hochgehen, wo die Menschen nur von Ehrgeiz oder Gier oder Egoismus getrieben werden, wieviel schlimmer muß es da in Familien zugehen, wo zu diesen alltäglichen Emotionen noch Liebe hinzukommt?

Also, liebes Tagebuch, jetzt verstehst Du hoffentlich, warum ich Davey nichts davon erzählen konnte. Wozu auch? Würde er die alte Dame wegen versuchten Mordes einsperren? Selbst wenn er so dumm sein sollte, wer könnte ihr je etwas beweisen? Kein Staatsanwalt, nicht einmal ein so dummer wie dieser McBride, würde ihren Fall vor Gericht bringen, denn er würde nicht nur den Prozeß verlieren, sondern die ganze asiatische Wählergemeinschaft noch dazu.

Und übrigens, wen hat diese alte Dame denn umgebracht, wenn man's recht betrachtet? Sie dachte an Mord, sie ließ ein paar Tabletten in eine Kaffeekanne fallen, aber welches Verbrechen hat sie tatsächlich begangen? Sie ist eine Mutter. Es ist nicht leicht, eine Mutter zu sein. Die Gefühle, die sich in einem Mutterherzen abspielen, sind manchmal sehr kompliziert, sehr verworren, sie zeigen sich auf die sonderbarste Weise. Laß sie in Frieden, sage ich. Sie ist alt. Sie wird früh genug für ihre Fehler büßen.

Und jetzt, liebes Tagebuch, will ich Dir auf Wiedersehen sagen, und gönnen wir uns beide ein wenig Ruhe.

James Yaffe

Ein schöner Mord für Mom
Kriminalroman
Aus dem Amerikanischen von Hannah Harders
Band 12142

Eine schöne Bescherung für Mom
Kriminalroman
Aus dem Amerikanischen von Hannah Harders
Band 12141

Mom mordet den Schlaf
Kriminalroman
Aus dem Amerikanischen von Hannah Harders
Band 12140

Schöne Heilige für Mom
Kriminalroman
Aus dem Amerikanischen von Hannah Harders
Band 12139

Fischer Taschenbuch Verlag

fi 727 / 4

Spannende Unterhaltung

Richard Aellen
Crux
Roman
Band 12217

Jay Brandon
Im Namen der Wahrheit
Roman
Band 11668
Die Ohnmacht der Beweise
Roman
Band 12741

Henri Charrière
Papillon
Roman
Band 1245

Kit Craig
Vergeltung
Roman
Band 12931

Alex Haley
Wurzeln ›Roots‹
Roman
Band 2448

James Jones
Verdammt in alle Ewigkeit
Roman
Band 11808

Ulrich Knellwolf
Roma Termini
Kriminalroman
Band 11796
Tod in Sils Maria
13 üble Geschichten
Band 12890

Andreu Martín
Aus Liebe zur Kunst
Kriminalroman
Band 11437
Barcelona Connection
Kriminalroman
Band 11436

Andreu Martín
Bis daß der Mord euch scheidet
Kriminalroman
Band 12158
Isabels Clou
Kriminalroman
Band 12157
Die Stadt, das Messer und der Tod
Kriminalroman
Band 12651

Valerie Martin
Im Haus des Dr. Jekyll
Roman
Band 12018

Ken McClure
Panik
Roman
Band 12811
Requiem
Roman
Band 11782

Fischer Taschenbuch Verlag

fi 507 / 11 a

Ora Schem-Ur

Mord in der Knesset

Kriminalroman

Aus dem Hebräischen
von Mirjam Pressler

Band 12583

Die Amateurdetektivin Alisa Honigsberg, genannt Ali, lebt in Tel Aviv und verdient ihren Lebensunterhalt mit dem Übersetzen von Liebesromanen ins Hebräische und mit gelegentlichen journalistischen Arbeiten. Von ihrer Freundin Lydia erfährt Ali von dem trostlosen Ende einer Liebesgeschichte: Gali, Lydias sechzehnjährige Tochter, ist vom Verehrer ihrer alleinerziehenden Mutter, dem Knesset-Abgeordneten Se'ew Chakim, geschwängert worden. Lydia und Gali sind zur Abtreibung entschlossen, aber vor Lydias Zwillingschwester soll die Geschichte verheimlicht werden. Deshalb nimmt Ali den vermeintlich schüchternen Teenager für ein paar Tage in ihrer Wohnung auf. Doch Gali entpuppt sich bald als wahre Nervensäge. Und dann wird Chakim erstochen aufgefunden – während eines »Betriebsausflugs« von Knesset-Abgeordneten mit Kollegen und Freunden in die Judäische Wüste. Ali soll für ihre Zeitung darüber berichten. Und ihre Nachforschungen führen sie mit einer Reihe von Personen zusammen, die alle ein Motiv haben...

Fischer Taschenbuch Verlag

fi 454 / 13